KB109879

아 이 슬 란 드 에 서
보 름 간   살 아 보 기

# 아이슬란드에서 보름간 살아보기

| | | | | |
|---|---|---|---|---|
| 발행일 | 2018년 10월 15일 | | | |
| 지은이 | 손 창 성 | | | |
| 펴낸이 | 손 형 국 | | | |
| 펴낸곳 | (주)북랩 | | | |
| 편집인 | 선일영 | 편집 | 오경진, 권혁신, 최승헌, 최예은, 김경무 | |
| 디자인 | 이현수, 김민하, 한수희, 김윤주, 허지혜 | 제작 | 박기성, 황동현, 구성우, 정성배 | |
| 마케팅 | 김회란, 박진관, 조하라 | | | |
| 출판등록 | 2004. 12. 1(제2012-000051호) | | | |
| 주소 | 서울시 금천구 가산디지털 1로 168, 우림라이온스밸리 B동 B113, 114호 | | | |
| 홈페이지 | www.book.co.kr | | | |
| 전화번호 | (02)2026-5777 | 팩스 | (02)2026-5747 | |

ISBN    979-11-6299-377-4 03920 (종이책)   979-11-6299-378-1 05920 (전자책)

이 도서의 국립중앙도서관 출판예정도서목록(CIP)은 서지정보유통지원시스템 홈페이지(http://seoji.nl.go.kr)와
국가자료공동목록시스템(http://www.nl.go.kr/kolisnet)에서 이용하실 수 있습니다.
(CIP제어번호: CIP2018032471)

# 아이슬란드에서
# 보름간 살아보기

15일간의 워크캠프 이야기                    손창성 에세이

내가 거기서 만난 건
자연이 아닌 사람이었다.
그들은 내 청춘의
찬란한 추억으로 남았다.

북랩 book Lab

# 1. 출발 전

당분간, 어디론가 훌쩍 떠나고 싶었다.

아이슬란드만 한 장소가, 떠오르지 않았다.

# 2. 공항

13:15, 런던 히드로행 비행기를 타기 위해 8시 40분경 집에서 나왔다. 노원역까지 택시를 타고 간 후, 중계역 방향에서 오는 공항버스를 탔다. 공항버스는 얼마쯤 가다가 멈추더니, 요금을 징수하고 다시 출발했다.

도착한 인천국제공항. 이제 겨우 10시가 넘어 있었고, 앞에 앉은 사람은 옆 사람에게 예상보다 빨리 왔다고 했다. 지하철을 탔다면 2시간은 족히 걸리는 거리. 짐 번호 05433을 찾아 공항으로 들어갔다.

공항버스가 멈춰 선 곳은 공항 3층. 해야 할 일은 비행기 표 찾기와 보험 들기, 그리고 로밍. 항공사 카운터에 줄을 서서 인터넷으로 구매한 항공권에 대한 표를 받았다.

표를 받고 트렁크를 짐으로 부치면서 아이슬란드 국제공항인 케플라비크(KEFLAVÍK) 국제공항까지 짐을 보낼 수 있는지 물어보았다. 수도는 레이캬비크(Reykjavik). 처음에는 레이캬비크 공항이 따로 있지만 그것은 국내선 공항이라는 사실에 당황했으나, 우리나라의 경우와 비교해 보니 이해가 되었다. 우리나라도 인천공항이 국제공항이고 김포공항이 국내공항인 것과 같은 맥락이었다. 카운터에 있던 사람은 무언가를 열심히 찾더니 곧 옆에 있는 사람을 불러 같이 일하기 시작했다.

드디어 완료. 나의 트렁크에는 LHR INC와 KEF LHR, 이렇게 두 개의 라벨이 붙여졌다. 가방이 컨베이어벨트로 넘어가기 전, 런던 히드로공항에서 다시 한 번 확인해 보라는 조언을 받았다.

다음은 보험. 비행기 표를 받고 왼쪽으로 가니 바로 보험회사가 보였다. 보험은 3일 간격으로 나누어져 22일 동안 여행할 경우 24일짜리 보험에 들어야 했다. 4단계 중 내가 가입한 것은 2번째 단계인 기본형. 요금은 40,120원. 아깝다는 생각과 비싼 항공료를 내고는 이 돈을 아까워하는 게 우습다는 생각이 들었다.

마지막 로밍. 대한민국에서 가장 큰 통신사에서 하는 곳을 찾아갔다. 어차피 내 핸드폰도 그 통신사 것이었으므로.

대화는, 이런 식으로 흘렀다.

"어디 가세요?"

"아이슬란드요."

"아일랜드요?"

"아니요, 아이슬란드요."

"그러니까, 그게 아일랜드 아니에요?"

"아니요, 아일랜드는 영국 옆에 있는 나라고, 아이슬란드요. 그린란드 옆에 있는…."

"아…. 그런데 그게 나라에요? 여기 없는데…."

"당연히 나라죠. 그린란드 옆에…. 그런데…, 여기는 없네요…."

로밍이 가능한 나라는 많았으나 아쉽게도 아이슬란드는 포함되어 있지 않았다. 아예 연계가 안 되어 있으니 핸드폰을 빌려도 통화는 할 수 없다고 해서 어쩔 수 없이 포기하고 돌아다니다가, 혹시나 하는 마음에 다른 통신사에 가 보았다.

다행히도 다른 통신사에서는 로밍이 가능했다. 단, 그 통신사 핸드폰이 있어야 했으며, 사용하고 있는 핸드폰을 그대로 가지고 가서 사용하는 것은 불가능했고, 통신사에서 빌려야 했다. 선택의 여지없이 핸드폰을 빌렸다. 가격은 하루에 2,000원이었고 빌린 기종은 NOKIA. 별표(*)를 두 번 누르면 플러스(+)가 나오는데, 그다음 한국 국가번호인 82를 누른 후 앞의 0은 생략하고 번호를 누르면 연결이 된다고 했다.

해야 할 일을 모두 마치고 보니 시계는 11시를 가리키고 있었다. 아침에 콘플레이크만 먹고 나온지라 배가 조금 고팠으나, 비행기에서 먹을 기내식을 생각해 간단히 빵이나 사 먹기로 마음먹었다. 4층 푸드코트에 올라갔다가 다시 3층을 한 바퀴 돈 후 샌드위치를 사 먹었다. 피자의 맛을 강하게 풍기는 샌드위치. 다시 올라가서 딸기우유를 사 먹고, 조금 기다리다가 12시 10분쯤 출국 장소로 들어갔다.

출국 장소에는 또 다른 넓은 세계가 펼쳐져 있었다. 외국으로 떠나기 전 마지막으로 돌아보고 정리할 기회를 주는 곳. 눈길을 끌었던 것은 기방 같은 장소였는데, 한국 여성들이 익숙한 음악을 한국 전통 악기로 연주하고 있었다. 솜씨가 훌륭했다.

연주가 끝난 후 외국인과 함께 한국 악기를 연주해 보는 시간. 조그만 소고 5개가 마련되어 있었다. 머뭇거리던 사람들. 얼마 후, 게르만계로 보이는 남성이 신발을 벗고 위로 올라갔다. 덩, 덩, 쿵더쿵. 처음 하는 것치고는 나쁘지 않은 솜씨였다.

12시 35분. 런던행 비행기를 타기 위해 탑승 열에 줄을 섰다. 줄 밖에서 잠시 무언가를 살피던 한 여자. 내 뒤에 있는 여자에게 이 줄이 런던 가는 비행기인지를 물었다. 뒤이어 들려온 'Sorry'. 일본이나 중국 여자인 것 같았다. 나에게 다가오는 그녀. 그렇다고 하며 간단히 고개를 끄덕여 주었다. 그녀는 다시 줄 맨 끝으로 향했다.

　드디어 탑승. 17J였던 내 자리는 2층, 앞에서 2번째 줄의 오른쪽 창가 옆이었다. 창밖에는 광활한 도로가 펼쳐져 있었다.

# 3. 비행기

주위 빈자리 중 내 옆자리가 제일 먼저 채워졌다. 30대 중반으로 보이는 남성. 전형적인 비즈니스맨의 외모였다. 동료에게 같이 앉느니 마느니 투덜거리더니 나를 보고는 "안녕하세요" 하고 인사를 건넸고 나 역시 "안녕하세요" 하고 답례를 건넸다. 곧이어 뒷자리에 커플 혹은 젊은 부부처럼 보이는 남녀 한 쌍이 앉았고, 이어서 반대편 통로에 한 여성이 앉았다. 20대 후반에서 30대 초반으로 보이는 모습. 노트북을 가지고 있었다.

얼굴을 맞대며 런던까지 함께할 동료들. 그러나 잠시 후, 비즈니스맨의 동료로 보이는 남자가 오더니 자리 바꾸는 것이 해결되었다는 식으로 말을 건넸고, 둘은 함께 사라졌다. 대신 온 것은 나와 비슷한 또래로 보이는 한 여성. 검정 옷을 입고 있었으며, 밀짚모자가 가방에 매어 있었다.

에어컨 문제일까, 아니면 의자 기능의 문제일까. 2층 맨 앞 왼쪽 창가 자리로 항공사 옷을 입은 두 남자가 와서 손을 보았고, 그 탓에 출발이 조금 늦어졌다. 항공기 문이 닫힌 후, 2번째 줄 왼쪽 통로에 앉은 여자가 승무원에게 비슷한 문제에 대해 말했으나, 문이 이미 닫혀서 안 된다는 답과 미안하다는 답을 들을 뿐이었다. 비행기는 곧 출발했고, 한참을 달리다 이륙했다.

비행기는 서해를 지나 텐진과 베이징 북쪽, 울란바토르 북쪽, 바이칼 호수 남쪽과 이르쿠츠크 남쪽을 지나며 최종 목적지인 런던 히드로공항을 향해 날아갔다. 제일 먼저 나온 먹거리는 음료와 땅콩 과자. 채 5분이 안 되어 다 먹은 후, 심심해서 앞에 달린 화면을 이리저리 바꿔 보고 있자니 얼마 안 있어 점심이 나왔다.

"소고기와 비빔밥이 있습니다."

내 옆의 여성은 소고기를, 나는 비빔밥을 주문했다. 소고기에는 감자와 빵이 딸려 나왔고, 비빔밥에는 고추장볶음, 미역국과 약식이 딸려 나왔다. 비빔밥은 기내식 상을 탔다는 광고를 보고 가진 기대보다는 조촐했으나, 상공에서 그 이상을 바라기에는 무리가 있었다. 나는 밥 한 톨 남기지 않고 긁어먹었으며, 내 옆의 여성은 조금 남겼다. 약식은 조금 이따 먹으려고 따로 치워 놓고 창밖을 보고 있는데, 점심을 먹기가 무섭게 사람들은 비디오를 보거나 꿈나라로 빠져들기 시작했다. 내 옆의 여성도 잠깐 계단 쪽에서 친구들과 놀더니, 돌아와서는 〈쿵푸팬더〉를 보기 시작했다. 승무원의 요청에 따라 창문을 다 내리고, 바이칼 호수만은 꼭 봐야겠다는 결심을 뒤로한 채, 나도 내 옆의 여성과 같은 〈쿵푸팬더〉를 보기 시작했다. 그녀는 화면을 정지시켜 놓은 채 먼저 잠들었고, 나는 〈쿵푸팬더〉를 끝까지 보고 잠들었다.

얼마나 잠들었을까. 어느덧 저녁 시간이 되었는지, 꺼져 있던 불은 다시 켜져 있었다. 아쉽게 놓쳐 버린 바이칼 호수. 어느새 일어나 있는 옆자리의 그녀. 내가 앉은 창문 쪽을 바라보고 있었다.

"어차피 불도 다 켜졌는데 창문 열까요?"

"네."

잠시 침묵. 여자는 시선을 창가로 향하고 있었다.

"밑은 안 보이네요. 구름밖에 안 보여요."

"네."

"아이슬란드 가신다고 하셨죠?"

잠자리에 들기 전, 승무원이 간단히 써야 할 종이를 나눠 주었다. 성, 이름, 국적, 여권번호, 숙박지 등등. 영국에서 공항에서만 머물다가 아이슬란드로 향할 건데 숙박지를 어떻게 써야 하냐고 물으니, 승무원은 잠시 생각하다가 TRANSIT TO ICELAND라고 적으라 해 주었다.

"네."

"거기는 왜 가세요?"

"그냥요. 워크캠프 참가하느라고요."

"아, 워크캠프요?"

"네, 그냥. 그리고 유럽은 거의 다 돌아다녀 봤거든요. 아이슬란드는 한 번도 안 가 봐서… 런던 가시는 거죠?"

"네."

"거기는 왜 가세요?"

"여행이요. 20일 정도 돌아다닐 거예요."

"혼자 가세요?"

"아니요, 친구들이랑 같이요. 그런데 어떻게 하다 보니까 서로 떨어져서 앉게 됐어요. 친구들은 다 1층에 있어요. 걔네들도 떨어져 앉아 있지만요."

"네…."

"런던은 어때요? 좋아요?"

"그게…, 영국은 한 번밖에 안 가 봤거든요. 2박 3일로. 그래서 기억이 잘 안 나요. 저는 주로 중부유럽을 돌아다녔어요. 프랑스나 독일, 베네룩스요. 그나저나 20일이면 돌아갈 때는 로마에서 비행기 타겠네요?"

"아니요, 파리에서 타요. 저희가 여행을 조금 독특하게 하거든요. 먼저 프라하로 갔다가 오스트리아와 스위스를 거쳐서 프랑스로 가요."

"그래요? 조금 특이하네요. 보통 20일이면 파리 거쳐서 독일, 스위스로 해서 내려가거나 네덜란드 먼저 들른 후 내려갈 텐데요."

사실 전혀 이상할 것은 없었다. 집에 있는 『세계를 간다』에서 추천하는 5개 코스 중 4개 코스가 런던 출발, 파리 도착이니까. 그러나 집에 있는 것은 15년 전에 출판된 책이고, 나에게 20일 정도 여행 계획을 짜 보라고 한다면, 런던에서 시작한 이상 로마나 바르셀로나에서 끝낼 것이므로, 그저 대화를 이어나가기 위해 한 말이었다.

"그렇죠? 그럼 가장 좋았던 곳은 어디예요?"

"파리요. 밤에 에펠탑 보면 정말 낭만적이고 환상적이에요."

"네."

"보통 볼 거는 독일이 프랑스보다 많기는 해요. 프랑스는 파리 빼면 별 것 없는데, 독일은 도시마다 나름대로 역사와 특성이 있거든요. 하지만 한 군데만 들라고 하면 당연히 파리예요. 파리 하나 때문에 다들 프랑스를 가는 거죠."

10년 전이었다는 사족은 덧붙이지 않는 게 좋겠지. 이야기를 나누는 사이, 다시 승무원이 다가왔다. 이번 메뉴는 닭, 혹은 생선요리. 외국에 처음 나가 본다는 그녀는 닭요리를 시켰고 나는 요리에 딸려 나오는 빵이나 하나 달라고 했다.

다 먹고는 보다 만 〈쿵푸팬더〉를 마저 보는 그녀. 대부분은 저녁을 먹기가 무섭게 다시 잠자리에 들기 시작했고, 나는 승무원에게 다시 창문을 내릴 것을 요구받았다. 오디오에서 에디트 피아프의 곡 등을 선택하고, 그 곡들을 들으며 잠에 빠져들었다.

다시 얼마 후, 꺼져 있던 불들이 들어오고, 잠시 후 히드로공항에 도착한다는 안내 방송이 흘러나왔다. 비행기가 영국에 들어서는 순간, 모두의 시선은 창가로 향했다. 비행기가 거의 공항에 도착할 무렵, 뒤에 앉은 여자가 집들이 다 똑같이 생겼다는 말을 내뱉었다. 마치 레고 조각처럼. 최고 11,650m까지 비행하던 비행기는 처음 도착 예정 시각인 16시 55분보다 15분쯤 늦은 17시 10분경, 런던 히드로공항에 착륙했다. 날씨는 맑고 화창했다. 옆의 그녀와는 간단한 인사만을 나눈 후 헤어졌다. 비행기에서 내리기 전, 승무원에게 짐에 대해 물어보니, 입구에 직원이 있을 테니 그에게 확인해 보라고 했다. 그러나 그를 그냥 지나쳐 갔다.

# 4. 공항

3번 터미널. 출구까지 가는 길은 상당히 멀었다. 한참을 걸어 긴 통로를 빠져나온 후, 출국 심사를 위해 다시 줄을 서서 기다렸다. 내가 상대한 것은 라틴계로 보이는 여성이었다. 발음은 전형적인 영국식이었다. 출국카드와 여권을 꺼내 보여 주었다.

"아이슬란드 가시네요?"

"네."

"거기는 왜 가세요?"

"워크캠프 참가하려고요."

"혹시 비행기 표 가지고 있나요?"

"네, 잠시만요…. (가방을 뒤진 후) 여기요. 정확히 말해서 표는 아니고 E-티켓이요."

"(확인 후 돌려주며) 네, 좋아요."

"죄송한데 하나만 물어봐도 될까요?"

"네."

"여기요(짐에 붙이는 표를 보여 주며), 제가 한국에서 아이슬란드로 짐이 바로 가게끔 부쳤는데, 이게 제대로 되었는지 확인할 수 있나요?"

"(잠시 표를 본 후) 네. 만약에 이게 LHR INC만 붙어 있으면 여기까지만 오는 거지만 여기 KEF INC도 같이 붙어 있잖아요. 이 경우 짐을 바로 KEF까지 부친다는 거예요."

"그럼…, 제가 이것에 대해서는 걱정할 필요가 없다는 거죠?"

"네, 걱정할 필요 없어요."

라벨만 보고는 걱정할 필요가 없다니. 하지만 더는 어떻게 물어볼 방도가 없었다. 내가 직접 가서 확인해 보거나 담당자에게 직접 확인받을 수도 없는 노릇이고…. 무엇보다 여기서 나는 외국인이었다. 항상 조심해야 했다.

만약을 위해 짐이 나오는 컨베이어벨트 앞에서 기다렸다. 6번 벨트. 한참을 보고 있는데 뒤에서 누군가가 나를 불렀다.

"안녕하세요?"

옆 좌석의 그녀였다. 다른 두 명의 친구와 함께 있던 그녀는 금세 짐을 찾더니 친구들과 함께 출구로 향했다. '저녁이나 먼저 먹을까?' 등의 말을 주고받으며. 조금 더 대화를 나누고 싶었으나, 그녀와의 인연은 여기까지인 듯했다.

짐을 찾은 사람들은 다들 빠져나갔다. 똑같은 짐을 5번 보고 이 정도면 문제없겠지 싶어 출구로 향했다.

출구는 예상보다 작았다. 사람들은 각기 흩어져 제 갈 길을 찾아 떠났고, 나는 인포메이션 데스크에 가서 물었다.

"죄송하지만, 혹시 아이슬란드 에어가 어디 있는지 알 수 있을까요?"

"아이슬란드 에어요…. (잠시 찾더니) 1번 터미널로 가시면 돼요."

"네?"

"1번 터미널이요. 에스컬레이터를 타고 내려가면 돼요. 10분 거리에 있어요."

10분 거리에 있는 1번 터미널. 터미널은 총 6개가 있었고 내가 도착했던 터미널은 그중 하나인 3번 터미널이었다. 그래서, 1/6만 보았기에 공항이 작게 느껴졌을 수도. 1번 터미널까지 걸어가면서 새삼 히드로공항이 크다는 것을 느꼈다. 아마 인천국제공항보다도.

한참 썰렁한 지하를 지나서야 도착한 1번 터미널. 3번 터미널과는 달리 아시아계가 거의 보이지 않았다. 아이슬란드 에어 카운터로 가서 E-티켓을 보여 주니 바로 출국 심사처로 가라고 했고, 거기서 티켓을 끊었다.

"특별히 원하는 자리 있으세요? 창가 쪽이라든가…."

"아무래도 창가 쪽이 더 좋겠죠."

내가 받은 티켓은 12a였다. 게이트는 미정. 탑승 1시간 전쯤 전광판에 게이트가 표시될 테니 거기서 눈을 떼지 말라는 당부를 받았다.

"짐은 따로 없나요? 이게(배낭이) 다예요?"

"아니요, 짐이 있었는데 이미 한국에서 부쳤어요."

"네…, 혹시 뾰족한 물건은 가지고 있나요?"

"아니요, 그냥 샤프 펜 정도…."

"그 정도는 괜찮아요. 여기 (그림들을 가리키며) 있는 것들만 없으면요."

"네, 여기 그려져 있는 것들은 아무것도 없어요."

"혹시 액체 같은 것은 가지고 있나요?"

"네. (비행기 안에서 가져온 물을 보여주며) 여기, 물 조금이요."

"들어가기 전에 물은 다 마시세요. 액체는 반입 금지니까요."

"네."

출국 장소로 들어간 시각은 18시 50분. 비행기 탑승 예정시각은 21시 10분. 게이트 오픈 시각은 20시 10분이었다.

내부를 한 바퀴 도는 데 걸린 시간은 15분. 15분이면 충분했다. 한국은 5일 오전 3시경. 배가 고파서 음식 파는 곳을 몇 군데 기웃거렸다. 모든 가격은 파운드(£). 유로는 쓰지 않는 것 같았다. 그나마 싸고 괜찮아 보이는 것을 보니 £3.5였다.

환전소는 총 3개가 있었다. 하나는 WE SELL이 1.3914. 다른 두 개는 WE SELL이 1.3831이었다. 머릿속으로 열심히 계산기를 굴려 보고, 가격에 놀라며 돈을 아껴야겠다고 생각했다. 허기를 달래기 위해 의자에 앉았다. 내 앞의 두 줄에는 많은 소녀들이 앉아 있었다. 고등학생으로 보이는 소녀 20여 명과 인솔자 2명. 발음은 미국보다 영국에 가까웠으며, 왼쪽 가슴에는 'NEW ZEALAND 2008' 등이 적혀 있었다. 히드로공항에서 뉴질랜드의 오클랜드와 홍콩을 경유해 가는 비행기가 있었다. 게이트 52가 뜨자, 그들은 사라졌다.

20:10. 21번 게이트로 향했다. 아시아계는 아무도 보이지 않았으며, 아프리카계가 한 명 보였다. 한 명, 북유럽 신화에 등장할 듯 보이는, 수염이 더부룩하고 빵모자를 쓴 아저씨가 이상한 행동을 보여 불안했으나, 그는 상당히 빨리 사라졌다. 먼저 어린이 동반 가족을 불렀으나 침묵. 이어서 40번, 혹은 그 이후의 번호를 불렀고 30번, 혹은 그 이후, 20번, 혹은 그 이후가 이어졌다.

탑승. 비행기는 한 줄당 6개 열로 되어 있었으며 내 자리는 비행기 왼쪽 창가였다. 내 바로 앞에서 들어가던, 부자지간으로 보이는 아저씨와 청년이 나란히 12b와 12c에 앉았다.

"저기 죄송한데요, 제 자리가 (표를 보여 주며) 12a인데…"

오! 하며 중년이 청년에게, 아마도 아이슬란드 말로 뭐라고 했다. 그들은 통로로 나왔고 내가 안쪽으로 들어간 후 다시 자리를 잡았다.

# 5. 비행기

아이슬란드 에어. 런던 히드로공항에서 아이슬란드 케플라비크공항.

승객은 아이슬란드인이 압도적으로 많아 보였으며, 의외로 아시아계도 3명쯤 보였다. 내 옆에 앉은 아이슬란드 부자로 추정되는 사람들은 신문을 보고 있었는데, 영자 신문이었다.

항공기는 별문제 없이 이륙했고, 기내에서는 이 여정이 2시간 40분 정도 걸릴 거라는 방송이 흘러나왔다. 전자기기는 다 꺼주시고 벨트는 꽉 매시며 구명조끼는 어쩌고, 등의 방송이 흘러나오고 얼마 안 있어 승무원들이 밤참을 준비하기 시작했다. 한국 항공사와 마찬가지로 모두 여승무원들. 나이는 조금 더 많아 보였다. 메뉴는 선택의 여지없이 하나. 큰 사각 곽에 담긴 고기와 노란 무엇, 치즈인지 우유인지 알 수 없는 하얀 무엇, 그리고 물이었다.

"죄송한데, 이게 뭔가요?"

"닭고기예요."

"그럼 그 옆에 있는 이거는…, 감자인가요?"

"네, 감자요."

잠시 내 앞에 놓인 음식을 보고 있자니, 12c에 앉은 남자가 시범을 보이듯 동그란 액체의 뚜껑을 열어 숟가락을 가져다 대고는 입에 넣기 시작했다. 식전 음식인가? 그가 먹는 대로 따라 해 보았다.

굳이 비유하자면 요구르트라고 할까? 떠먹는 요구르트. 그러나 맛은 한국의 것과 조금 달랐다. 양은 상당히 많았고, 다 먹자 졸음이 몰려왔다. 한국 시각은 새벽 6시를 향해 달려가고 있었고, 나는 잠을 향해 달려가고 있었다.

도중에 몇 번을 깨었다 잠들었다를 반복했다. 방송도 몇 번 들리는 듯했고, 내 선반을 제외한 선반들은 모두 깨끗이 치워져 있었다. 착륙까지 30분이 남았을까. 나는 그때야 메인요리의 비닐을 뜯고 감자의 반을 먹어치운 후, 닭 한 조각을 먹고 다시 남은 감자를 먹어치웠다. 승무원이 선반을 완전히 치운 후 벨트를 꽉 매라는 방송이 들려왔고, 굵은 솜 몇 타래가 마구 나열되어 있던 바깥 풍경은 어느 경계를 중심으로 완전히 파란 바다로 바뀌었다. 비행기는 점점 아래로 내려갔고 현지 시각으로 23:00경, 목적지인 아이슬란드 케플라비크 국제공항에 무사히 착륙했다.

# 6. 아이슬란드, 첫날 밤

얼마간 걷다 보니 나온 컨베이어벨트. 런던에서 오는 아이슬란드 에어 수화물은 2번 컨베이어벨트에서 찾을 수 있었다. 옆에는 적당한 규모의 상점. 아직 컨베이어벨트는 작동하지 않고 있어 상점을 한 바퀴 훑어본 후, 다시 컨베이어벨트에 가서 짐이 나오기를 기다렸다. 꽤 오랜 시간이 지난 후, 내 트렁크를 찾아 출구로 향했다. 누군가를 기다리는 몇 명의 환영 인파. 공항의 규모는 생각보다 작았다.

먼저 해야 할 일은 환전. 아이슬란드에서 쓰는 돈은 크로나(kr). 한국에서는 아이슬란드 돈으로 환전이 안 되었고, 아이슬란드는 유럽에 속해 있으며, 도중에 유로를 쓸 일이 발생하기 때문에, 내가 가져간 것은 690유로가 전부였다. 우선 지갑에 있는 35유로를 환전하기 위해 공항 내에 있는 환전소를 찾았다.

"환전 부탁합니다."

1유로는 118.71 아이슬란드 크로나로 환전되었다. 영수증에 적힌 내용은 다음과 같다.

```
Gjaldeyrir
   Kaup erlendra seðla
      EUR              :          35,00
      Íslensk upphæð   :       4.155,00
      Gengi            :         118,71
      Tegund yfirf     :            101
   Santals             :                      4.155,00

                   Alls út                    4.155,00
- - - - - - - - - - - - - - - - - - - - - - - - - - - - -
Peningar út                                  4.155,00
```

환전 시각은 8월 4일, 23:56:43이었다.


　인포메이션 시트(Information Sheet)에서 수도까지 가는 수단으로 추천
한 것은 플리버스(Flybus). 매번 비행기 도착 후 30분 정도 후에 있다고
했으나 밤 11시 도착에 짐까지 찾으면 다음 날이 시작될 것이고, 초행길
인지라 그때도 버스가 있을지는 장담하지 못했다. 불안한 마음에 예약
한 것이 FLUGHÓTEL. 케플라비크 국제공항까지 차로 이삼 분 거리에
위치하며 레이캬비크 중심에서는 차로 50분 거리라는, 교통편이 매우 좋
아 보이는 호텔이었다. 안내원에게 물어보니 걸어가기는 힘들다고 해서
택시를 잡아탔다.
　차로 이삼 분. 요금은 가파르게 올라갔다. 차로 십여 분. 몇 번의 원형
사거리를 지나왔을까. 도착한 호텔까지 요금은 1,700크로나. 대략 1크로
나를 10원이라고 생각하니, 물가는 정말 살인적이었다. 호텔 데스크에는
여자 한 명이 앉아 있었다. 반가운 얼굴로 인사를 건네는 그녀. 우선 인

터넷으로 구입한 호텔 티켓을 보여 주었다.

"여기는 없는데요."

"예약했는데…."

"네, 이 티켓은 우리 호텔에서 발급한 것이 맞는데…, 이름이 여기 리스트에 없거든요."

"그럼 어떻게 해야 하죠?"

그녀는 여권번호 등을 적고는 미안하다고 사과했다. E-티켓이 있는데 컴퓨터 리스트에 없는 것이. 그녀는 사과의 의미로 좋은 방을 주겠다고 했고 나는 고맙다고 답했다. 사실 처음 와 보는 곳이고, 내가 묵을 하나만의 방을 볼 상황에서 방이 좋고 나쁘고를 알 수는 없는 일이었지만….

"여기는 아침 식사가 포함 안 되어 있는데…, 식사하시겠어요?"

처음에는 가격을 생각해 아침 식사 없이 예약했지만, 다시 생각해 보니 아이슬란드 호텔 밥을 먹어 보는 것도 괜찮겠다는 생각이 들었다. 이 기회가 아니면 또 언제 아이슬란드 요리를 먹어 볼 수 있을까 하는 생각도 들었고. 호텔 정보 중 레스토랑에는 '호텔 내에 위치한 레스토랑에서는 현대적 분위기에서 아이슬란드 현지 요리 외에도 국제 요리를 즐길 수 있다'고 쓰여 있었다.

"네, 그렇게 하지요. 얼마인가요?"

"1,000크로나요."

1만 원. 택시비를 생각하면 싼 가격이었다. 5분을 더 기다려 영수증을 받고는 엘리베이터를 타고 올라갔다. 2층에는 209호까지밖에 없었다. 다시 내려가서 다른 통로를 인도받아 올라갔다. 239호는 맨 끝에 있었다. 방은 생각보다 훌륭했다. 침대는 1.5~2인용 사이의 크기로 푹신푹신했으며, 담요 대용으로 보이는 갈색 이불이 하나 있고 그 밑에 또 다른 하얀 솜이불이 있었다. 밖은 상점들이 보이는 듯했고, TV도 하나 있었다. 이리저리 뛰놀다가 침대에 누워 TV를 켰다.

　TV는 무료였으며, 채널은 2~10번까지 설정되어 있었다. 2번은 BBC1, 3번은 BBC2, 7번은 카툰 네트워크(Cartoon Network), 10번은 디스커버리 채널(Discovery Channel)이었는데, 나오는 채널은 2, 4, 8, 9, 단 네 개. 7번은 밤이어서 꺼 놓았다고 생각했으나, 나머지는 알 수 없었다. 나오는 언어는 세 개의 영어에 하나의 아이슬란드어. 몇 번 더 뒤척이다 새벽 1시가 조금 넘어서 잠이 들었다.

# 7. 버스정류장

5시와 7시쯤, 그리고 알람을 맞춰 놓은 8시에 깨어났으나, 다시 잠이 들었다. 완전히 깨어난 건 9시쯤이었다. 부스스한 머리를 감은 후 어슬렁 거리며 내려간 호텔 레스토랑. 혹시 몰라 가지고 간 아침 식사 영수증은 필요 없었다.

10여 개 남짓한 테이블 중 사람이 앉은 곳은 두 곳. 혼자여서 2인용 테이블에 자리를 잡고 음식을 살펴보았다. 빵(호밀 식빵), 치즈, 몇 종류의 햄, 토마토, 3등분 된 바나나, 우유, 두 종류의 주스와 요구르트, 식빵 굽는 기계, 조그만 페이스트리 같이 생긴 빵, 조그맣게 담긴 각종 1인용 소스(버터, 설탕 등등)에 생선 수프로 추정되는 수프, 대략 이 정도. 아이슬란드 현지 요리보다는 전형적인 유럽의 아침 요리 같았다.

'비싼 돈 냈는데 본전은 뽑아야지' 하는 생각을 하며 부지런히 음식을 접시에 담아 왔다. 먹다가 앞에 놓인 커피잔에서 사람이 먹다 간 흔적을 발견했으나, 지금 와서 다시 자리를 바꾸기도 이상해 그냥 끝까지 앉아서 먹었다.

아침 식사 시간이 5시부터 10시까지라고 했던 것 같았으나 11시까지라고 믿고는, 빨리 샤워를 마친 후 한 번 더 식당에 가기로 마음먹었다. 그러나 올라가서 TV를 만지작거리고(여전히 나오는 채널은 2, 4, 8, 9. 단 네 개. 시간대와는 상관없는 것 같았다) 집에 전화하고 손빨래와 샤워를 하니, 시계는 어느덧 11시를 가리키고 있었다. 호텔 데스크 옆 구석에 있는 컴퓨터를 조금 해 보고(한글은 깨져 나왔다), 필요한 게 있기에 인포메이션 센터에 가서 물어봤다. 대화가 조금 어긋나 있었으나 그걸 깨달은 것은 몇 분 후였다.

"BSI 버스 스테이션이 어디에 있나요?"

"이쪽으로 나가셔서 쭉 가시면 돼요."

"걸어가도 될 만한 거리인가요?"

"네, 걸어서 한 15~20분이면 도착한답니다."

"네, 그러면 나가서 (손가락으로 가리키며) 저 방향으로 가면 되나요?"

"(지도를 펼치며) 네, 우리가 지금 여기 있고 (다른 방향을 표시하며) 여기예요."

무언가 미심쩍었지만 알았다고 하고, 다음으로는 은행의 위치를 확인했다. '시내까지 멀다고 했더니 여기도 수도잖아? BSI 버스 정류장이 걸어서 15~20분 거리면.' 은행에 가서 환전한 후(1유로에 120.23, 11시 34분 2초에 120유로를 내고 환전받은 돈은 14,428.00크로나였다) 서쪽으로 난 길을 따라 쭉 내려갔다. 조금 헤매다 도착한 버스 정류장. 생각보다 조그마했는데, 들어가 보니 뭔가가 이상했다. 레이캬비크로 가는 버스와 레이캬비크에서 오는 것. 가는 버스는 11:30(12:00)이 쓰여 있었고 그다음 버스는 14:45 예정이었다. '여기가 레이캬비크 BSI 버스 정류장이 아니구나.' 그제야 호텔에서의 대화 내용이 어긋나 있었다는 것을 깨달았다.

"실례합니다. 뭐 좀 물어도 될까요?"

"네, 얼마든지요."

"여기서 레이캬비크 BSI 버스 정류장으로 가는 버스가 있나요?"

"네, 여기서 타시면 돼요."

"얼마예요?"

"1,300이요."

"네…, 그런데 저 플러그호텔에서 묵었는데, 그런 경우 할인이 되지 않나요?"

"네…? 죄송하지만 그런 건 없는데요."

"아…, 죄송해요. 아마도 제가 잘못 알았나 봐요."

"버스 출발까지는 아직 2시간도 더 남았으니 구경하고 싶으시면 잠깐 나갔다 오세요. 짐은 여기 두고 가서도 돼요. 제가 봐 드릴 테니까요."

"감사합니다. 그렇지 않아도 배가 고파서 뭔가 먹으려고 생각했거든요."

"여기 나가면 먹을 곳이 꽤 많이 있어요. 한 바퀴 둘러보고 오서도 될 거예요. 별로 크지는 않은 도시거든요."

가방만 가지고 밖으로 나와 바다를 뒤로 사진을 몇 장 찍으며 음식점들의 메뉴와 가격을 관찰했다. 역시나 비쌌다. 계속 돌아다니다 케플라비크의 북쪽과 그 옆에 붙어 있는 위트리-나르드비크(YTRI-NJARÐVÍK) 마을의 경계까지 갔다왔다. 돌아오면서 밤새 묵었던 호텔 앞도 다시 한 번 지나고 영화관처럼 보이는, 영화 포스터 6개가 붙어 있는 건물도 지났으며 곳곳에 있는 '코카콜라(Coca-Cola)'도 지나쳤다. 아마도 코카콜라가 아이슬란드에 많은 체인점을 가지고 있으며 맥도널드같이 음식도 파는, 일종의 음식점 개념인 것 같았다. 어찌 됐든, 참 작은 도시였다.

2시 조금 넘어서야 다시 케플라비크 SBK 버스 정류장에 도착. 공항에서 아이슬란드 남서쪽 끝자락에, 케플라비크에서도 서북쪽 끝자락에 위치한, 작은 버스 정류장이었다.

몇 개의 여행 정보를 꺼내 보다가 문득 레이캬네스(REYKJANES)가 뭘까, 하는 의문이 들었다.

"저기요, 죄송한데요, 뭐 좀 하나 물어봐도 될까요?"

"네, 얼마든지요."

"이 지도나 다른 것들 보면 레이캬네스(REYKJANES)라는 것이 적혀 있는 것을 자주 볼 수 있었는데요, 무슨 특별한 의미 같은 것이 있나요?"

"아, 그거요? 지도 보시면 케플라비크(KEFLAVÍK), 위트리-나르드비크(YTRI-NJARÐVÍK), 그리고 인리-나르드비크(INNRI-NJARÐVÍK)가 나와 있죠? 레이캬네스 반도(REYKJANES)는 이 세 개의 작은 마을을 통틀어서 부르는 말이에요."

"아, 그렇군요. 저는 수도인 레이캬비크(REYKJAVÍK)와 관련된 의미가 있나 하고 생각했거든요."

"아니요, 그런 건 아니에요."

2시 40분. 이제 버스를 타도 되냐고 물었으나 그녀는 곤란한 표정을 지으며 아직 준비가 되지 않았다고 했다. 2시 45분이 조금 넘어서야 한 남자를 가리키며 내가 탈 버스 운전자라고 했고, 트렁크를 실은 버스는 2시 52분에 출발했다. 탑승객은 나 혼자였다.

버스는 레이캬네스 반도(REYKJANES)를 거치며 몇 번을 멈춰 새로운 승객을 태웠다. 약 1시간 후, 버스는 목적지이자 종점인 레이캬비크 BSI 버스 정류장에 도착했다. 출발 때와 마찬가지로, 하차객은 나 혼자였다.

BSI 버스 정류장. 규모 면에서는, 또 특별한 게이트 없이 마음대로 버스 앞까지 오갈 수 있다는 점에서는 차이가 있었으나, 전체적인 구조 면에서는 고속버스터미널과 비슷했다. 버스가 버스 정류장에 들어서고, 대합실을 거쳐 시내로 나가는 길. 아니, 굳이 비교하자면 시외버스터미널과 더 닮았다고 할까.

아침을 제외하고는 아무것도 먹지 않았던지라 배가 고팠고, 시선은 저절로 식당을 향했다. 요리사가 접시 위에 웃고 있는, 말 머리로 추정되는 물체를 올려놓은 그림. 한국에서 본 방송에서는 아이슬란드에 말고기와 생선요리가 많다고 했었다. 대충 보고는 시내로 향하는 출구 옆의 데스크로 향했다.

"죄송한데요, 여기가 서비스 센터 맞나요?"

"네, 아마 그럴 거예요. 얼마든지 물어보세요."

"저기…, 그러니까…. (워크캠프에서 보내준 인포메이션 시트의 한 부분을 펼쳐 보여주며) 여기 보면 서비스 센터에 도착하면 키를 주고 그런다던데…"

"(잠시 종이를 바라보다) 음. 글쎄요…. 저는 잘 모르겠는데요. (내가 있는 곳에서 오른쪽 방향을 가리키며) 아마 저기로 가면 뭔가 알 수 있을 것도 같네요."

고맙다고 하고는 그쪽으로 향했다. 잠시의 기웃거림 후, 세 개의 데스크 중 버스가 들어오는 입구에서 가장 가까운 곳으로 향했다.

같은 도입 부분의 대화 후,

"진짜, 왜 아직도 안 바꾸는지 모르겠어요. 제가 몇 번이나 이야기했는데…. 그냥 바로 거기서 가는 길을 알려 주면 될 걸 가지고…"

그러고는 지도를 꺼내 설명해 주었다.

"자, 보이시죠? 여기가 지금 저희가 있는 장소고요(형광펜으로 길들을 일일이 칠해 가며)…, 이렇게 가시면 돼요. Skipholt 24가 최종 목적지랍니다. 걸어서 15분밖에 안 걸려요. 버스를 타고 흘레모르(HLEMMOR)까지 가서 걸어가는 방법도 있지만, 저라면 그냥 걸어가는 것을 추천하고 싶네요. 흘레모르까지 가도 어차피 상당한 거리를 걸어가야 하고, 여기에서의 거리와 별 차이도 없어 보이니까요. 그게 돈도 아낄 수 있고요."

밖으로까지 나와 친절하게 가는 방향을 알려 주는 안내원. 혹시 방향을 잃어버리면 첨탑이 우뚝 솟아 있는 교회를 보며 방향을 잡으면 된다고 했다. 현재 공사 중이지만 높이 솟아 있으므로 가는 길까지는 어디에서나 잘 보일 거라는 말과 함께. 고개를 몇 번 끄덕이고는 안내원이 알려 준 방향으로 무거운 짐을 끌며 걸어가기 시작했다.

지도의 글자가 흐릿해서 잘 보이지는 않았지만, 대충 보자면 바튼스미라르베구르(VATNSMÝRARVEGUR) → 스노르라브라위트(SNORRABRAUT) → 플로카가타(FLÓKAGATA) → 에인홀트(EINHOLT)를 거쳐 스키프홀트(SKIPHOLT)로 가는 길이었다. 찾아가는 길은 생각보다 쉬웠다. 거리마다 거리명 표시가 매우 잘 되어 있었으므로. 힘들었다는 것이 문제였을 뿐. 드디어 스키프홀트 거리 중, 그림 속 위치로 추정되는 곳까지 도착. 집 앞에 붙어 있는 번호는 46. 조금 더 나아가니 48, 50이 보였다. 이게 아닌데…. 너무 많이 왔다는 생각에 되돌아가려고 하는데 저쪽에서 어떤 아저씨가 인사를 건네 왔다.

"어디 찾는 것 같은데 도와줄까?"

'왔던 길을 조금만 되돌아가면 되는데….' 하지만 낯선 이방인에게 호의를 베풀려는 아저씨의 성의를 무시하는 것도 예의는 아닐 터였다.

"네, 스키프홀트 24번가를 찾고 있는데요, 여기가 아닌 것 같아요. 너무 멀리 왔는지, 조금 되돌아가야 할 것 같은데요."

아저씨는 군이 내가 보고 있는, 파일에 끼어 있는 지도를 달라고 하시더니 한참을 뚫어져라 보며 영어로 혼잣말을 했다. "여기가 스키프홀트 가(街)는 맞는데…, 이게 50번이고…." 몇 번을 거리와 집 번호를 확인하던 그는, 이윽고 자신감에 찬 목소리로 나를 안내했다.

"너무 멀리 온 것 같은데? 왔던 길로 조금 되돌아가야 할 것 같아."

'그건 제가 했던 말이잖아요.'

어쨌든, 그러며 친절하게 앞장서던 아저씨는 조금 걷다가 다른 아저씨를 만나 뭐라 대화를, 손님을 위한 배려로 영어도 섞어 가며 이야기하기 시작했고(여기 외국인을 도와주고 있어…), 끝까지 안내해 준 후 몇 가지 질문을 던져 왔다.

"레이캬비크는 처음이니?"

"네, 처음이에요."

"언제까지 아이슬란드에 있을 예정이야?"

"약 3주 정도요."

"그럼 계속 레이캬비크에 있을 거니?"

"아니요, 사실은 오늘 하루만 잔 다음 내일부터 약 2주 동안 다른 사람들과 함께 다른 곳에 가 있을 예정이에요. 그다음 21일쯤에 다시 돌아와서 25일까지 있다가 돌아가는 여정이에요."

"그래? 그렇다면 조금 아쉽네. 다음 주에 저쪽 거리 너머에서 축제가 벌어지거든. 사람들도 많이 와서 즐길 예정이고, 재미있을 텐데…."

"네, 조금 아쉽게 됐네요."

아이슬란드인을 믿지 말라는, 이해는 하지 못했지만 아마도 재미있는 내용의 농담을 건네고는 기분 좋은 웃음을 건네며 떠나가던 중년의 아저씨. 상대방의 호의를 받아들이는 것은 종종 양쪽 모두에게 유쾌한 결말을 가져다 준다는 것을 새삼 느꼈다.

스키프홀트 24. 몇 개의 계단을 올라가서 현관 앞에 서니 문은 열려 있었고, 어렴풋이 소리도 들려왔다. 똑, 똑. 무응답. 다시 똑, 똑. 역시 무응답. 누구 계세요? 무응답. 일단 계단을 내려와서 잠시 기다리자니 한 금발의 여성이 집 쪽으로 다가왔다.

"워크캠프 신청자인가요?"

"네."

"그런데 안 들어가고 여기서 뭐 해요?"

"그게, 노크도 해 보고 불러도 봤는데 아무 대답이 없어서요."

"안토니오가 아직 안 왔나 보네요. 좋아요, 들어와요."

들어간 것까지는 좋은데 왠지 산만한 분위기. 서양임에도 불구하고 임의로 현관이라고 분류해 놓은 장소에는 많은 신발이 벗겨져 있었고, 현관에서부터 시계방향으로는 2층으로 올라가는 계단, 지하로 내려가는 계단, 화장실 겸 샤워실, 문 쪽 벽에 컴퓨터 3, 컴퓨터 2와 반대쪽 벽에 리더 전용이라는 컴퓨터 1이 있는 방, 소파 3개가 ㄷ자로 놓인 거실, 리더 전용 침실 하나에 부엌이 있었다. 부엌에는 신문지 몇 개가 깔려 있었고, 두 사람이 무언가를 하고 있었으며, 신발이 밟고 간 흔적도 많이 보였다. 한마디로 카오스. 신발들과 함께 짐들도 쌓여 있는 현관에 내 여행 가방도 풀어놓고, 신발은 그대로 신고 거실로 들어갔다.

나중에야 알게 된 사실이지만, 그곳은 내가 참가하는 워크캠프 참가자들만을 위한 장소가 아닌, 아이슬란드에서 열리는 모든 워크캠프 참가자를 위한 임시 숙소였다. 거실에서 만난 한 독일 여성. 그녀는 자신의 워크캠프가 끝났고 내일 귀국 예정이며, 자신과 함께했던 다른 참가자들은 다들 하이킹을 갔다고 했다. 자신이 18살이며 이번 9월에 대학(김나지움)에 갈 것이라는 정보도 함께 말하며. 다른 남자도 들어와 서로 뭐라고 대화를 나누던 둘은 같이 밖으로 나갔고, 다시 혼자가 된 나는 인터넷 방에 가서 한국 사이트를 검색해 봤다. 다행히 한글은 처지지만 않을 뿐 깨지지 않고 잘 나왔다. 인터넷 검색이나 할까 하다가 이왕 떠나 온 것, 신경 쓰지 않기로 하고 마땅히 있을 곳도 없기에 다시 밖으로 나왔다.

밖으로 나와도 낯선 장소에서 마땅히 갈 곳이 없기는 마찬가지… 아는 곳은 BSI 버스 정류장뿐이었다. 하릴없이 BSI 버스 정류장까지 왕복 운동이나 했다. 몇 분 전에 한 번 오갔던 길인 데다가 짐까지 줄어서인지, 왕복 운동은 가뿐했다.

다시 돌아와 찾아간 거실. 이번에는 꽤 많은 사람이 밀집해 있었다. 어디에서 왔느냐는 질문에 한국에서 왔다고 하니 들려오는 단어 '친구'. 한국인은 어디에나, 아이슬란드까지도 발자취를 남겨 가나 보다.

"잘 곳(방)은 어딘지 아니?"

"아니…"

방은 1층에 하나, 지하에 두 개가 있었다(2층은 다른 사람들이 쓰는 듯했다). 내가 인도된 방은 지하에 있는 방 중 현관에서 가까운, 계단에서 보아 정면에 있는 3번 방이었다. 방에는 왼쪽에 매트리스 하나와 2층 침대 두 개가 대충 「 모양으로 놓여 있었다. 다섯 개의 선택지를 놓고 고민하던 나는 가운데 2층 침대의 1층을 선택했고, 그곳이 하루 동안 내 보금

자리가 되었다.

다시 할 일이 없어서 하릴없이 일기나 쓰며 누워 있던 중, 두 명의 반가운 손님이 찾아왔다. 안내자를 따라 들어온 두 명의 남녀. 안내자는 이들 역시 워크캠프 참가자라며 차례로 나에게 소개시켜 주었다. 남자는 카말, 여자는 나탈리. 국적은 둘 다 프랑스. 나랑 같은 워크캠프인 '데니시 데이(Danish day)'에 가는 사람들이었다. 간단히 인사를 나누고 그런가 보다, 하며 다시 비몽사몽으로 일기를 쓰며 누워 있던 중, 동양인이 들어왔다.

'혹시 K가 아닐까?'

사전 검색을 통해 이 캠프에 나를 제외하고도 한국 여성이 한 명 더 참가한다는 정보는 확보해 놓은 상태였다. 그러나 그게 다였다. 나이도 모르고, 주소나 전화번호, 이메일도 모르는, 가지고 있는 정보는 대한민국에서 가장 흔하다는 K라는 성과 역시 독특해 보이지 않는 이름뿐. 모든 것에서 훌쩍 떠나온 것이라고는 하지만, 그래도 같은 한국인이라는 유대감 때문에 그녀를 찾았었는데…. 그녀가 먼저 자기소개를 했다.

"안녕하세요. 나는 야스코예요. 일본에서 왔고요."

"창성이에요. 남한에서 왔고요."

급격하게 나타난 실망이라는 감정. 아마 그녀도 나와 같은 생각이 아니었을까. 머나먼 이국땅인 아이슬란드에서 동양인을 보다니 얼마나 반가웠을까. 그러나 나의 입에서 나온 말은 그녀가 원하던 말과는 거리가 있을 터였다. 그녀 역시 약간 실망한 표정을 나타냈고, 그녀가 나가자 프랑스인들은 일본이 어떻고 하는 등의 말을 하기 시작했다. 얼마 안 있어 그녀는 다시 들어왔고, 나에게 말을 건넸다.

"여기에 아시아인이 있다니 놀랐어요. 저는 이 나라에서 아시아인을 처음 보거든요."

"그런가요? 저는 이미 몇 명 봤었는데… 비행기 안에서도 3명이나 봤고, 오다 보니 아시아 음식점도 있던데요."

"그래요?"

"네, 그리고 한국 여자도 한 명 더 이 캠프에 참가하는 걸로 알고 있어요. 아직 얼굴도 못 봤고, 누군지도 모르지만요."

그리고 얼마간 더 이어진 대화. 야스코는 나탈리 위의 침대를 선택했고, 나는 고픈 배와 피곤한 몸을 움켜쥐고는 잠자리에 들었다. 시계를 얼핏 보니 오후 6시였다.

# 8. 스틱키쉬무르로

아이슬란드의 수도 레이캬비크. 이곳에서 맞이하는 첫 번째 아침.

기상 시각은 오전 6시. 어슬렁거리다 1층으로 올라가 세면을 하고 인터넷을 하다가 부엌에 가서 냉장고를 뒤졌다. 먹을 것이, 참 난감했다. 다시 컴퓨터 방에 가서 누군가가 먹다 만 말린 바나나 과자를 먹어치운 후 지하에 있는 방으로 향했다.

아직은 다들 자고 있었고, 세면도구를 꺼내 샤워를 마친 후 다시 방에 들어가니 한 명, 깨어 있는 사람이 보였다. 내 위의 침대에서 자던 여자애가 어떤 다른 여자애와 "I'll miss you(그리울 거야)" 등의 대화를 나누며 껴안고, 얼마 후 있을 작별 인사를 했다. 아마도 캠프를 마치고 집으로 돌아가는 일행인 듯했다. 발음은 미국식이었는데 말끝마다 뒤에 붙어 나오는 'fuck'.

'이것이 전통 미국식 영어인가?' 하는 생각이 들었다. 한국인도 말끝마다 욕을 붙이는 사람이 있지만 아무리 한국어를 잘하는 외국인도 말끝마다 욕을 붙이지는 않듯이, 미국인이나 영어권 사람이 아니라면 말끝마다 'fuck'을 붙일 리가 없으므로.

8시쯤 밖으로 나와 레이캬비크 지도를 펼쳐보고는 서쪽으로 방향을 잡았다. 지도상에는 서쪽이 더 복잡하게 표시되어 있었으며 시청도 있었고, 아무래도 시청이 있는 곳일수록 시의 중심일 확률이 높다는 생각이 들었으므로. 지도를 가지고 공사 중이라던 교회를 이정표 삼아 한참을 걸어가 처음 맞닥뜨린, 명소라고 생각되는 장소는, 큰 호수였다.

호수의 이름은 트요르닌(TJÖRNIN). 그곳에는 많은 새가 호수와 호수에 면한 길에서 휴식을 취하고 있었다. 무슨 새라고 할까. 거위? 아니면 북유럽에만 특별히 존재하는 신화적인 새? 가까이, 약 50㎝ 앞까지 다가가도 미동도 보이지 않던 새들. '이것이 아이슬란드인의 기질인가. 낯선 사람을 보아도 경계하지 않고 편안하게 맞이해 주는…' 외국에 나와 있자니 말도 안 되는 생각들이 떠올랐다. 너무 오버인 것 같았으나, 외국에서는 누구나 이런 생각을 한 번쯤 가져 볼 수 있을 것이다.

호수에서 조금 시간을 보내고 개척자처럼 계속 나아간 서부. 사전 정보가 없어서 그런지, 볼 만한 것이라고 느낀 것은 없었다. 시청 앞까지도 가 보았으나 매우 작다는 느낌밖에. 크고 인구 많은 도시라면 몰라도, 작고 인구 적은 도시를 아무 정보 없이 돌아다니는 것은 별로 현명한 선택이 못 된다는 나름의 지혜를 깨닫고는, 다음에 올 때는 명소라는 곳들을 하나하나 짚어볼 것을 다짐했다. 돌아다니다, 대부분 11시가 넘어야 연다던 음식점 중 우연히 열려 있는 빵집을 하나 찾아 들어갔다.

가격 비교. 머릿속에 고정시켜 놓은 환율에 의하면 '1크로나 = 10원'. 200크로나짜리 초콜릿 빵과 70크로나짜리 250㎖의 하얀 우유. 우유의 가격은 이 정도면 적당하고 빵도 비싼 것은 아니라고 위안 삼으며 아침 겸 점심이 될 것으로 예상되는 식사를 끝냈다. 조그만, 탁자가 5~6개 정도에 앉는 자리가 20~25개 정도가 되는 동네 빵집에서 혼자 앉아 빵 한 조각과 우유를 즐기는 여유. 대략 2시간, 11시 20분까지 그곳에 앉아 있다가 점심이 가까워져 사람들이 차 오기 시작하자 눈치가 보일 것 같아 자리에서 일어나 밖으로 나왔다. 맞은편 탁자에 앉아 2시간째 신문을 읽던 할머니는, 커피 한잔의 여유를 행복하게 즐기는 듯 보였다.

레이캬비크의 지도는 많이 있었으나 숙박지와 그곳으로 가는 길이 친절하게 표시된 지도는 BSI 버스 정류장에서 받은 지도뿐. 꼭 그런 이유에서만은 아니었으나, 걸어가다 보니 발걸음은 내가 아는 두 장소 중 하나인 BSI 버스 정류장으로 향했다. 근처를 지나가는데 가볍게 쏟아지는 가는 빗줄기. 11시 50분쯤, 나는 버스 정류장으로 들어갔다.

하릴없이 비가 그치기만을 기다리며 문밖을 드나들고, 100크로나를 들여 복권도 긁어 보았으나 모두 아이슬란드어로 되어 있어서 당첨되었는지는 알 도리가 없었고, 그냥 기념품으로 간직하기로 했다. 나란히 서 있던 5대의 택시 중 4대의 택시가 손님 태우기를 포기하고 지나가는 것도 지켜본 다음 12시 15분쯤, 인포메이션 시트에 나와 있는 안토니오에게 전화를 걸었다.

"여보세요?"

"여보세요? 거기 안토니오 전화 맞나요?"

무응답. 전화를 보니 벌써 끊어져 있었다. 하긴, 처음 일어나는 일은 아니었다. 전화는, 여기서 몇 번 끊어져 봤으니까. 그러나 이런 상황에서의 불통이라니…. 더 걸어 봐도 소용이 없을 것 같았다. 조금 더 기다리다가 마지막까지 남아 있던 택시를 타고는 숙소로 향했다.

"스키프홀트가 24번, 부탁합니다."

타는 순간 저절로 나오는 신음. 기본요금은 490크로나였다. 4,900원.

요금은, 내가 느끼기에 가파르게 올라갔고, '이 아저씨가 외국인이라고 사기 치는 게 아닌가?' 하는 생각이 저절로 피어올랐다. 10단위로 올라가던 요금은 860크로나에서 멈췄고, 속으로 혀를 내두르며 12시 40분쯤 다시 숙소에 도착했다.

역시나, 랄까. 아무도 내가 오전 중 나갔다 온 것에는 관심을 가지지 않았다. 어제 듣기로는 오후 1시가 출발시각이랬는데…. 밑으로 내려가니 나탈리와 카말은 누워서 휴식을 취하고 있었으며 야스코는 보이지 않았다. 잠시 후 옆에 한 소녀를 동반해 나타난 야스코. 전형적인 일본 소녀처럼 생긴 아이였다.

"일본에서 온 애야."

역시나 K는 아니었다. 약간의 실망과 함께 '혹시 K가 이곳으로 오는 것을 포기한 것은 아닐까' 하는 생각이 들었다. 나도 처음에는 조금 고민했으므로. 이런 나를 안심시켜 준 것 역시 야스코였다.

"그런데 혹시 K 만나 봤니?"

"아직요. K 정말 왔어요? 어디 있는데요?"

"1층에. 조금 전까지도 나랑 같이 있었는 걸. 그럼 어서 올라가서 만나 보지 그래?"

"그럴까요? 아니, 아니에요. 어차피 몇 분 있으면 만날 텐데요. 뭐."

"하긴, 그렇지."

야스코는 알았다며 고개를 끄덕이고는 옆의 소녀와 대화를 나눴다. 야속한 비는 그새 그쳐 있었다. 12시 55분쯤 야스코가 먼저 갔고, 나는 부르러 온 사람을 따라 1시 10분쯤 위로 올라갔다.

컴퓨터 방에 가만히 서 있는 또 다른 동양인 여자. 설마 이 워크캠프가, 머나먼 아이슬란드의 워크캠프가 동양인들로 가득 차지는 않았을 테고, 이번에는 분명 K겠지. 서로의 존재를 인식했지만 우리는 아무 말도 나누지 않았고, 서로에게 가까이 다가가려는 노력도 기울이지 않았다. 다시 조금씩 쏟아지는 소나기. 문 앞에 나란히 서 있는 참가자들. 가만히 서 있기도 뻘쭘해서 차에 타도 되냐고 묻고는 먼저 탑승했다. 앞에 운전석 포함 3자리, 중간에 3자리, 뒤에 3자리에 그 뒤는 트렁크. 트렁크에 여행 가방을 집어넣고 중간 좌석의 문을 열고는 왼쪽에서 탑승. 앞으로 젖혀지는 의자는 오른쪽 의자뿐이었고, 결국 제일 먼저 차에 탑승한 나는 뒷좌석 오른쪽 자리에 앉았다.

비 내리는 오후에 혼자 차 안에 앉아 창밖을 내다보며 기다리고 있노라니, 어느 순간인가 기다리던 모든 인원이 차 안으로 몰려왔다. 먼저 탑승한 것은 두 명의 일본인. 그들도 나와 같은 문으로 탑승해 뒷좌석으로 넘어가려고 의자를 앞으로 밀어보았으나 무용지물. 결국 내가 내 앞에 있는 의자가 넘어간다는 사실을 알려 주고는 왼쪽으로 두 칸 이동했다. 내 옆에 앉은 야스코와 그 옆에 앉은, 전형적인 일본 느낌의 소녀. 야스코는 나에게 한국인을 만났는지 재차 물었고, K로 추정했던 인물이 그녀가 맞다는 사실을 야스코에게서 확인하고는, 아직 아무 말도 안 나눠 봤으며 차차 서로 알아갈 것이라고 답했다.

이어서 프랑스인 2명이 탑승하고 내 앞자리에 앉은 K. 맨 앞 3자리는 도우미 격인 운전자와 이탈리아에서 왔다는 루이지, 그리고 폴란드에서 왔다는 줄리아가 앉았다. 차는 2시에 출발했고, 한참을 달리던, 말이 미니버스지 사실상 봉고차는, 어느 다리를 건너더니 휴게소 같은 곳에서 멈추었다. 잠깐 쉬면서 뭔가를 먹거나 하라며. 이럴 때는 일단 내려 주는 것이 예의. 뒤의 6명 중 K만이 모두가 탔던 왼쪽 문으로 내렸으며, 나머지 5명은 오른쪽 문으로 내렸다. 내려서 멀뚱히 서 있는 우리. K가 먼저 나에게, 한국말로 말을 건넸다.

"한국에서 오셨어요?"

"네…."

다시 이어진 침묵. '보너스(BONUS)'의 'O' 속 돼지가 웃고 있는 안으로 일단 다른 사람들을 따라서 들어갔다(나중에 알고 보니 BONUS란 일종의 마트였다). 우선은 빵집. 빵집을, 빵집만을 어슬렁거리다, 다시 몇 번 나왔다 들어가기를 반복하다가, 옆에 작은 슈퍼가 있는 것을 보고는 그리로 들어갔다. 어찌어찌해서 다시 마주친 K.

"뭐, 쌀 같은 거라도 사야 할까요?"

"설마, 저희 돈으로 사겠어요?"

"하긴…, 그래도 또 모르잖아요. 음식은 뭐 가지고 오셨어요? 저는 김이랑 된장이랑 부침가루랑 불고기 양념 가져왔는데…."

"그래요? 저도 불고기 양념 가져왔는데. 햇반이랑 고추장이랑…."

대화의 내용은 대략 이런 식이었다. 먹거리에 관한 것. 그리고 다시 헤어져 제 갈 길로 먹거리를 구경하며 움직이는 우리.

3시쯤 도착한 휴게소에서는 약 30분간의 쉬는 시간을 가졌다. 서두를 필요 없었는지 운전사는 우리 모두가 나올 때까지 끈기 있게 기다려 주었고, 덕분에 미리 나와서 경치를 감상하며 사진을 찍다가 다시 지루해져서 건물 안으로 구경하러 들어가기도 했다. 결국 제일 마지막으로 건물에서 나온 것은 일본인 2명. K는 초콜릿 하나만을 산 것 같았다. 그러고 보니 여기 있는 모두가 점심을 먹지 못한 것도 같고…. '어제에 이어

오늘도 아침만 먹나…?' 쓴웃음이 나왔으나 어쩔 수 없었다. 빵을 사 먹으려 했으나, 빵도 너무 비쌌다.

얼마쯤 갔을까. 저 멀리 스틱키쉬(STYKKISH)라는 푯말이 보이기 시작했다. 스틱키쉬무르(STYKKISHÓLMUR)에 도착한 것은 오후 4시 45분. 한참을 달려왔다고 생각했는데 알고 보니 둘 다 나라의 서쪽에 있는, 수도에서 172㎞밖에 떨어지지 않은 곳이었다. 스틱키쉬무르는 북쪽, 레이캬비크는 남쪽에 있을 뿐. 만(Bay) 같은 곳에 들어선 차는 잠시 멈추어 서고, 마을을 한 바퀴 돌기도 하더니, 누군가의 안내를 받아 우리를 최종 목적지에 내려주었다. 8월 20일까지 묵게 될, 우리의 숙소였다.

# 9. 나이
## (8월 6일, 1일 차)

2층짜리 하얀 건물은 매우 평범해 보였다. 건물 중앙의 왼쪽 문을 통해 들어간 집. 1층은 세탁실로 추정되는 곳에 세탁기로 추정되는 물체 2개, 남자 화장실과 여자 화장실이 각각 하나씩. 그리고 임의로 현관 비슷하게 만들어 놓은, 신발들을 벗어 놓는 곳이 있었고, 위로 올라가는 나선형 계단이 있었다. 한 바퀴 빙 돌아 위로 올라가자 큰 거실이 펼쳐졌다. ㄱ자로 되어 있는 윗부분에 방석 셋, 꺾이는 부분에 방석 하나, 옆부분에 한 명이 앉고도 충분한 방석이 있는 큼직한 소파, 지름이 30㎝가 넘어 보이는 화분 셋, 4인용 탁자 3개에 TV와 냉장고. 들어온 곳의 왼쪽, 벽에 막혀 있던 부분에는 가스레인지와 싱크대 두 개. 다시 냉장고. 벽 뒤쪽에는 역시 음식 저장소처럼 보이는 넓은 공간과 냉장고 3대가 놓여 있었다. 거실 오른쪽 중앙에 있는 계단을 두 개만 올라가면 다시 넓은 공간과 탁구대. 방은 10개.

어쨌든, 이건 모두 추후 알게 된 사실이고, 대충 인사를 나누고는 금액을 걷은 후(같이 차를 타고 온 사람은 모두 200유로씩을 아저씨한테 냈다. '참가비 140 + 숙박비 20 + 차비 40'으로) 계단을 올라가 방 배정을 시작했다. 안내인처럼 보이는 남자가 이 방, 저 방을 설명했고, 이미 사람이 있는 방도 4개가 있다고 했으며, 그들이 폴란드어를 사용하자 줄리아는 여기에 왜 폴란드인들이 와 있는지 모르겠다며 투덜거렸다. 우선 일본인 2명이 맨 오른쪽에 있는 1번 방으로 들어갔다. 그리고 질문.

"(프랑스 여자인 나탈리에게) 이 방에 들어갈래?"

"아니요, 저는 그냥 이 남자애(프랑스 남자인 카말)랑 같은 방을 쓸래요."

"(폴란드 여자인 줄리아에게) 얘네랑 같이 쓸래?"

"아니요, (어쩌고저쩌고)."

3인용인 듯한 1번 방. 당연한 순서겠지만 그들과 룸메이트가 된 것은 K였다. K는 좋다 싫다 말도 없이 고개를 끄덕이며 두 명의 일본인들 틈에 스며들었다.

다시 어떤 문을 지나 6번 방으로 들어간 프랑스 남녀. 리더로 보이는, 머리를 삭발한 이탈리아 남자 루이지가 같은 방으로 들어갔고, 나 역시 마땅히 갈 곳이 없었기에 그를 따라 들어갔다. 결국 4개의 침대는 문 앞의 침대에 나, 내 머리 방향의 침대에 이탈리아 남자, 창가 쪽의 내 옆에 프랑스 여자, 그리고 나와는 대각선 방향에 있는 이탈리아 남자 옆 창가 쪽을 프랑스 남자가 차지한 형태를 이루게 되었다.

다시 시간이 흐르고, 나갔다 들어갔다를 반복하다 거실 소파에 단둘이 앉게 된 K와 나. 처음 만나는 한국인끼리의 정보 교환 순서는 이름, 나이 순이던가. 최소한 내가 만나온 사람들과의 경험에 비추어 보면 그랬다. 그녀도 내 이름은 야스코에게 들었는지, 우리의 새로운 대화는 나이로 시작되었다.

"… 몇 학년이세요?"

"… 3학년이요."

"아…. 그럼 군대는…."

"제가 나이가 조금 많아요…."

"아…. 조금 어려 보이셔서…."

"네…. 몇 학년이세요?"

"2학년이요…."

한국인끼리 만나서 관계를 맺을 때 가장 중요한 것은 나이가 아닐까. 사실 아이슬란드로 오기 전에는 'K와 영어로만 대화를 나눠볼까?' 하는 생각도 했었다. 혹시라도 나이를 물어본다면 나이가 뭐 중요하냐면서 그냥 영어로, 반말로 대화하면서 친구 하자는…. 그녀가 나보다 어릴 것으로 확신하고 있었고, 조금이라도 더 어려지고 싶은 마음에서였을까? 그러나 생각은 생각만으로 끝나게 되며 실제로 마주치면 마음대로 하지 못하는 경우가 있다. 간단한 몇 마디 대화로, 그녀와 나 사이에는 극복하기 어려운 상하관계가 형성되었다.

저녁은 요리 잘하기로 소문난 이탈리아 남자의 파스타. 그는 사람들이 이탈리아 사람이라면 요리를 잘할 것이라는 편견을 가지고 있어서 부담이 간다고 했으나, 그의 요리는 부담을 느끼지 않아도 될 만큼 훌륭했다. 3개 테이블을 붙여 하나로 만든 후, 우리는 그의 솜씨를 칭찬하며 맛있는 저녁을 즐겼다. 식사가 끝나고는 모두 테이블에 그대로 앉아 여러 이야기를 주고받기 시작했다. 이야기 주제는 어쩌다 보니 한국의 존칭 문제로 넘어갔다.

"한국에서 나이는 매우 중요한 의미를 가져요. 나이가 관계를 맺는 데 거의 전부라고 할 수 있을 정도로요. 나이에 따라 서로 부르는 호칭도

달라지고요. 예를 들어서 나는 K에게(불어를 예로 가져다 들며) 'Tu(일종의 반말)'라고 할 수 있지만, K는 나에게 Tu라고 못 하고 항상 'Vous(일종의 존댓말)'라고 불러야 하죠."

"그러면 지금 K에게 쓰는 언어가 Tu예요?"

"아니요, 처음 만나는 사이거나 그러면 Tu라고 못 해요. 조금 더 시간이 지나고 서로가 친해져야만 그가 저에게 Tu라고 할 수 있어요. 지금은 서로 Vous를 쓰고 있죠."

저녁 후 시간은, 한국의 문화 전파 시간이나 마찬가지였다. 숙소에서 우리를 기다리고 있던 슬로바키아 남자와, 같이 차를 타고 온 이탈리아 남자, 프랑스 남자와 여자, 그리고 두 명의 일본 여자는 폴란드 여자의 적극적인 질문에 의해 한국 문화 강연을 한 시간가량 들어야 했다. 마치 교수가 되어 강연한 기분이었으며, 그에 대해 약간의 뿌듯함도 느꼈다. 도중 K와 몇몇 의견충돌이 있기는 했으나 사소한 것이었고, 그러면서 상하관계가 더욱 고착되는 것을 느꼈다. 내일부터 내가 K에게 말을 놓게 될 거라는 사실도 함께.

사실 윗사람이 아랫사람에게 말을 놓는 데 특별한 친밀감이 필요한 것은 아니다. 그것은 예의상일 뿐이고, 대부분 윗사람이 언제 말을 놓느냐에 달려있을 뿐. K에게는 미안했지만, 나는 내가 먼저 태어났다는 이유 하나만으로 나에게 부여된 특권을 누리기로 했다. K 입장에서는 조금 억울하겠지만, 4년 후 나와 비슷한 입장에서 비슷한 대화를 나누면, 충분히 나를 이해할 것이다.

슬로바키아 청년 루카스는 '369'라는 게임을 소개해 K와 나를 놀라게 했다. 자기도 한국인에게 배웠다면서 쉽고 재미있다고. 대단한 한국인

들. 몇 개의 게임을 하고 도중에 찾아온 몇 명의 손님들과 가벼운 인사
도 하며 시간을 흘렸다. 백야. 밤은 깊었으나 어두운 밤은 쉽게 찾아오
지 않았고, 나는 저녁 같은 밤에 잠이 들었다.

# 10. 아이슬란드에 온 이유
## (8월 7일, 2일 차)

워크캠프는 8월 6일부터 8월 20일까지였으나 아무 일도 안 하고 지나간 첫날. 아니, 시작이 반이라는 말이 있듯이 도착이라는 과업을 이루었으니 아무 일도 안 한 것은 아니었으나 모두 다 도착한 것도 아니었고. 어쨌든 예상과는 다르게 흘러간 첫날.

다음 날인 8월 7일. 처음 눈을 뜬 것은 새벽 3시경. 몇 번을 잠들었다 깨었다를 반복하다 결국 6시가 조금 넘어서야 침대에서 나온 나. 다른 사람들은 모두 깊은 잠에 빠져 있는지 인기척이 나지 않았고, 나는 샤워를 위해 1층 화장실로 향했다. 샤워실 옆에 있는 세면대에서 흘러나오는 물은 멈출 줄 몰랐고, 샤워실의 물은 조금씩 나온다는 게 흠이었으나 나름대로 따뜻했다.

샤워를 마치고 나오니 K가 세면도구를 가지고 화장실로 들어가려 하고 있었다. "잘 잤어?" 조금 어색하기는 했으나 절로 흘러나오는 반말. K가 "네"라고 답했던가, 아니면 고개를 끄덕였던가. 다시 위로 올라와서 방에 들어와 생각해 보니 레이캬비크에서와 마찬가지로, 아니 레이캬비크보다 더욱 할 것이 없었다. 침대로 다시 들어가 선잠인지 휴식인지 모를 상태에 빠져들었다.

얼마의 시간이 흘렀을까. 배도 고파왔고 부엌에서 달그락거리는 소리
도 들려왔기에 다시 침대에서 일어나 부엌으로 향했다. 부엌에서는 서양
애들 몇 명이 아침을 먹고 있었다.

아침은 인류의 초기 단계인 수렵 형태를 취하고 있다고나 할까. 냉장고
에서, 또는 선반에서 식빵이나 햄, 치즈 등을 찾아서 재주껏 먹는…. 조
금 기가 막혔지만 어쩔 수 없었다. 익숙해지는 수밖에. 곧 K도 나타났
고, 나는 K에게 "그냥 각자가 알아서 먹는 건가 봐"라고 말을 건넸다. K
는 가볍게 고개를 끄덕이며 웃기만 했다.

우선 식빵에 알맞게 자른 치즈 슬라이스. 다음으로 찾은 것은 잼이었
으나, 잼은 어디에도 보이지 않았다 어떻게 해야 할까, 고민하다가 치즈
위에 설탕을 뿌렸다. 식빵에 설탕과 치즈. 뭐라 설명하기 어려운 새로운
스타일. 누군가가 이것이 한국에서 아침을, 혹은 빵을 먹는 방식이냐고
물었고, K는 말도 안 된다며 강한 부정을 보였다. 식빵에 설탕과 치즈는,
시도해 볼 만했으나 다시 한 번 시도하고 싶은 방식은 아니었다. 아침은
그렇게, 여유롭게 흘러갔다.

전날 저녁, 숙소에서 우리를 기다리던 슬로바키아 청년 루카스는 어디
론가 떠나갔고, 이날 아침에는 다른 프랑스 청년, 인턴으로 워크캠프를
하고 있으며 현재 아이슬란드에 3개월째 체류 중이라는 피에르가 루카
스를 대신해 들어왔다. 느긋하게 쉬던 중 10시나 되었을까. 우리를 데리
러 온 아저씨의 안내에 따라 집 밖으로 나왔다. 현지인 아가씨의 안내에
따라 우리가 간 곳은 가정집으로 추정되는 집의 정원. 작업용 장갑을 받
은(이곳의 작업용 장갑은 빨간색이 아닌 노란색이었다) 우리에게 주어진 일은 생

각보다 간단했다. 대략,

1. 바닥에 널려 있는 갈퀴를 한 사람당 하나씩 든다.
2. 갈퀴로, 제초기를 돌렸는지는 의심스럽지만, 어설프게 제초가 되어 있는 풀밭을 마구 긁는다.
3. 모은 풀들을 검은 봉지에 집어넣는다.

간단하게 말하자면 제초기 없이 하는 제초작업. 단순 노동이었다.

나름 해외봉사라고 왔는데 이런 것을 봉사활동이라고 하다니⋯. 이것도 봉사는 봉사지만⋯. 두 그룹으로 나뉘어 서로 떨어진 장소에서 일하다 하나로 뭉쳐 일하던 우리는 1시간 반 정도 작업 후, 다시 숙소로 돌아와 점심시간을 가졌다.

점심은 어제 파스타를 만들어 주었던 이탈리아 남자 루이지가 한 밥과 콩, 옥수수를 볶은 무언가 이탈리아 스타일로 보이는 요리. 그는 밥에 대해서 잘 아는 사람이 있으면 잠깐 와 보라고 했으나 기대했던 3명의 아시아 여자는 아무도 가지 않았고, 그래도 동양인인 내가 가 보았다.

"뭐, 저도 밥에 대해서는 잘 모르지만, 그래도 어떻게 도와줄 수 있을까요?"

"응, 이 밥이 어떤지 맛 좀 봐 줄래?"

나라고 밥맛을 잘 알까. 부엌에서 일해 본 경험이 전무한 나는 자신감을 잃어 다시 한 번 다른 사람들에게, 루이지보다 조금 더 범위를 좁혀 도움을 요청했다.

"거기, 한국이나 일본 여자 중 누구 와서 밥이 어떤지 맛 좀 봐 줄래요?"

뭉그적거리며 일어나는 세 여성. 가장 먼저 내 앞에 온 것은 K였다. 한국말로 그녀에게 부탁했다.

"이거 맛 좀 봐 볼래?"

숟가락을 들어 입안으로 가져가는 K.

"조금 짠 것 같은데요?"

이럴 경우, 전달은 중간에 있는 사람의 몫이 된다. 그녀가 영어로 이 간단한 말을 못 하는 것은 아니었으나 루이지의 부름에 응한 것은 나고, K는 다시 나의 부름에 한국말로 응했기에.

"밥이 조금 짠 것 같대요(She said it's too salty)."

일본인 두 명은 K와 달리 반대 의견을 나타내기보다는 순응하는 쪽을 택했으며, 루이지는 자기가 밥은 (별로) 해 본 적이 없어서 잘 모르지만 자기는 모든 음식에 소금을 즐겨 넣는다고 했다. 소금이라… K는 밥에 소금이 들어갔다는 사실에 혀를 내둘렀으나 이미 완성된 밥. 식탁에는 밥과 이탈리아 스타일로 보이는 콩과 옥수수 볶음, 단 2개만이 놓였다. 한국인 입장에서 본다면 말도 안 되는 식단. 밥과 이런 반찬을 같이 먹을 수는 없는 노릇이었다.

그때 생각난 김. 가져온 김 세트 하나를 꺼내 먹기 좋게 잘랐고, 사람들은 처음 선보인 김 한 세트를 깨끗이 먹어 치웠다. 서양인들에게는 한국의 전통 요리라고 하며 한국 사람들이 김치 다음으로 즐겨 먹는 반찬이라고 설명했다. 그렇게 말하고 보니 실제로 그런 것도 같았다. 아무 반찬도 없을 때 밥에 김치만 얹어 먹는 것이 전혀 어색하지 않듯이, 밥에 김만 싸 먹는 것도 전혀 어색하지 않기에. 서양 애들은 김이라는 것이 낯

선지 매우 신기해하며(Seaweed라고 말을 해도 못 알아듣는 애들이 대부분이었
다) 하나하나씩 먹어 보았고, 태국 쌀로 만든 밥은 쌀의 생김새나 굵기나
맛이나, 한국의 쌀과는 많이 달랐다. 그래도 점심은 그렇게 해결되었다.

오후의 작업 역시 제초작업. 오전과 다른 것은, 누군가 제초기를 돌리
는 사람이 있다는 것이었다. 제초기를 돌리는 사람은 현지인이었는데 별
다른 안전장치 없이 제초기를 돌리고 있었으며, 우리 역시 별다른 안전
장치 없이 제초자의 흔적을 따라 가까이는 3m 옆까지 가서 풀을 긁어모
아 정리했다.

"고글 같은 건 쓰고 돌려야 하는데, 여기 애들은 참 용감한 건지…."

"누구한테 말하는 게 좋지 않아요?"

"말한다고 해결되겠어? 알아서 조심해야겠지…."

언젠가 신문에서 제초작업을 하다 돌에 맞아 큰 사고가 발생한 케이
스를 본 기억이 있다. 화산의 나라라는 곳에 돌이 없을 리는 없을 테
고…. 선진국이라는 나라가 의외로 무모한 면이 있다는 생각이 들었다.

일은 오전과 오후를 합쳐도 대략 5시간이 전부였고, 일을 다 마친 후
에는 피에르의 거부하기 힘든 제안에 따라 모두가 함께 수영장에 갔다.
거부하기에는 아직 낯선 곳이기 때문에. 모두가 숙소에 들러 수영복과
갈아입을 옷 등을 챙겨 피에르를 따라나섰다.

수영장은 보너스에서 150m 정도 떨어진 곳에 있었다. 4명의 남자와 그
2배쯤 되는 여자들은 수영장 입구에 함께 들어섰고, 피에르가 데스크에
서 직원에게 뭐라고 말을 건네자 데스크에 있던 여자는 우리에게 토큰
같은 것을 하나씩 나눠주었다. 피에르는 수영장이 자원봉사자들에게는
무료로 개방되고 있으며, 언제든지 혼자 와서도 자신이 자원봉사자라는

것을 밝히면 토큰을 받아 들어갈 수 있다고 설명해 주었다. 그리고 남녀는, 각각 왼쪽과 오른쪽에 있는 탈의실로 들어갔다.

탈의실에는 24개의 로커가 위층과 아래층으로 분리되어 있었다. 위는 홀수 층, 아래는 짝수 층. 피에르와 카말은 얼마 안 있어 수영장으로 들어갔으며, 토큰을 넣었으나 문을 잠그지 못한 나와 루이지는 10여 분간을 그곳에서 헤매었다. 한참을 헤매던 중 루이지는 어떤 아저씨의 도움으로 토큰을 하나 더 얻어 문제를 해결한 후 수영장으로 들어갔고, 나는 다시 밖의 데스크로 달려 나가 토큰을 하나 더 얻은 후에야 문제를 해결하고 수영장으로 들어갈 수 있었다.

가지고 간 것은 수영복뿐, 수영 모자나 안경은 없었고, 눈이 나쁜 내 입장에서는 안경 없이 움직이자니 시야에 조금 제한이 왔으나 어쩔 수 없는 일이었다. 남자와 여자가 나오는 곳에는 어린이를 위한 최고 높이 150㎝인 실내 수영장이 있었으며(그 안에는 농구 골대, 여러 종류의 공들과 수영 널빤지 등이 있었다), 수영장으로 나오는 출입구 왼쪽으로는 문과 함께 바깥으로 실외 수영장이 있었다. 실외 수영장에는 수영장 어디에서나 볼 수 있는 길이 50m의 레인 4개가 있는 수영장이 있었으며, 그 오른쪽에는 가장 낮은 곳에 네모 모양으로 조금 더 튀어나온 낮은 부분이 있어 나선형 미끄럼틀을 타는 사람들이 안전하게 빠질 수 있게 되어 있었다. 수영장 왼쪽으로는 넓고 얕으며(약 30㎝) 미지근한 물이 나오는 온천수 하나와, 조금 더 좁고 깊으며 40~42℃의 온천수가 나온다고 쓰여 있는 온천수 2개가 있었다.

어린아이가 되어 미끄럼틀을 타 보기도 하고 온탕과 냉탕을 오가며 수영과 휴식을 취했던 오후. 수영이 끝나고, 우리는 짐들을 그대로 가지고 현지 식당으로 향했다. 수도에서 만났던 독일 친구는 매일같이 쌀과 파스타만 먹어서 진저리가 난다고 했는데 레스토랑에서 식사하게 될 줄이야. 신기해하는 우리에게, 피에르는 하루에 한 끼 정도는 이렇게 외부에서 먹을 것이라는 말을 해 줘 우리를 들뜨게 만들었다. 식당으로 들어가기 바로 직전, 그는 여기에 식당이 2개가 있다고 했다. 누군가가 그럼 외식은 두 식당에서 번갈아 먹는 것이냐고 묻자 피에르는 호텔에도 호텔 레스토랑이 따로 있으며 외식은 레스토랑에서만 하지 않을 거라고, 빵집에 가거나 핫도그 등을 먹기도 할 것이라고 답했다.

2층짜리 식당에서 우리가 자리한 층은 1층. 4인용 테이블 2개와 6인용 테이블 1개 중 나는 4인용 테이블에 2명의 이탈리아 여성인 마르타, 프란체스카, 그리고 프랑스인 남성인 피에르와 같이 앉았다. 대화 도중 나이 이야기가 나왔고 내 차례가 되자 피에르는 두 이탈리아 여자에게 놀랄 거라고 했다. 내가 23살임을 밝히자 19살이나 그 정도쯤 되는 줄 알았다며 크게 놀라는 두 여자. 피에르는 자신이 22살이고 두 달 후면 나와 같은 나이가 된다고 하는데, 프란체스카가 끼어들었다.

"(나에게) 하지만 네가 그 전에 24살이 되는 거 아니야?"

"응, 아쉽지만 피에르와 내가 같은 나이가 될 일은 없겠네."

"그럼 얼마 안 남았겠구나. 혹시, 생일이 캠프 중간에 있니?"

"응, 그렇기는 한데…."

"언제인데?"

"미안, 그건 별로 말하고 싶지가 않아서…."

자신의 생일 날짜를 말하고 싶지 않다니. 그들 입장에서는 이상해 보였을 것이다. 하지만 당시에는 외국에서 아무도 모르게 흘러가는 생일을 보내고 싶은 것이 솔직한 심정이었다. 이것이야말로 가장 특별하고 기억에 남는 생일이 되지 않을까 하는 생각과 함께.

프란체스카는 24살, 그다음 마르타는 자신이 26살이라고 밝혔다. 이번에는 내가 놀랄 차례였다. 마르타는, 아무리 봐도 고등학생 이상으로는 보이지 않는 외모를 가지고 있었기 때문이다. 내가 마르타에게 당연히 나보다 어릴 줄 알았다고 하자 그녀는 나도 만만치 않다는 식으로 응답을 해왔다. 후에 식당에서 나오면서 K에게 마르타의 나이를 전하자 그녀도 놀라기는 했으나 나만큼은 아닌 듯, 내가 너무 오버해서 본 것 같다며 그렇게까지 정처 없이 어려 보이지는 않는다고 했다. 내가 반박하자 "키가 작아서 그런가?"라는 말과 함께.

메뉴로 나온 것은 생선요리. 맛은 있었으나 조금 짜기도 했고 양도 많은 것 같아 피에르에게 하나를 양보했다. 사실 양이 많은 것은 아니었으나 낯선 음식은 양이 많아 보이는 법. 맛있는 저녁을 먹고는 모두가 함께 숙소로 돌아왔다.

숙소로 돌아와서 가장 먼저 향한 곳은 세탁실. 호텔에서의 손빨래 후 이틀간 빨래를 하지 않아 나름 심각하게 느끼고 있었기 때문이다. 속옷 두 벌씩과 윗도리, 바지 각각 하나, 수건 두 개에 수영복을 가지고 마침 비어 있는 세탁기에 빨랫감을 집어넣은 후 세제도 넣었으나, 아이슬란드 말인지 아니면 폴란드 말인지 모를 낯선 언어. 멍하니 서 있는데 거기서 머물던 폴란드 아주머니가 나를 보고는 친절하게 작동법을 알려 주었다. 뭔지는 잘 몰랐지만 기본적인 개념들만 외웠다. 1~16 중 숫자는 4에 맞추고 큰 불 두 개가 들어와야 하며, 세탁기 왼쪽 네 개의 불 중 두 번째 것과 네 번째 것에 불이 들어오게 할 것. 네 번째 것은 120으로 맞추고, 그러면 80분 정도의 시간이 뜰 것이라는. 후에 빨래를 다 끝내고 위로 올라오는데 우연히 다시 마주친 그 아주머니가 이번에는 폴란드어로 뭐라고 했고, 마침 그곳에 있던 줄리아가 옆에 건조기도 있다는 것을 해석해 주어서 훌륭한 성능의 건조기까지 쓸 수 있었다. 그 후 나는 우리 참가자 중 유일하게 매일같이 빨래를 돌리는 사람이 되었다.

돌아와서는 다들 개인플레이. 더러는 방에서 휴식을 취하고 더러는 거실로 나와 책을 읽거나 카드를 하거나 나탈리가 가져온 정글스피드를 하며 놀았다. 어느덧 카드도 지겨워지고, 장기를 소개해 보았으나 반응이 좋지 않아서 K에게 가져온 게임이나 장난감이 있냐고 물으니 9시 15분쯤, 공기를 가져왔다며 10알의 공기를 외국인들에게 선보였다.

외국인들은 공기에 폭발적인 관심을 보였다. 그러나 폭발적인 관심은 15분쯤 후, 공기가 생각보다 어렵다는 것을 깨닫고는 쑥 들어갔고, 결국 공기에 익숙한 K와 나의 1:1 대결을 착실히 구경하기만 했다. 초등학교 이후로도 가끔 해 본 적은 있으나 몇 년 만에 손에 쥐어 보는지도 가물가물한 공기. 실력은 줄어 있었으나 손맛은 살아 있었고, K와는 박빙의 승부가 펼쳐졌다.

저녁이 돼서야 모두 숙소에 모인 참가자들. 그 전에는 8명이 함께 차를 타고 온 것이 유일한 단체 도착이었으며, 나머지는 이탈리아나 러시아 등에서 언제, 어떻게 왔는지도 모르게 간헐적으로 왔으므로. 한참을 놀다가 10시쯤 되어 나는 방에 들어갔고, 일기를 쓰려고 하는데 카말이 나를 부르러 왔다. 무슨 일인가 하고 나가 보니 피곤한지 일찍 자고 있다는 일본 소녀를 제외한 모든 참가자가 거실 바닥에 둥그렇게 앉아 자기소개 시간을 가지고 있었다. 이름과 나이, 국적, 참가 목적, 각오 한마디

등. 나는 뭐라고 했던가.

"그냥, 이 나라가 유럽에서도 외딴곳에 떨어져 있는 나라잖아. 이런 기회 아니면 내가 평생 이 나라에 올 기회도 없을 것 같고, 또 한 번 특별한 경험을 해 보고 싶은 마음도 있고, 한국에서 멀리 떨어진 곳으로 도망쳐 보고 싶은 생각도 있고 그래서…"

유럽 애들의 참가 목적은 다들 비슷했다. 아이슬란드가 물가가 비싼데, 이런 프로그램으로 오면 그나마 싸게 올 수 있다고 들어서, 이 나라가 아름답다는 말을 들어서, 평생 와 보기 힘들 것 같아서 등…. 유럽 애들이 그렇게 말하다니, 이상한 생각이 들었으나 같은 유럽이라도 와 보기 쉬운 나라는 아닐 것이었다. 거리상으로는 가까운 나라지만, 만약 내가 몽골에 있다고 해도 비슷한 대답이 나오지 않았을까.

다음에는 국적별로 식탁에 둘러앉아 서로의 나라를 소개할 준비 시간을 가졌다. 피에르가 나눠 준 것은 종이 두 장을 테이프로 붙인 것과 식탁 중앙에 있는 각종 펜 등. K의 오른편에 앉은 나.

"그림 같은 거 잘 그리니?"

"아니요, 별로 잘 못 그려요."

피에르는 각국의 나라를 그리라고 했고, 나는 K에게 장난삼아 '35'를 제안했다('35'를 조금 눕혀서 그리면 대한민국과 얼추 비슷한 형태가 만들어진다). 나의 의견을 긍정적으로 받아들이는 K. 오히려 의견을 낸 내가 강력히 반대한 후, 결국 K의 손에 의해 지도가 그려졌으나 '허…' 하는 탄식이 나오는 지도였다. 다 그렸는데도 다른 나라 애들은 열심히 무언가를 하고 있었고 자세히 보니 지도 안에 은근히 많은 부속물을 집어넣고 있었다. 우리는 상의 끝에 한국 국기와 태백산맥, 남녀가 분단선에 손을 잡고 서 있는 모습과 서울, 평양을 그려 넣었다. 다 그리고 났는데도 뭔가 허전해 남한의 광역시를 모두 표시했고. 그래도 다른 나라들에 비해 초라해 보이는 것은 사실이었다. 소개는 밤이 깊은 이유도 있고 해서 피에르가 랜덤으로 고른 순서대로 프랑스와 스페인, 두 나라로 끝났다. 프랑스는 피에르가 설명했고, 스페인은 카탈루냐 지방에서 왔음에도 불구하고 카탈루냐보다 스페인에서 왔다는 사실을 먼저 밝힌 여성, 미레이아가 소개했다. 미레이아는 카탈루냐 출신답게 설명 도중에도 스페인보다 카탈루냐에 강조를 두는 것을 잊지 않았다.

이날도 저녁 같은 깊은 밤에야 잠자리에 들었다.

# 11. 먼저 말 걸기
## (8월 8일, 3일 차)


이날도 아침 7시에 일어났다. 이것 역시 하나의 습관인지 모르겠으나 나는 낯선 곳에 가면 일찍 일어나는 경향이 있다. 기간은 보통 3일 정도. 낯선 곳에 대한 두려움의 유효기간이 3일이어서가 아닐까. 토요일부터는 늦잠을 잘 것이라는 생각이 들었다.

방에서 나오니 이날 역시 K와 가장 먼저 마주쳤다. 부지런한 한국인들. 간단히 아침 인사를 나누고는 밑으로 내려가 간단한 세면. 다시 위로 올라와서 아침을 먹기 전 야스코와 마주쳤다. 야스코는 할 말이 있다며 나를 불러 세웠다.

"창성아, 나랑 같이 방 쓰는 애 있잖아. 너도 알다시피 걔가 영어 전공하는 것도 있고, 내 생각에는 걔가 여기 온 이유 중 하나가 자기 영어 실력을 향상하려는 건데…."

대략 그 정도까지 말했을까? 처음 내 머릿속에서 떠오른 것은 K였다. 어제와 그제, 단 이틀간이었지만 K와 한국말로 많은 대화를 나눈 것이 사실이었고, 그에 대해 K에게 조금 미안한 마음도 들었던 바. 이어지는 야스코의 말.

"… 그래서 말인데 아카리가 나랑 너무 붙어 다니는 것은 별로 안 좋은 것 같아. 네가 영어도 잘하고, 그러니까 아카리랑 조금 같이 다니면서 도와주지 않을래?"

아직 아카리와 이야기를 나누어 본 적은 없지만 그녀가 도움이 필요하다는 것은 나도 느끼던 바였다. 아카리는 생김새부터가 그랬다. 전형적인 일본 소녀의 모습을 띤, 뭔가 어수룩해 보이고 어려움을 겪는, 도움이 필요할 것만 같은 외모. 더군다나 이렇게 부탁을 받은 이상 매몰차게 거절할 수도 없는 노릇이었기에 나는 흔쾌히 그러겠다고, 최선을 다해 도와주겠다고 답했다. 한편으로는 야스코의 아카리를, 자국인을 챙기는 태도에 조금 감동도 했다. 그녀 역시 유교 문명의 영향을 받았기 때문일까?

"네, 알았어요. 하긴 저도 그렇게 생각했었거든요. 얼마나 도움이 될지는 모르겠지만 최선을 다해 도와줄게요."

"고마워."

야스코의 부탁에는 책임감과 함께 고마움도 느꼈다. 외국인에게, 다른 외국인을 잘 봐달라고 부탁받은 것은 처음이었으니까. '외국인인 나를 이렇게 믿어 주다니'라는 생각과 한편으로는 '나도 야스코처럼 K를 챙겨줄 수 있을까?'라는 미안함도 들었다. 그러나 'K가 별로 도움이 필요한 애는 아니잖아?'라고 변명했다.

아침은 어제와 같은 수렵 형태. 전날 보너스에서 잼을 사 왔는지, 아니면 원래 잼이 있었는데 내가 못 찾았던 것인지, 어쨌든 잼이 있었고, 나는 식빵에 잼과 함께 치즈를 올려 먹었다. 마침 식탁에 같이 한 서양 애들은 치즈와 잼을 함께 발라 먹는 것을 신기하게 보며 전날과 같은 질문,

이것이 한국에서 식빵을 먹는 방식이냐고 물었다. 나도 그렇지만 한 사람의 행동으로 그 나라 전체를 짐작하려 하다니, 더욱 조심해야겠다는 생각이 들었다. 그나저나 한국에서도 이렇게 식빵을 먹던가? 그럴 수도. 한국에서 타인과 함께 식빵을 먹는 일은 토스트를 제외하면 없었으므로, 내가 알 바는 아니었다. 사람마다 다르다는 대답으로 적당히 얼버무렸다.

아침을 해결하고 조금 쉬다가 일하러 가는 길. 아무래도 아직은 서로가 어색하고, 다른 사람들도 비슷하게 느꼈는지 자국인들과 거의 붙어 다녔으므로, 나 역시 한국인인 K 옆에서 대화를 주고받으며 가는데 아카리가 마음에 걸렸다. 바로 몇 시간 전에 받은 부탁인데 성의를 다해야 하지 않을까. K에게 말하니 자기도 어제 야스코에게 같은 부탁을 받았다고 했다. 아무래도 같은 룸메이트다 보니 대화할 일도 많았을 것이고. K는 나에게 자기는 방에서 대화를 많이 했으므로 내가 아카리의 옆에 가 보는 게 좋겠다고 했고, 나는 걸음을 빨리해 야스코 옆에 있는 소녀(사실 그때까지도 아카리의 이름은 몰랐었다. 이름은커녕, 서로 한마디도 나눠보지를 않았으므로) 옆으로 다가가 말을 건넸다.

"그러고 보니 아직 네 이름을 들은 적이 없네? 이름이 뭐니?"

"응? 나? 아카리."

"아카리? 응, 그렇구나."

그렇게 대화를 이어가는 사이 야스코는 뒤로 빠졌고, 결론적이지만 그날 하루 나는 아카리의 전담마크맨이 되어 버렸다.

금요일 오전에 처음 한 일은, 다리인지 부두인지로 이어진 언덕 형태의 섬에서 쓰레기를 줍는 일이었다. 꼭대기에 빨간 등대 같은 것이 있고, 실상은 아주 낮았지만 도시와 바다가 한눈에 내려다보이는, 동네에서는 가장 높은 곳이었다. 2인 1조로 쓰레기 봉지 하나씩을 들고 다니라고 했는데, 아침에 야스코의 부탁도 있고, 어쨌든 첫날인데 부탁에 성실히 임해주어야 할 거 같아서 아카리 옆에서 쓰레기 봉지를 받아 함께 가자고 했고, 아카리는 잠깐 야스코 쪽을 쳐다보더니 가타부타 말없이 나를 따라왔다. 처음과는 달리 시간이 흐르다 보니 거의 다 1인 1조로 움직이고 있었고, 결국 둘이 짝을 이루어 다니는 것은 나밖에, 아니, 아카리와 나, 둘밖에 없었다. 계속 말을 건네며 어디로 갈까도 물어보고, 쉬면서 '사진기나 가져올걸', '경치가 참 좋네' 등의 농담을 건네기도 하고, 내려와서 언덕과 제방의 쓰레기를 줍기도 하는 등, 오전 작업 역시 힘들지 않은 단순 작업으로 흘러갔다.

이날 점심은 누가 책임졌던가. 이번에도 이탈리아인들이었던 것 같다. 메뉴는 오믈렛. 한국에서 흔히 접할 수 있던 오믈렛과는 상당한 차이를 보였다. 오믈렛이란 것이 계란말이 안에 햄만 조금 들어 있는, 한국인 입장에서는 오믈렛이라고 말하기 힘든 음식이었던 것이다. 하긴, 이름에서도 알 수 있듯이 오믈렛이 한국에서 유래한 것도 아닐 터인데 왈가왈부할 것도 아니었지만. 단순한 계란말이답지 않게 맛은 상당했으나 조금 싱거웠고, 나는 먹으면서 '어제 먹다 남은 밥이나 여기에 비벼서 김에 싸 먹을까' 하는 생각을, 그리고 김치 생각을 했다.

식사 후 대부분이 마시는 물. 분명히 냉장고에 물은 없었고, K에게 물을 어떻게 구하냐고 물어보았다.

"그냥 다 수돗물 마시는 것 같은데요?"

"정말? 그거 마셔도 괜찮은 거야?"

"다들 마시는 거 보니 괜찮겠죠. 그런데 뜨거운 물 말고 차가운 물 마셔야 돼요. 뜨거운 물에서는 냄새나니까요."

정말, 자세히 보니 큰 주전자에 사람들이 물을 채운다고 받아오는 것은 싱크대 수도꼭지에서 나오는 수돗물이었다. 언젠가는 마셔야 할 터였으나, 또 어제도 이미 밥을 먹으며 마셨던 물이었으나 왠지 모를 찝찝한 기분이 들어 냉장고에서 오렌지 주스를 꺼내 마셨다. 원효대사는 해골바가지에 고인 물을 마신 다음 날 모든 것이 마음에 달려있다는 것을 깨닫고는 유학을 포기하고 신라로 되돌아갔다고 하지만, 나에게는 아직 어려운 일이었다. 다행히도 밥 없이 먹은 계란말이에는 오렌지 주스로 충분했다.

식사 후에는 피에르의 피리 연주를 듣기도 하며 휴식 시간을 가진 뒤 오후 작업을 시작했다. 오전에 카메라를 가지고 가지 않은 것에 대한 후회가 일었기 때문에, 또 오전 작업과 이틀간의 작업 경험에 비추어본다면 카메라를 가지고 가도 작업에 별 지장이 없을 것으로 생각되었기 때문에, 이번에는 가방을 통째로 메고 갔다. 나 말고도 가방을 메고 온 애들이 몇 명 있었다. 그러나 이번에는 약간 다른 작업. 해안가에 마구잡이 계단식으로 쌓여 있는, 바위들 틈에 끼어 있는 쓰레기를 제거하는 일이었다.

리더인 피에르는 우리를 두 그룹으로 나누었다. 7:7로. 그런데 우연히도 모두 같은 그룹에 끼게 된 네 명의 아시아인. 이건 뭔가 아닌 것 같아 가면서 야스코에게 뭔가가 잘못된 것 같다고 말을 건넸다. 다음에는 국적별로 하나씩 자르자는 제안을 하는 것이 어떨까, 라는 질문과 함께. 한국인과 일본인은 각각 한 명씩, 프랑스인은 두 명씩 갈라서고 이탈리아인은 2:1로 나누는 식으로.

"나도 알아. 하지만 벌써부터 그렇게 말하는 것은 너무 성급한 것 같아. 바꾸더라도 차근차근히, 한 단계씩 바꿔 나가야지."

가방과 잠바는 벗어서 어딘가에 쌓아놓고 둑 밑으로 내려가 바위를 밟아 가며 시작한 작업. 이번에도 아카리와 붙어 있던 나는 그녀에게 위험하니까 내려오지 말고 위에 있는 쓰레기나 주우라고 했으나, 결국은 모두들 바위틈 사이를 헤집고 다니기 시작했다. 사실 부주의하게 미끄러지지만 않으면 그다지 위험할 일은 없는 작업이었으므로. 적당히 쉬어가며 작업을 해 나가던 내 머릿속에 캠프가 끝난 후 제출해야 하는 보고서가 떠올랐다. 사실 내도 그만, 안 내도 그만이었으나 비싼 돈 내가며 참가한 캠프. 인증서도 못 받는다면 매우 억울할 것이라는 생각이 들었다. 일이 끝나갈 무렵 K에게 다가가 말했다.

"우리, 일하는 사진도 좀 찍어야 하지 않을까?"

"왜요?"

"인증서는 받아야지. 아마 거기서 요구한 것이 일하는 사진 10장 이상일 거야. 여기까지 비싼 돈 내고 와서 인증서도 못 받으면 너무 억울하잖아."

"글쎄요…. 그거 꼭 필요한 거예요? 저는 인증서 별로 필요 없는데…."

그러나 어쨌든 이어진 사진 촬영. 나는 먼저 K에게 적당히 내려가서 일하는 시늉을 보이라고 한 후 사진을 한 장, '찰칵' 하고 찍었다. 다음은 내 차례. 내려가서 일하는 시늉을 하고 있자니 K가 물었다.

"이거, 얼굴 나오게 찍어야 돼요?"

"아니, 그냥 대충 일하는 모습만 보이면 될 거야. 설마 그런 것까지 일

일이 확인하겠어?"

이어진 '찰칵' 하는 소리. 다른 애들은 우리가 왜 그런 모습을 일이 끝난 후 연출해서 찍는지 궁금해했고, 나는 한국에 돌아가서 보고서와 함께 내가 성공적으로 봉사활동을 마쳤다는 증거로 일하는 사진 10장을 추가로 제출해야 한다고 설명했다. 다른 애들은 신기해했고, 너희들은 그런 거 필요 없느냐는 질문에 그런 것 전혀 없다고 답했다.

'얘네들은 순전히 봉사와 여행을 위해 온 애들인가?'

순간적으로 이런 생각이 들었다. 나중에 안 사실이지만 우리, 아니 어쩌면 나와 비슷한 목적으로 온 사람이 한 명 더 있기는 했는데 바로 아카리였다. 그녀는, 그녀가 다니는 대학교에서 의무적으로 이수해야 할 일종의 학점 이수 개념으로 온 것이었다.

일이 끝나고 돌아오는 길에 K가 다시 한 번 내게 물었다.

"근데 이거 정말 일하는 사진 10장이 필요한 거예요? 아무 사진이나 올리면 되는 것 같던데…"

"나도 정확히 기억은 안 나지만 혹시 모르잖아."

"한 번 수영장에 있는 컴퓨터로 확인해 봐요."

"그거 유료잖아. 15분에 2,000원인가 아니야?"

"네? 그거 공짜로 알고 있는데요? 그래서 저도 어제 조금 했는데…"

"아니, 그거 유료야. 컴퓨터 앞에 요금 붙어 있었잖아."

"그래요? 이상하다. 전에 참가했던 사람들 얘기 들어보니까 무료라던데…"

이날도 일은 상당히 빨리 끝났다. 오늘 저녁 장소는 어제 먹었던 레스토랑 바로 옆에 있는, 이 마을에 단 두 개라던 또 하나의 레스토랑. 우리가 안내된 것은 2층의, 서로가 마주 보고 앉게 되어 있는 기다란 테이블이었다. 종업원은 우리에게 무엇을 시킬지 물어보았고 누군가가 "그냥 아이슬란드 현지 요리요"라고 답했다. 여러 생선 중 하나를 가리키는 종업원. 우리 모두 고개를 끄덕였고, 얼핏 보기에는 넓적한 것이 마치 가자미 같은 생선이 나왔다. 식당에서는 음악에 대한 얘기 중 아이슬란드 현지 가수들에 대한 이야기가 나왔고, 피에르는 얼마 전에 누가 레이캬비크에서 공연했었다는 정보를 알려 주었다. 그 말에 정말이냐며 끼어드는 K. 못 봐서 참 아쉽다고. 나중에 K에게 따로 물었다.

"아는 가수들이야?"

"네. ○와 ○요. 몰라요? 꽤 유명한 가수들인데."

나중에 인터넷으로 한 번 찾아봐야겠다는 생각은 했으나 그 생각은 매번 뒤로 미루어지며 가수들의 이름은 잊혀 갔고, 그러느라 K에게 그 가수들에 대해 몇 번을 더 물어봤다. 그러나 끝내 인터넷으로 확인하지는 않았고, 검색창에 아이슬란드 가수들을 찾아본 것은 집에 돌아온 후였다. 이름은 잊어버린 채 아이슬란드 가수라고 검색해 보았는데, 아마도 그들은 비요크(Bjork)와 시규어 로스(Sigur Ros)가 아니었을까.

두 조각의 납작한 튀김옷을 입은 생선을 먹은 후 수영장으로. 수영장에서 돌아온 후, 아카리와 함께 운 좋게 탁구 한 게임을 할 수 있었다. 열심히 탁구공을 찾아 헤맨 끝에 숨뭉치 속에서 발견한 탁구공. 3세트를 끝내고 아카리에게 한 게임 더 하고 싶은지 의사를 물은 뒤, 그녀의 긍정에 따라 내가 치던 탁구채를 대기하고 있던 카말에게 넘기고 빠져나왔다. 결과론적이지만 아쉽게도 이것이 우리의 마지막 탁구가 되고 말았다. 다음 날 공은 사라져 버렸고, 아무도 탁구를 하지 못했으니까.

이날도 늦게까지 자유 시간을 누리다가 밤이 깊어서야 피에르의 지도로 한자리에 모였다. 식탁에 둘러앉은 우리는 어제 자느라 소개를 하지 않은 아카리의 자기소개를 시작으로 정식적인 모임(?)을 시작했다. 이름, 국적, 참가 목적, 각오 등을 말하라는 피에르. 그리고 이 시간부터 아카리의 고생이 시작되었다.

영어 실력이 상당히 떨어지는 아카리. 차라리 남자거나 서양 사람이었다면 조금 덜했을까. 조금 더 활발한 성격이었다면, 그도 아니면, 생김새 때문에 어려웠겠지만, 무뚝뚝하게 침묵으로 일관하는 편이 나았을 수도. 그러나 아카리는 못 알아들을 때면 '에…?'라는 감탄사를, 알아들을 때는 '아…'라는, 일본인 특유의 추임새를 붙여 넣었고, 그런 이상한 추임새에 한참 떨어지는 영어 실력은 사람들의 비웃음을 받기에 충분한 조건이었다. 물론 그녀의 영어 실력에 별다른 관심을 표하지 않는 사람들이 더 많았으나 대놓고 한숨을 쉬거나 무시하는 애들이 없는 것은 아니었고, 뭐든지 부정적인 면이 더 부각되어 보이기 쉬운 법. 아카리는 이 캠프에 참가한 목적을 그녀가 사는 곳이 여름에는 더우므로 더위를 피해 왔다는, 정답이 없지만 답으로는 알맞지 않은 말을 했고, 나중에 그것 때문에 또 다른 공격을 받게 되었다. 그녀를 보며 언어가 권력이라는 것을 새삼 뼈저리게 느낄 수 있었다.

아카리의 소개 시간이 끝나고 시작된 각국의 자기 나라 소개시간. 피에르는 이번에도 어제처럼 두 나라만 하자고 했고, 추첨으로 먼저 걸린 것은 일본이었다. 33살, 중국 국제학교에서 일본 아이들에게 일본 문학을 가르친다는 야스코 선생님이 어제 그린 그림을 보고 아카리는 대단하다며 감탄을 나타냈고, 야스코는 일본에 대한 소개를 시작했다. 선생님

답게 조리 있게 설명을 잘 해가는 야스코와 아시아 끝에 있는 섬나라에 많은 관심을 나타내는 동료들. 왠지 모를 부러움과 질투가 함께 일었다.

도중, 누군가가 눈치 없게도 야스코에게 중국에 대해 어떻게 생각하느냐는 질문을 했다. 일본인과 중국인이 서로를 싫어하는 걸로 안다는 말과 함께. 그러나 내가 듣기에는 그 질문이 비단 중국만으로 국한된 것이 아니었다. 아무래도 중국을 싫어하고 한국을 좋아한다던가, 중국을 좋아하고 한국을 싫어한다는 경우는 드물 것으로 예상되었기에. 그리고 그녀에게 긍정적인 대답을 얻기를 기대하며 내심 그런 대답을 할 것이라는 확신이 서는 것도 사실이었다. 태국에서의 3년과 중국에서의 몇 개월. 비슷한 문화에 대해 체험도 했을 것이고 외국에서 많이 살았으니 아무래도 열린 마음을 가지고 있지 않을까 하는 생각에서였다. 그러나 그녀의 입에서 나온 말은 사이가 안 좋고 자기도 별로 중국을 좋아하지 않는다는 답변. 그녀의 설명이 잇따랐고, 나도 주제넘게 끼어들었다. 서로가 가깝고도 먼 나라라는 것을 설명하기 위해, 그리고 혹시라도 그녀 입에서, 선생님이 그런 말을 할 리가 없겠지만, 한국이라는 나라가 나오지 않게 하기 위해. 고맙게도 그에 대한 관계는 그쯤에서 끝났고 아무도 한국과 일본과의 관계를 묻지는 않았다. 그러나 아마 K나 내가 그 자리에 없었다면, 중국에 대해 어떻게 생각하느냐고 물었던 질문은 한국과 중국에 대해 어떻게 생각하느냐는 질문으로 바뀌었을 것이고, 야스코의 입에서 긍정적인 말이 나오지는 않았을 것이다.

다음으로 뽑힌 것은 대한민국. 묘한 기분이 들었다. 하필이면 훌륭한 설명을 마친 일본 다음에 걸리다니. 더군다나 한국과 일본은, 조금만 외부에서 바라보면 같은 생활권으로 비슷한 문화를 가진 나라. 이미 일본에 대해 많은 질문을 한 사람들이 바로 옆에 있는 한국에게도 비슷한 관심을 가져 줄까, 하는 생각과 함께 질 수 없다는 오기도 발동했다. 발표는 K의 의사를 먼저 물어보고, K가 별로 내켜 하지 않는 것도 같고 내가 하고 싶은 생각도 있었기에, 내가 말하고 K가 도움을 주는 형식으로 진행되었다.

"자, 우선 이게 한국이고, 조금 그림이 허접하지? 그건 우리의 미술 실력이 별로여서 그러니 이해해 주길 바라. 우선 한국은 지금 이렇게 두 개의 나라로 나뉘어 있는데 남한의 면적은 약 9만 9천㎢이야. 알기 쉽게 유럽에 비유해서 설명하자면 10만 3천인 아이슬란드 정도. 여기서 3천이 조금 안 되는 룩셈부르크를 뺀다면 비슷할 거야. 북한의 면적은 12만 2천으로, 여기는 남한이 조금 더 크게 되어 있지만 어쨌든 남한보다 조금 더 크고, 둘을 합치면 22만 1천 정도가 되지. 인구는 남한이 대략 4천 5백만 정도이고(정확한 숫자는 잘 모르지만), 북한이 그 반 정도 돼. 여기 동쪽에 산이 많이 그려져 있지? 이건 태백산맥인데, 한국은 70%가 넘는 영토가 산으로 되어 있어서…"

계속해서 한국의 산맥과 서울을 비롯한 대도시, 남북관계와 통일, 태극기에 관해 설명했고 동료들은 내가 숫자를 말할 때마다 어떻게 그런 것을 다 기억하는지 신기해했다. 발표가 끝나고 참가자들이 궁금한 것들을 물어보는 시간. 고맙게도 그들은 한국에 대해서도 일본만큼이나 많은 관심을 보여 주었다. 프랑스와 스페인, 일본에게도 나왔던 질문인 한국 대표 음식과 정치에 대한 질문. 그리고 한국에 대해서만 특별히 물어본 질문으로는 첫날 소개했던 존칭 문화와 한국, 일본, 중국어에 대한 차이. 남북한 통일에 대해 어떻게 생각하나, 북한과의 관계는 어떠냐와 한국 사람들은 정말 영어 이름을 따로 가지는지 등. 이 부분에서는 개인적인 의견을 많이 피력하며 항변했다.

"영어 이름이 따로 있다고 하는데, 그건 몇몇 사람일 뿐이고 실제로는 다 자기 이름을 써. 멀쩡한 자기 이름 놔두고 영어 이름 따로 가지고 있다는 게 얼마나 바보 같은 짓이야. 그러면 뭐 외국 갈 때마다 그 나라 이름을 따로 가지고 있어야 되게? 여기서만 러시아 이름 하나, 스페인 이름 하나, 이탈리아 이름 하나, 일본 이름 하나, 폴란드 이름 하나, 프랑스 이름 하나…, 6개나 더 필요하겠다. 실제로 반기문 유엔 총장도 어디 영어 이름 쓰니? 그리고 나나 K도, 마이클이니 샘이니 그런 이름이 아닌 창성과 K를 쓰잖아. 물론 내 이름 같은 경우 발음하기 어려우니까 줄여서 창이라고 부르라고 하지만 그건 영어 이름이 아니지. 한국에서도 내 이름 어렵다고 창이라고만 하는 사람들이 있고, 또 여기서도 야스코나 K는 내 이름 발음이 되니까 그대로 부르잖아. 또 영어 이름 고집하는 사람들은 흔한 이름들만 갖다 쓴다니까. 만날 보이는 건 마이클이니 샘이니, 하는 것들. 자기 문화나 이름에 대해 자부심도 없이 말이야."

이번에도 몇 번 K와 의견충돌이 있기는 했으나 1시간 정도에 걸친 강연은 무사히 막을 내렸고, 누군가는 나보고 선생님 같다고 칭찬해 주었으며, 우리나라를 외국에 그만큼 많이 소개했다는 생각과 일본보다 더 잘했다는, 최소한 못하지는 않았다는 생각에 기분이 뿌듯했다. 하긴, 강연이나 무대 등 남들 앞에 나서는 것을 좋아해서 한때는 선생님이 되기 위해 교대를 가고 싶다는 생각도 해 봤었다. 지금은 교직과는 거리가 먼 삶을 살고 있지만….

두 나라의 발표를 마치고 나니 어느덧 내일을 향해 달려가는 시간. 내

일은 토요일. 이곳에 와서 첫 번째로 맞는 주말. 피에르는 내일 차를 타고 국립공원에 놀러 갈 것이니 10시 30분까지는 가스 정류장에 나가 있어야 한다고 말해 주었다. 금지어(Forbidden Word)로 'Thank you'를 정하고(무슨 이유에서 이런 걸 하는지는 의문이었지만), 'Thank you' 대신 쓸 수 있는 말로 아이슬란드어인 'Takk'을 정하고는 모두 잠자리에 들었다.

# 12. Secret Friend

## (8월 9일, 4일 차)

아이슬란드에서의 첫 번째 주말.

우려와 달리 이날도 아침 일찍 일어났고, 아무도 없는 1층 화장실에서 여유로운 샤워를 즐겼다. 낯선 곳에 대한 두려움의 유효기간을 3일로 알고 있었는데, 생각해 보니 그때는 항상 가족이 옆에 있었다. 혼자가 된 지금, 두려움은 조금 더 심해지나 보다.

평소처럼 아침을 먹으며 오늘 일정에 대해 설명을 듣는 우리. 예정된 일정은 국립공원으로 버스를 타고 가는 것이었으며, 버스 출발 예정 시각은 10시 10분이라고 했다. 버스 시각까지는 아직 2시간. 긴 시간이었다.

무엇을 할까. 어제는 시간이 남아돈다고 생각해 카드를 하며 놀았으나 다시 생각해 보니 그렇게 시간이 많은 것은 아니었다. 8월 4일부터 새로운 노트에 쓰기 시작한 일기는 8월 6일에 머물러 있었고, 밀린 3일치를 쓰려면 한참이 걸릴 것이었다. 식탁에 앉아 부지런히 일기를 쓰는 나. 옆에서는 피에르가 큰 종이 두 개를 이어 하나의 더 큰 종이를 만들고 있었다. 종이를 만든 후 영어로 'Hello'를 비롯한 기본 단어들을 아래로 써 내려가는 피에르. 무엇을 하는지 물어보았다.

"각국 언어들의 기본적인 표현들을 공유할 수 있도록 하려고 쓰고 있어. 그래야 서로의 문화를 더 이해하고 존중할 수 있지 않겠어?"

그런데, 도중에 작업을 멈춘 피에르. 각 나라 명칭을 옆으로 써 내려갔는데 칸이 모자란 것이었다. 7개 나라에 공용어인 영어까지 해서 8칸이 필요한데 7개 나라라고 7칸만 그려 넣은 피에르. 잠시 멈칫하더니 새로 만드는 대신 불어부터 써 온 다섯 칸은 그대로 놓아둔 채 남은 두 칸을 삼등분해 일본어, 마지막으로 한국어를 썼다. 하필 한국이 마지막에, 그것도 조그만 칸에 표시되다니. 기분이 나쁘긴 했으나 그를 이해했다. 내가 프랑스인이었다면 여기 모인 7개국 중에서 가장 인지도가 낮은 나라는 한국일 터였고, 나 같은 경우에도 나라 이름을 댈 때면 무심코 한국, 일본, 중국…, 이런 식으로 아시아에 있는 나라들을 먼저 말하기가 일쑤이므로.

피에르는 Hello를 비롯해 Thank you, Good night, Good morning, I love you 등의 표현을 썼고 밑의 반 이상은 여백으로 남겨놓으며 이 여백은 우리 자유라고, 알고 싶은 표현이 있으면 영어 칸에 영어로 쓰고, 각국의 사람들이 알아서 자신의 언어로 쓰면 된다고 했다. 처음에 비교적 쉬운 Hello를 '안녕(AnNyeong)'이라고 쓴 후 나머지를 가지고 고민하던 K와 나는, 옆에 있던 일본 친구들에게 먼저 쓰겠냐며 펜을 넘겼고, 그들이 Thank you를 'Arigato'라고 쓰는 것을 확인하고는 모조리 반말로, 칸이 모자라니 일본 애들처럼 한국어 없이 알파벳으로만 쓰며, 각 글자의 첫 발음은 대문자로 쓰기로 정했다.

| | | |
|---|---|---|
| Thank you | - | GoMaWo(고마워) |
| I love you | - | SaRangHae(사랑해) |
| Good night | - | JalJa(잘 자) |
| Good morning | - | JalJatEo(잘 잤어) |
| | - | |
| | - | |
| | - | |
| | - | |

지금 생각해 보면 '잘 잤어'는 'JalJatSeo'나 하나하나 그대로 적은 'JalJassEo' 등이 더 좋지 않았을까 하는 생각도 든다….

그 밖에 폴란드 사람인 줄리아는 폴란드 알파벳과 영어 발음을 함께 적었으며 스페인-카탈루냐 사람인 미레이아는 스페인어와 카탈루냐어를 함께 적었다. 다행히 우리 일행 중에 외국의 욕을 배우는 것이 외국인과 가장 친해지는 길이라는 생각을 한 사람은 없었는지 훗날 밑의 여백은 매우 일상적인 표현들로 채워졌다. 몇 가지 애매한 것들을 제외한 표현을 채우고 1시간가량 앉아서 일기를 쓰고 있는데 프랑스 여자 페린이 말을 걸어왔다.

"창성아, 우리 지금 보너스 갈 건데 같이 가지 않을래?"

보너스에 가는 것은 나탈리와 페린, 두 명의 프랑스 여성. 그녀들은 점심 때 먹을 것을 마련하기 위해 보너스로 가는 길이었다. 보너스에서 숙소로 들르는 대신 바로 버스에 오를 일종의 선발대. 둘 다 여자이기도 했고, 마침 거실에 있는 두 명의 남자(다른 하나는 피에르) 중 하나인 데다 아직 이곳에 와서 보너스를 한 번도 안 가본 나. 단순한 제안이었으나 제안보다는 강요로 들렸다.

"그래, 같이 가자. 아직 한 번도 안 가 봐서 어떻게 생겼는지 궁금했었는데 마침 잘됐네."

가방을 메고 그녀들을 따라나섰다.

스틱키쉬무르에서 처음 와 보는 보너스. 규모가 작다는 점을 제외하고는 많은 면에서 한국의 마트와 비슷했다. 하긴, 인구 1,240명의 도시에서 이 정도 규모면 충분했다. 카운터는 3개. 마트를 둘러보니, 새삼 사람 사는 곳은 어디든지 똑같다는 생각이 들었다.

산 것은 샌드위치를 만들어 먹을 수 있는 간단한 식빵에 잼, 치즈, 베이컨, 양상추, 토마토, 간식으로 먹을 오렌지, 바나나, 감자 칩과 옥수수 과자, 물, 주스, 사이다였다. 계산하니 두 박스가 나왔고, 우리는 버스 예정 시각보다 20분 늦은 10시 30분에 버스 정류장을 겸하고 있는 주유소에 도착했는데, 버스는 보이지 않았고 정류장은 텅 비어 있었다. 불안함을 느낀 우리. 유일하게 핸드폰을 가지고 나온 내가 종이에 적어둔 피에르 번호로 통화를 시도했다.

따르르르르릉.

"통화는 내가 대신 할까? 같은 프랑스인이니까 말하기도 쉽고, 오해도 없을 테니까."

"그래."

"여보세요?"

"여보세요? 이거 피에르 씨 핸드폰 맞나요?"

"네, 말씀하세요."

"아, 피에르. 나 창성인데 잠깐만 있어 봐. 페린 바꿔줄게."

"여보세요? 쏼라쏼라."

프랑스어로 대화가 이어지고 전화를 끊은 페린이 말했다.

"지금 숙소에서 오는 중이래."

버스 시각이 지난 지가 언제인데 이제야 출발하다니. 그들은 예정 시각보다도 40분이나 늦은 10시 50분이 돼서야 정류장에 모습을 보였다.

사실 말이 버스 정류장이지 인구 1,240명의 작은 마을에 버스라 할 만한 것은 존재하지 않았다. 봉고차 정도만이 가끔 손님을 실어 나를 뿐. 그것도 주유하는 곳에서 조금 떨어진 위치에서 사람들을 기다리다가 정해진 시간에 떠날 뿐이었고, 그것을 버스라 부르는 상황이었다. 마침 그곳에 대기하고 있는 봉고차 한 대. 피에르는 운전사에게 다가가 물었고, 우리가 탈 차가 아니라는 대답을 들을 뿐이었다. 가게로 들어간 피에르. 조금 이따 나온 그의 입에서 나온 말은 우리가 탈 예정이던 버스는 이미 떠났으며, 오늘은 더 이상 그곳으로 가는 버스가 없다는 것이었다.

"그럼 이제 어떡하지?"

누군가의 질문. 일단 숙소로 돌아가 짐을 푼 다음 가까운, 이 도시에 속해 있는 스틱키쉬무르의 자연공원이나 둘러보기로 했다.

맥이 확 빠져 버려서일까. 숙소로 돌아오는 길은 상당히 길었다. 오전을 이렇게 날려 버리다니. 웬만한 일이라도 외국에서의 새로운 경험이라며 기분 좋게 넘어가 버리려 했으나, 아무리 그렇더라도 이건 너무 허무했다. 그런 우리의 마음을 눈치 채서일까. 피에르는 평소 가던 길이 아닌 지름길로 우리를 안내했다. 숙소 앞에 있는 언덕으로 나 있는 길을 따라 돌아오는 길. 종아리까지 솟아 있는 풀 사이를 헤치며 지나간 일종의 샛길. '아쉽지만 오전의 수확은 이걸로 해야지'라고 생각했다.

숙소로 돌아와서는 대부분 지쳤는지 각각의 방으로 뿔뿔이 흩어져 들어갔고, 나는 K와 공기를 한 판 한 후에 몇몇 애들이 샌드위치를 만드는 것을 바라보며 다시 식탁에 앉아 일기를 쓰기 시작했다. K는 내가 무엇을 그렇게 열심히 쓰는지 궁금해했다.

"일기는 일기인데, 여행문학이라는 것을 한 번 시도해 보고 있어."

폴 서루(Paul Theroux)의 『The Great Railway Bazaar』, 패트릭 리 페르모(Patrick Leigh Fermor)의 『A Time To Keep Silence』, 브루스 채트윈(Bruce Chatwin)의 『In Patagonia』…. 여행문학이라는 매우 낯선, 문학의 한 장르라고 말할 수 있을지조차 의심스러운 것에 대한 새로운 시도. 그녀는 나의 의도를 이해했을까. 훗날, 집으로 돌아와 여행문학 강의를 들으러 여기저기 찾아보았으나, 실패로 끝났다. 새로운 시도는 언제나 어려운 법이다.

조금의 휴식 후 다시 밖으로 나가는 우리. 수영장과 주유소를 거쳐서 쭉 나아가니 어떤 간판이 나타났다.

아이슬란드어로 쓰였기 때문에 정식 명칭은 알지 못했으나 우리끼리의 약식 명칭은 스틱키쉬무르 자연공원. 어쨌든 간판이므로 나중을 위해 사진을 찍고, 조금 더 가다가 벌판 안쪽으로 들어갔다. 처음에 마주친 것은 목장의 말. 우리에게 가까이 다가와서, 우리는 근처의 갈대를 꺾어 말에게 먹이기도 하고 사진도 제각기 찍으며 잠깐의 시간을 보냈다. 조금 더 나아가니 도심 쪽으로 보이는 상당히 큰 골프 코스. 피에르는 아이슬란드에서 골프는 귀족 스포츠가 아닌, 일반인들이 흔히 즐기는 스

포츠라고 설명해 주었다. 하긴, 인구 30만 명에 면적이 103,000k㎡이면 충
분히 그럴 수 있을 것 같았다.

안으로 들어갈수록 바다에 접한 아름다운 자연이 점점 크게 나왔고,
우리는 점점 그 풍경에 빠져들었다. 계속해서 사진을 찍으며 가다 보니
카메라의 필름은 다 떨어졌고, 처음 필름을 갈아 끼워 보는 나는 누군가
에게 물어본 후 그녀의 말에 따라 바로 카메라 뚜껑을 열었다가 여태 찍
었던 필름 대부분을 날려버리는 실수를 저질렀다. 야스코는 그걸 보고
기막혀하며 숙소에 돌아갈 때는 자기가 도와주겠다고 했고, 그 후 나는
필름을 바꿀 때마다 야스코에게 도움을 요청했다. 그리고 필름카메라
대신 디지털카메라로 사진을 찍었다.

멀찌감치서 스틱키쉬무르의 경관을 감상하고는 적당히 좋은 자리를 찾아 둘러앉아서 점심을 먹었다. 누가 만들었는지 모를 샌드위치. 안에는 햄, 치즈에 토마토 두 개, 피클 두 개가 대각선 모양으로 들어 있었는데 의외로 식성이 까다로운 동료들은 각각의 취향대로 먹기 싫은 것을 빼 옆 사람에게 건네주었다. 이어진 과자와 과일. 바나나는 한국에서 흔히 먹던 필리핀산 바나나가 아닌 '치키타(Chiquita)'라는 상표가 붙은 파나마산 바나나였다. 크기는 매우 컸고, 달콤함은 필리핀산보다 못했으며, 야스코도 나와 같은 의견을 피력했다. 동양인 체질에는 동양의 바나나가 몸에 맞는 것일까, 아니면 우리가 필리핀산 바나나에 너무 익숙해져 버린 것일까.

점심을 다 먹고는 야스코가 가져온 쥐불놀이 비슷한 놀이를 한 사람씩 돌아가며 해 보았고, 나는 내 차례가 되자 K에게 사진을 찍어 달라며 디지털카메라를 건네주었다. 실수로 떨어뜨린 K. 지금 생각해 보면 건전지를 잘못 집어넣었던 것 같지만, 그 후 디지털카메라는 고장이라도 났는지 작동을 멈추었고, 나는 그것 때문에 K를 몇 번이나 원망했다.

쥐불놀이도 지겨워지고, 피곤했는지 동료들은 한 사람씩 차례로 누워, 미레이아의 말에 따르자면 시에스타(Siesta), 낮잠을 즐겼다. 루이지와 카말은 차례로 조금 더 둘러보러 이동하고, 나도 잠이 오지 않아서 그들이 이동한 방향을 따라갔다.

대략 20분 정도. 경치가 아름답기는 했으나, 같은 장소에서는 그 풍경이 그 풍경인지라 마땅히 더 볼 것은 없었다. 가장 멀리까지 갔던 루이지도 더 가 봐야 똑같다며 돌아왔고, 나도 그렇게 느끼던 바여서 조금 더 둘러보다가 돌아왔다. 여전히 모두 단잠에 빠져있는 가운데 루이지가 추

가되고 야스코와 K가 빠져 있는 상태. 아무래도 오래 걸릴 것 같고 따스하지는 않은 날씨에 잠이 올 것 같지도 않아 별수 없이 나는 2차로, 조금 더 멀리 가 보았다. 여전히 똑같은 풍경. 루이지의 말대로 마땅히 더 볼 것은 없었다. 약 1시간 후 돌아오자 그제야 일어났는지 짐을 챙기는 일행들. 돌아올 때는 길이 아닌 샛길로 돌아오며 몇몇 농장의 철조망을 풀어 넘어오기도 했다. 불법이 아닌가 하는 생각이 들었으나 다들 별로 상관하지 않는 듯 보였다.

돌아와서 일이 있다며 어딘가로 이동한 피에르를 제외하고 다 같이 간 수영장. 대학에서 농구를 클럽 활동으로 했다는 마르타와 프란체스카의 제안에 따라 우리는 어린이 수영장을 차지해 수중농구를 즐겼다. 수영을 마치고 숙소로 돌아오니 식탁에 앉아 반갑게 우리를 맞아주는 루카스. 피에르는 어제저녁에 자기가 내일 일이 있어 어디에 잠깐 갔다 오지만, 루카스가 대신 올 것이니 걱정하지 않아도 된다고 했었는데 누굴까, 하고 보니 첫날 숙소에서 우리를 맞이해 주었던 슬로바키아 청년이었다.

상당히 적극적인 성격인지, 아니면 리더로서의 책임감인지, 루카스는 이 날 많은 일들을 추진했다.

K에게 세탁기 작동법을 알려 주고 방에 돌아와 잠시 휴식을 취한 뒤 거실로 나가 보니, 부엌에 식사 당번이 쓰인 종이가 붙어 있었다. 아침 당번 한 명에 아침 식기 당번 두 명, 점심 혹은 저녁 당번 두 명에 점심 혹은 저녁 식기 당번 두 명. 시작될 내일, 일요일 아침 당번은 루카스. 마지막이 될 8월 20일 아침 당번은 아카리였으며, 나는 8월 13일에 마르타와 식사 당번 한 번, 8월 15일과 18일에 각각 루이지, 페린과 식기 당번이 있고, K는 8월 11일과 15일에 식사 당번 두 번, 8월 17일에 식기 당번이 한 번 배정되어 있었다. 같은 나라 사람이랑 배정된 식사 당번은 한 명도 없었고, 그걸 보는 순간 많이 난감했다. 내가 요리를 할 줄 모르고 K도 요리할 줄 모른다고는 하지만, 어쨌든 같은 한국인이니까 서로 도와가며 한두 번 정도는 한국 요리를 선보이고 싶었고, 무슨 요리를 할 것인가에 대해 이야기도 많이 나눴었는데. 이렇게 된다면 둘 다 요리를 잘하는 외국인들에게 묻혀 버릴 것이라는 생각이 들었다. 루카스에게 말했으나 그는 별문제 아니라며 넘겼다.

"이렇게 하면서 서로 다른 나라의 요리를 해 볼 수 있다는 게 더 좋은 기회 아니겠어? 그리고 네가 가져온 부침가루 있잖아, 나도 그거 예전에 한국 애랑 해 봤어. 별로 어렵지 않던데, 뭐."

옆에 있던 K 역시 별로 대단치 않게 생각하며 이렇게 말했다.

"걱정하지 마세요. 제가 요리할 때 도와줄게요."

"그러면 너 세 번 해야 되잖아. 바꾸는 게 좋지 않을까?"

"괜찮아요. 세 번 하면 어때요."

"아냐, 그래도 그건 아니지. 그럼 네가 요리할 때 내가 한 번 도와줄게. 나는 그냥 마르타가 하자는 대로 하고. 그게 좋지 않을까?"

"전 별로 한국 요리 하기 싫은데…."

그렇게까지 말하니 더 할 말이 없었다. 괜히 종이만 뚫어져라 쳐다보며 누가 누구랑 같이 요리하는지를 확인할 뿐이었다.

"그러고 보니 내 이름이 잘못 쓰여 있네?"

"그래요? 이거 제가 쓴 건데. 오빠 이름 창성 아니에요?"

"맞는데, seong 대신 sung를 써. 꽤나 오래전에 만든 거여서."

하긴 Pusan은 Busan으로, Taegu는 Daegu로 바뀐 지도 벌써 몇 년. 새로 여권을 만들 때 Son Chang Sung도 Son Chang Seong, 혹은 Sohn Chang Seong으로 바꿔 주는 것이 더 좋았을지도 모른다. 문제는 처음 여권을 만든 것이 10년도 더 전의 일이었다는 것. ㅓ를 u로 가르치던 시기에 여권을 만들었던 나는, 내 이름의 ㅓ를 eo로 바꿀 용기가 나지 않았다. 하긴, 용기가 났다고 바꿀 수 있었는지는 모르겠지만…. 그러다 문득, 4년이란 짧은 시간이지만, 내가 K 나이였다면 '성'을 'Seong'으로 표기했을 거라는 근거 없는 생각이 들었다.


밤이 조금 더 깊어 오자 식탁에 모두를 불러 모으더니 A4 두 장씩을 각자에게 나눠 주고 느닷없이 아카리와 야스코에게 상자 접는 법을 아는지 묻는 루카스. 둘은 고개를 가로저었고 K는 나에게 말했다.

"완전 편견이야."

"왜?"

"일본 애들이 종이접기 많이 하잖아요. 그렇다고 상자 접는 법도 알 거라고 생각하니까요."

범위를 넓혀 우리 중 상자 접을 줄 아는 사람을 찾는 루카스. 아무도 대답을 하지 않자 혼자서 몇 분을 끙끙거리며 시도해 보더니 마침내 방법을 발견했는지, 우리에게 한 단계씩 차분히 알려 주며 따라 접으라고 했다. 종이 두 개로 완성된 덮는 형태의 상자 윗면과 아랫면. 루카스는 우리보고 각각의 상자에 자신의 이름을 적으라고 하더니 상자를 모두 걷어 창틀에 진열했다.

"이것이 이제부터 너희 우편함이 될 거야."

상자를 다 접고서 루카스가 종이를 자르는 동안 아카리는 열심히 학을 접었다. 야스코도 아카리를 따라서 몇 개 접어 보았는데 둘 다 솜씨가 훌륭했고, 일본인이 종이접기를 많이 한다는 말은 처음 들었으나 K의 말이 맞는 것 같았다. 그들을 보며 "나도 접을 수 있는데"라고 말하는 K. 질 수 없다는 생각에 한 번 접어 보라고 하자 K는 아카리가 접은 학 한 마리를 들어 만지며 이렇게 말했다.

"하지만 이렇게까지 잘은 못 접어요. 어떻게 구겨진 데가 이렇게도 없지?"

그러나 K가 접은 학은 내가 보기에 아카리의 것보다 더 군더더기 없이 깔끔해 보였다.

조그맣게 몇 조각의 종이를 자른 루카스는 우리에게 세 장씩 자른 종이를 나눠 주었다. 각각의 종이에 자신의 이름과 어떤, 어렵지 않게 우리 주변에서 찾을 수 있는 물건과 역시 여기서 쉽게 갈 수 있는 장소를 적을 것을 요구하는 루카스. 나는 내 이름을 쓴 다음 물건에는 마침 앞에 놓여 있는 꿀을 상표까지 그대로 적었고, 장소는 마땅한 곳이 떠오르지 않아 그냥 BONUS라고 적었다. 종이를 다 건은 후 먼저 고른 이름. 내가 선택한 종이에는 K의 이름이 적혀 있었고, 누굴 뽑았는지 아무에게도 말하지 말라는 루카스의 말을 한 귀로 흘려보내며 옆의 K에게 한국어로 말했다.

"너다."

"그거 아무에게도 말하지 말랬잖아요."

"어때."

이어서 차례로 뽑은 두 종이에 적힌 것은 'some kind of red jumper' 와 '마을에 있는 작은 교회'였다. K와 붉은색 계통의 잠바와 마을에 있는 작은 교회, 이 세 조합을 어떻게 엮어야 할까. 모두가 제비뽑기를 마치자 루카스가 이것도 일종의 게임이라며 게임의 방식을 설명해 주었다.

"자, 처음에 뽑은 것은 네가 게임에서 죽여야 할 상대야. 장소는 네가 죽여야 할 곳이고 물건은 네가 살해할 도구. 그러니까 예를 들어 내가 줄리아와 가방과 수영장을 골랐다고 해보자. 그러면 나는 어떻게든 줄리아를 꼬셔서 수영장에 같이 간 다음 가방으로 대충 몸을 찌르면서 '넌 죽었어' 이런 식으로 말하는 거야. 그러면서 여기에 적힌 쪽지들을 희생자에게 보여 주는 거지. 줄리아, 수영장, 가방, 이렇게 세 개의 단어를 말이야. 희생자는 그 종이들을 받고는 숙소에 돌아와서 자기가 죽었다는 의미에서, 여기 내가 14개의 그레이브 야드(Grave yard)를 그려서 붙여 놓은 것 보이지, 이 중 아무거나 골라서 ×표를 하면 돼. ×표 13개가 표시되면 가장 마지막까지 죽이지 못한 사람이 패자가 돼서 벌칙을 받는 거지. 작년에는 밤바다 속에 수영하러 들어가기 등을 했는데 정말 재미있었어. 아, 그리고 항상 희생자가 × 표시를 쳐야지 가해자가 치면 안 돼. 아무

증거도 없이 무턱대고 우길 수 있으니까. 그리고 희생자는 자기만 알고 있어야 하고. 작년에 어떤 한국 여자애가 죽고는 여기저기 뛰어다니면서 '나 죽었어'라며 외치고 다니는 통에 신통 다 깨진 적이 있거든."

루카스에게는 미안하지만 무슨 말인지 이해도 안 되고 재미있어 보이지도 않는 놀이. 어쨌든 우리는 모두 알았다며 대답했고, 나는 K에게 귀찮으니까 이삼일 후에 알아서 X표를 쳐달라고 부탁했다. 결론적으로 K는 끝내 X를 치지 않았고 첫 X는 월요일에야 나타났으며, 캠프가 끝날 때까지 쳐진 X는 단 세 개에 불과했다.

이어서 우리에게 나누어진 한 장의 종이. 이번에는 각각의 이름만 쓰는 것이었고, 다 써서 내자 루카스는 이번 것은 '시크릿 프렌드(Secret friend)', 우리말로 하자면 '마니또'를 뽑는다고 알려 주었다. 서양에서는 낯선 문화여서일까? 누군가가 시크릿 프렌드는 무엇을 하는 거냐고 물어보았다.

"여러 가지 일을 할 수 있지. 예를 들자면 맛있는 것을 사서 몰래 침대 밑에 넣어둔다든지, 무거운 짐을 들 때 들어 준다거나 아까 만든 개인 편지 보관함에 편지를 써서 줄 수도 있고…"

이번에 내가 뽑은 이름은 Chang-Sung. 내가 써낸 이름이었다. 루카스는 아까와 마찬가지로 자기 이름을 뽑을 경우 다시 뽑을 수 있도록 자기에게 알려달라고 했으나 나는 이번에도 그의 말을 무시하고 K에게만 내가 뽑은 사람을 알려 주었다. 그러면 다시 뽑아야 되지 않느냐는 K.

"내 가장 좋은 친구는 바로 나 자신인데 굳이 그럴 필요가 있을까? 내가 스스로 나에게 잘해 주면 되지."

모두 자신의 시크릿 프렌드를 확인했고 그에 대해 또 몇 분간 이야기를 나눴다. 그러다 루카스의 눈길이 아카리가 접은 학들에 꽂혔고, 루카스는 많이 망가질 것 같은데 그래도 자기가 하나 사용해도 되냐고 물었다. 리더의 제안을 거부할 성격이 아닌 아카리는 고개를 끄덕였고, 루카스는 앞으로 이 학은 금지어를 말하는 사람에게 갈 것이라고 말했다. 매일 밤 10시, 이런 식으로 벌칙 시간을 정해 놓고 그 시간에 학을 가지고 있는 사람이 벌칙을 받자는 제안. 그리고 오늘의 금지어를 정할 시간. 별로 호응도 없고 마땅히 아는 아이슬란드어도 없기에 어제 정했던 'Thank you'를 그냥 그대로 두자고 했고 누군가의 '그럼 벌칙을 뭐로 하지?'라는 질문에 무슨 벌칙을 만들 것인가를 생각해 내일 모임에서 각자 발표하자고 했다.

마지막은 식번. 루카스는 앞으로 순번을 정해 식사와 식기를 할 생각이며 순서는 자신이 임의로 정했고 원칙적으로는 그것에 따라 주었으면 좋겠으나 서로 합의가 있다면 바꾸는 것도 괜찮다고, 단 그전에 자기에게 알려달라고 했다. 참가자들은 점심, 저녁이야 그렇다 치더라도 여태 제각기 아침을 잘 먹어 왔는데 굳이 아침에까지 당번을 정한 것이 불만족스러운 표정이었다. 그러나 루카스는 자신은 하루의 시작이기도 한 아침을 모두 함께 모여서 먹기를 바란다고 하며 모두를 순응시켰고, 자신이 내일 아침 첫 스타트를 끊는다며 어떻게 하는지 잘 보라고 당부했다.

원래 할 예정이었던 남은 나라들의 — 러시아, 이탈리아, 폴란드 — 소개는 루카스의 열정적인 진행에 취소되었다. 이날도 여러 이야기를 하며 지내다 보니 어느덧 12시를 가리키는 시계. 차례로들 방으로 들어가며 잘 자라는 인사를 했고, 나는 조금 더 남아 카드 게임을 하다가 들어갔다.

# 13. Forbidden World? Forbidden Word!
## (8월 10일, 5일 차)

어제보다 조금 이른 시각. 눈을 감고 멍한 상태로 가만히 있는데 열려 있는 문틈으로 루카스가 조용히 들어왔다. 아침 준비가 다 되었다며 모두를 깨우고 다니는 루카스. 다들 귀찮다는 표정으로 식탁에 나왔고, 결국 어제 말했던 루카스의 의도대로 모두가 함께 아침을 먹는 즐거운(?) 분위기가 연출되었다.

'어차피 아무렇게나 먹는 아침인데 무슨 당번이 필요할까?' 하는 생각을 했었으나, 역시 리더여서일까? 예상과 달리 루카스는 첫 단추를 훌륭하게 끼워 주었다. 15개 의자 앞에 하나씩 놓인 접시와 포크, 스푼. 식탁 여기저기에 골고루 퍼져 있는 식빵, 콘플레이크, 떠먹는 요구르트, 잼, 치즈, 우유, 주스, 뜨겁게 데운 차(Tea)용 물까지. 모두 감탄을 금치 못했고, 루카스는 앞으로 아침 당번은 오늘 자신이 했던 것처럼 사람들을 깨워 주고, 아침 식사는 이렇게 차려 주었으면 한다고 했다. 먹으면서 창틀에 올려진 개인 편지함을 바라보니 K 편지함 위에 한 마리 학이 놓여 있었다. K는 그 학을 보더니 나에게 이렇게 말했다.

"제 마니또가 누군지 대충 알 것 같아요."

나 역시 그녀의 마니또가 누군지 대충 짐작이 갔다. 학을 접을 줄 아는 사람은 세 명의 아시아 여자. K를 제외한다면, 아카리와 야스코밖에 없었으므로.

오늘은 어제와 같은 실수를 다시 범하지 않기 위해 착실히 준비하는 일행들. 루카스는 9시 50분까지 버스 정류장에 도착해야 하니 9시 30분에는 여기서 나가야 한다고 말했다. 9시 30분까지는 아직 시간이 많이 남았으므로 모두 느긋하게 준비했고, 오늘의 점심, 저녁 당번들은 점심때 먹을 샌드위치를 만들었다. 샤워를 마치고 방으로 들어가려다 마주친 피에르. 갑자기 엊그제 보았던, 피에르가 가지고 있던 각각의 국적과 참가단체, 생년월일과 나이, 참가확정일이 쓰여 있던 명단이 떠올랐다.

"피에르. 나 네가 가지고 있는 명단 좀 잠깐 볼 수 있을까?"

"그건 왜?"

"금요일에 우리 서로 자기소개 시간을 가졌잖아. 그런데 솔직히 말하면 나 아직도 누가 누군지, 얼굴을 봐도 이름을 잘 모르겠거든. 명단을 보며 확인하다 보면 확실히 기억할 수 있을 것 같아서."

"하긴, 나도 아직 잘 모르기는 하는데…, 좋아. 잠깐만."

사실 그것도 하나의 이유였지만 더 궁금한 것은 이 집단 내에서 나의 서열을 아는 것이었다. 서양 애들이야 그런 관념이 별로 없는 것 같았으나 대부분 서열이 나이에 의해 정해지는 사회에서 자란 나는 이 점에 호기심이 많았으므로. 피에르는 자신의 방으로 들어갔고, 나도 그를 따라 들어갔다. 한참을 찾던 피에르는 못 찾겠던지 두 손 들고는 나에게 말했다.

"미안해. 지금은 어디에 뒀는지 도저히 기억이 나지 않는다. 나중에 다시 와 볼래?"

"그러지, 뭐. 어차피 지내다 보면 알게 되겠지."

며칠이 지난 후에야 보게 된 명단. 12명의 참가자 중 나는 11번째, 야스코는 12번째에 이름이 새겨져 있었으며 가장 먼저 참가가 확정된 사람과 야스코 사이에는 일주일의 간격이 있었다. 줄리아는 명단 밖에 펜으로 이름이 쓰여 있었으며, 피에르에게 물어보니 원래 참가하도록 예정되어 있었는데 무슨 오류 때문에 컴퓨터에는 빠져 있었다고, 그래서 나중에 다시 펜으로 넣었다고 했다.

방에서 나와 평소처럼 공기도 한 판 하고 프랑스인들과 카드 게임도 하며 놀다가 정확히 9시 30분에 루카스의 '나가자'라는 말에 따라 밖으로 나왔다. 가장 마지막에 나온 것은 느긋한 스페인의 미레이아였고, 결국 우리는 9시 40분이 돼서야 숙소에서 출발했다.

그러고 보니 숙소에서 어디론가 이동할 때 가장 늦게 나오는 것은 스페인의 미레이아이고, 수영장에서 수영을 마치고 샤워 후 가장 늦게 나오는 것은 이탈리아의 마르타인 경우가 가장 많았으며 평상시 이동하며 걸을 때 가장 뒤에 처지는 경우도 대부분 미레이아, 마르타와 역시 이탈리아인인 프란체스카였다. 그들의 공통점은 지중해와 접한 나라 사람이라는 것. 지중해가 사람을 느긋하게 만드는 마력이라도 가지고 있는 걸까?

정류장에 도착하니 어제 우리의 사정을 들어 알고 있었는지 우리를 기다리고 있는 현지인 아저씨. 우리가 타고 갈 이동수단은 조그맣기는 했으나 봉고차가 아닌 진짜 버스였고, 아저씨는 버스 운전사와 뭐라고 대화를 나누더니 20,000크로나를 내야 한다고 말했다. 15명의 일행.

"얼마지? 계산기 있는 사람?"

"한 사람당 1,333."

내가 먼저 나서서 말했으나 사람들은 계산 잘한다고 말해 줄 뿐, 계산기를 찾아 직접 두드렸다. 20,000 ÷ 15는 4,000 ÷ 3과 같은데. 19,726 ÷ 17 같은 복잡한 숫자도 아닌 이런 간단한 수를 계산기로 두드리다니.

"한 사람당 1,430크로나."

20,000 ÷ 15가 1,430이라니, 기가 막혀 K에게 말했다.

"얘네들 산수도 못 하나? 어떻게 20,000 ÷ 15가 1,430이지? 그건 10 ÷ 7이잖아."

잠시 주위를 둘러보는 K.

"카말이 안 왔는데요?"

그러고 보니 정말 카말이 보이지 않았다. 나오기 귀찮다며 숙소에 머무른다고 한 카말. 현지인도 아니고, 다른 유럽인들도 아이슬란드 구경이 하고 싶어서 캠프를 신청했다는데, 열심히 구경해도 모자랄 상황에 그냥 숙소에 머물러 있다니. 이해가 가지 않았다. 훗날 더 친해지고 단둘이 수영장에 갈 때, 카말은 이런 말을 했다.

"나는 여러 사람이랑 어울리는 그룹 활동 같은 거, 별로 좋아하지 않아. 그 안에 끼면 대다수 애들이 하는 말에 따라야 되잖아. 꼭 바보가 된 느낌이거든."

덧붙여 이런 말도 했다.

"다른 사람들은 여기 놀러 왔다고 하지만 난 방학을 맞아서 쉬러 온 거야. 파리(카말은 파리 시민이었다)에서는 이런 한적한 곳을 찾기가 힘들거든. 조용한 도시에 틀어박혀 하루 종일 방에서 늘어져라 자고 가끔 수영장에 가서 피로를 푸는 것. 이런 게 행복 아니겠어?"

하긴, 그럴 수도 있다는 생각이 들었다. 낯선 곳을 찾아서 떠나는 휴식. 모두의 의견이 같을 수는 없는 법이니까.

잔돈이 많아 지갑이 무거웠던 나는 기쁜 마음으로 잔돈을 털어 요금을 지불했고, 대부분 동료들은 잔돈이 없었는지 상점으로 들어가 잔돈을 교환했다. 돈을 지불하며 차례로 올라타는 일행. 옆에 있는 아카리는 지갑을 열어 열심히 돈을 세고 있었고, 슬쩍 그녀의 지갑을 들여다보았으나 동전은 없었다. 야스코가 도와주기를 기대하며 돌아보았으나, 버스로 올라타는 그녀와 조그만 동양의 여자에게는 관심조차 보이지 않는 두 리더. 도와줄 사람은 나밖에 없어 보였다.

"아카리. 너 잔돈 없니?"

"응? 잔돈?"

"응, 이거 1,430크로나잖아. 그런데 저 아저씨를 보니까 잔돈이 없는 것 같아. 그래서 다들 잔돈으로 바꾸려고 저 안으로 들어갔잖아. 너도 들어가서 바꾸는 게 좋지 않을까? 자, 가자. 내가 같이 가 줄게."

외국인에 대한 경계심 때문이었을까. 아카리의 눈은 재빨리 야스코를 찾았으나 이미 버스에 탑승한 야스코. 루카스도 내 말이 맞다면서 어서 가서 바꿔오라고 했고, 리더의 말을 잘 듣는 아카리는 별수 없이 상점으로 들어갔다. 500크로나를 주며 바꿔 달라고 하니 난색을 표하는 점원. 안에는 아직 몇 명이 남아 조그만 스낵을 고르고 있었고, 점원의 난색을 물건을 사야 한다는 뜻으로 해석한 나는 다시 아카리에게 말했다.

"사람들이 너무 많이 돈을 바꿔 가서 조금 화났나 봐. 아무래도 뭔가 조그만 스낵이라도 사는 것이 낫겠어."

조그만 스낵 역시 가격은 놀랄 정도로 비쌌다. 조그만 스니커즈나 밀키웨이가 130크로나. 속으로 사기꾼들이라 생각하며 열심히 70크로나 이하를 찾아보았다. 어떤 스낵을 집는 아카리. 가격은 80크로나였다.

"아카리. 이건 안 되지. 잘 봐. 우리 버스 요금이 1,430이잖아. 그런데 이걸 사면 잔돈으로 420을 받는단 말이야. 그럼 어떡하지? 10이 모자라잖아. 그러니까 지금 우리가 찾아야 될 것은 70 이하짜리야. 알았지?"

이거야 원, 외국의 초등학생에게 영어로 산수를 가르치는 기분이었다. 아카리는 잘 이해하지 못한 것 같았으나 어쨌든 내 말에 수긍했고, 다시 싼 스낵을 찾는 우리의 눈에 알맞은 것이 들어왔다. 초코바 사이에 있으나 초코바 그림 대신 옥수수 그림과 함께 쓰여 있는 상표 '플로리다 (FLORIDA)'. '플로리다면 미국 주(州)인데, 그럼 아이슬란드 스낵이 아닌 미국 스낵인가?' 조금 억울하다는 생각도 들었으나 가게에서 살 만한 것은 그것밖에 없었다. 69크로나. 버스비를 내도 잔돈 1크로나만 남으니 이 정도면 훌륭했다. 계산대로 가서 계산했으나 아직도 난색을 표하는 점원. 왜 그럴까? 조금 후, 한 남자가 기다란 통에 담긴 동전 다발을 들고 왔다. 그제야 잔돈을 거슬러 주는 점원. 하필이면 거슬러 줄 잔돈마저 우리 앞에서 동이 나 버린 것이었다. 버스에 마지막으로 탑승하며 비어 있는 맨 뒷자리에 앉은 아카리와 나. 야스코가 앞에서 고맙다는 인사를 해왔다.

버스는 약 1시간을 달리더니 왼쪽으로 꺾어지는 길이 나 있는 삼거리에서 속력을 줄였다. "설마 이런 곳에서 멈추지는 않겠지"라는 우리의 대화와 달리 왼쪽 길에 조그맣게 나 있는, 30대 규모의 소형 주차장에서 잠시 멈춰서는 버스. 저번에 수도에서 스틱키쉬무르로 올 때는 마트에서 점심을 위해 멈춰 섰다고 하더라도, 이곳은 황무지에 지나지 않았다. 황당해하는 우리를 뒤로 한 채 리더에게 뭐라고 말하는 운전사.

"이곳이 우리의 최종 목적지는 아니고, 여기서 저기 있는 미니버스로 갈아타래."

말로만 버스인 미니버스와, 말로만 미니버스인 봉고차. 봉고차에 있던 몇몇 사람들과 우리는 서로의 차로 갈아탔다. 몇 안 되는 승객을 태우고 되돌아가는 버스와 14명의 승객을 가득 채우고 아까 버스에서 보았던 왼쪽 길로 나아가는 미니버스. 우리가 없었다면 오늘 텅 빌 뻔했던 버스를 생각했다. 정말 어떻게 먹고 사는 걸까. 하긴, 오늘 하루 우리에게 거둔 요금만 20,000크로나, 24만 원. 차량 유지비와 기름 값을 뺀다면, 그래도 바꿔 탄 사람들도 있었으니 내가 걱정할 필요는 없을지도.

약 한 시간을 더 달려 도착한, 무언가 웅장해 보이나 여전히 허전한 장소. 국립공원이라는데, 명칭은 스네펠셰쿠르 내셔널 파크(SNÆFELLSJÖKULL NATIONAL PARK)였다. 내려서 적당히 사진도 찍고 대화 상대도 바꿔 가며 아스팔트 길 위를 걸어가는 우리. 나는 주로 야스코와 이야기를 나누며 외국 경험을 공유했다. 화산 활동이 이곳에서 일어났다는 말과 주위에 널려 있는 화산암. 루이지는 화산암 하나를 챙겨 호주머니에 넣으며 집에 가져갈 것이라 했고, 나 역시 적당한 화산암 하나를 골라 호주머니에 넣었다.

우리 눈에 보인 첫 유적은 구푸스카라르(GUFUSKÁLAR)와 그 옆에 있는 위치 지도. 지도를 보니 우리는 계속 서쪽으로 달려와 지금 서쪽 끝에 있는 것이었다. 여기가 피싱 스테이션(Fishing station)이었다는 설명이

적힌 표지판 가까이에는 돌로 만든 어부의 오두막이 있었다. 안에 들어가 보았으나 내부는 텅 비어 있었다. 주위를 둘러보고 돌무더기 오두막위에 올라가 사진을 찍기도 하며 이야기를 나누는데 갑자기 나에게 무슨 꽃을 주는 피에르. 뭔지 몰라서 물어보니 Forbidden world가 어쩌고저쩌고. '아, 무슨 아이슬란드 전설과 관련된 꽃인가 보다' 생각하고 고맙다며 받았다. 다 둘러보고 다시 다른 곳으로 향하는데 K가 옆에 오더니물었다.

"생일, 이거 도중에 있어요?"

"응."

"언젠데요?"

"별로. 그건 왜?"

"애들이 자꾸 생일 언젠지 알아 오래요."

"어차피 피에르가 알고 있을 텐데, 뭐."

"그래요?"

또다시 한참을 걸어 발견한 고래 뼈. 진짜 고래 뼈인지 알 길은 없었으나 고래 뼈라고 하니 믿는 수밖에. 다시 이어진 사진 촬영 시간. 루카스는 조금만 더 가면 해변이 있는데 거기서 점심을 먹기는 어려울 테고 시간도 많이 늦었으니 이 근처에서 점심을 먹자고 했고, 5분 정도 더 가서 적당히 평평한 곳을 찾아 그 근처에 둘러앉아 점심을 먹었다. 점심을 먹기 전, 내 눈에 들어온 피에르가 선물한 꽃. 이런 건 나보다 K가 어울릴 것 같아서 K에게 권했다.

"이거 가질래?"

"그게 뭔데요?"

"몰라. 피에르가 나에게 주었는데 Forbbiden world가 어쩌고저쩌고하더라고. 무슨 아이슬란드나 바이킹 신화와 관련된 내용의 꽃 같은데?"

잠시 인상을 찌푸리는 K.

"그거 Forbidden word, 금지된 단어 아니에요?"

그런가? 생각해 보니 그 말이 더 일리가 있었다. 바로 피에르에게 가서 물었다.

"피에르, 이거 내가 금지어, 그러니까 Thank you라고 말해서 준 거야?"

"응."

"아, 그랬구나, 알았어."

꽃을 다른 사람에게 넘기는 데는 채 10분도 걸리지 않았다. Thank you는 여기서 최대 빈출어 중 하나였으므로.


이번에 샌드위치에 든 것은 계란, 햄과 치즈, 양상추였고 그것조차 마음에 들지 않아 한 동료들은 적당히 마음에 들지 않는 재료를 한두 개씩 빼서 다른 동료에게 주며 먹었다. 이어진 시에스타. 느긋한 라틴 애들은 매우 빨리 잠들었고, 그와는 대조적으로 동양 애들은 멍하니 앉아 디지털카메라에 담긴 사진을 확인하거나 주위를 돌아다녔다.

약 한 시간 후 잠에서 깨어난 일행. 걸어서 몇 분 거리에 있는 모래 해변으로 내려가 여름 바다를 감상했다. 점심을 먹기 전 루카스의 말을 들으며 상상한 해변은 한국의 백사장 같은 것이었으나, 이곳은 면적도 작고 12~13℃ 내외의 온도니 당연히 수영을 즐기는 사람도 없었으며, 바다 냄새도 전혀 나지 않았다. 그래도 바다는 바다니, 바닷물에 손을 씻어 보기도 하고 밀물, 썰물에 반응하며 어린애처럼 장난치기도 하다가 문득 이곳의 바닷물 맛이 궁금해 한 모금, 입에 넣어 보았다. 입안 가득 번지는 짠 내음. 바닷물은 어디나 다 똑같다는 생각을 하며 와인을 마시듯 몇 번 입에서 돌려보다 그대로 뱉어냈다.

　게임을 좋아하는 루카스가 우리에게 'Cat, fish, mosquito'라는 게임을 알려줘서 몇 분간 그 게임과 다른 놀이들을 하며 놀다가, 3시 반쯤 처음 출발했던 정류장으로 돌아갔다. 버스는 6시 예정이었으니 아직 시간은 충분했으나 어제의 경험과 이 버스가 유일한 버스라는 것을 감안하면 넉넉하게 가 있는 편이 안전할 것이라는 생각에서였다. 갈 때보다 훨씬 더 길고 힘들게 느껴지는, 기대할 것이 없는 돌아가는 길. 왔던 아스팔트 길이 아닌, 풀밭을 헤치며 나아가서 그런지 시간은 덜 걸렸고 풍경도 조금 달랐으나 기본적으로 기대할 것이 없다는 점에서는 마찬가지였다. 바이킹의 무덤이 아닌, 바이킹의 유골이 발견되었다는 표지판만 덩그러니 있는 곳을 지나 도착한, 출발 장소에서 300m 정도 떨어진 한 장소. 이곳의 위치를 보여 주는 큰 지도와 어부 아버지가 잡은 물고기를 손에 쥐고 아들에게 무언가를 알려 주는 것 같은 동상, 10m도 안 되지만 나름의 전망대, 그리고 20세기 초 이곳 어부들이 사용했다는 오두막집 내부를 잠시 구경한 뒤, 버스 시간까지는 아직도 1시간가량 남았으므로 다들 드러누워 두 번째 낮잠을 즐겼다. 나는 K에게 얘들이 이런 추위에 어떻게 잘 자는지 신기하다며 느긋이 구경하다, 버스 시간 30분을 남겨 놓고 자는 동료들을 뒤로한 채 주유소로 향했다.

　화장실을 들렀다가 그대로 상점에서 과자라도 사 먹으려고 구경하는
데 아카리가 오전에 사 먹었던 '플로리다'가 눈에 들어왔다. 차에 타자마
자 봉지를 까더니 "어? 초코바네?" 하며 내심 기대했던 나에게 한 입도
주지 않고 혼자 다 먹어치운 아카리. 왠지 모를 서운한 생각이 들었는데
이 정류장의 플로리다는 같은 종류에 같은 크기임에도 불구하고 60크로
나. 충동적으로 하나를 사서 밖으로 나와 봉지를 까먹었다. 그다지 훌륭
한 맛은 아니었으나 그런대로 먹을 만하다는 생각을 하며 반 정도 먹었
을 때 루이지가 다가왔다. 내가 사 먹기 전에도 마르타와 프란체스카가
사 먹는 것을 보기는 했으나 왠지 모르게 변명을 해야 한다는 생각이 들
었다.

"플로리다야. 아이슬란드에서 미국 이름이라니. 그래도 이게 제일 싸서. 이곳의 초콜릿 바는 무슨 맛인지 먹어보고 싶더라고."

루이지는 자기도 하나 사 먹어 봐야겠다고 말할 뿐, 조금 이야기를 나누다 다시 300m 떨어진 곳으로 이동했다. 왠지 모르게 드는 미안함. 한 입 정도 떼어 줘야 했을까? 사소한 것이지만, 이런 사소한 문제에도 심한 갈등을 겪는 인간. 몇 분을 그렇게 더 앉아 있다가 다시 버스를 탔다.

1시간 20분 정도. 역시 미니버스에서 버스로 한 차례 환승 후 도착한 스틱키쉬무르의 주유소, 혹은 버스 정류장. 그리고 바로 이어진 저녁 시간. 어디로 향하나 했더니 숙소 가는 길에 있는 푸드트럭이었다.

오늘 저녁은 핫도그. 차례로 줄을 서서 무엇을 원하느냐는 질문에 아이슬란드 전통 핫도그를 달라고 대답하는 일행. 음료도 하나씩 시켜도 된다고 해서 다들 시켰고, 미레이아는 실수로 핫도그를 떨어뜨려 다시 줄을 서고, 나는 용케 차지한 자리를 빼앗기고 싶지 않아서 계속 앉아 있다가 마지막에야 일어나서 핫도그를 시켰다. 음료는 환타. 그런데 내가 시킨 바로 다음에 핫도그를 하나 더 시키는 피에르.

"핫도그는 너희가 먹고 싶은 만큼 마음대로 시켜도 돼."

한국에서 먹던 핫도그와는 달랐으나 그래도 기본적으로 핫도그는 핫도그였다. 여기 와서 먹었던 음식 중 김에 밥 싸 먹은 것을 제외하고는 가장 한국적(?)이었고 정말 맛있다는 생각에, 나 역시 하나를 더 주문했다. 그런데 남자와 여자의 차이일까? 평소 숙소나 음식점에서 잘만 먹던 여자들은 아무도 두 개의 핫도그를 먹지 않은 반면, 네 명의 남자들은 모두 두 개의 핫도그를 먹었다. 양보다는 수에 민감한 것이 여자가 아닐까, 하는 생각을 했다.

숙소에 도착해 짐을 푼 후 여독을 씻기 위해 몇몇 일행과 함께 향한 수영장. 창을 통해 보이는 수영장 외부는 텅 비어 있었고, 데스크의 그녀는 난감한 표정을 지으며 말했다.

"오늘 수영장 7시까지만 했는데요."

난감하기는 우리도 마찬가지였다.

"그럼 내일은 몇 시까지 하나요?"

"내일도 7시까지요."

문을 닫았다니 더 이상 할 말이 없었다. 이상하게 모임이 없는 날. 제각기 공부하거나, 책을 읽거나, 일기를 쓰거나, 카드놀이를 하며 시간을 보냈고, 이날은 평소보다 일찍 잠자리에 들었다.

# 14. 사랑해요? 고마워요

## (8월 11일, 6일 차)

어제 일찍 잠자리에 들어서인지 기상도 빨랐다. 시계를 보니 6시. 모두 자는 방에서 조용히 나와 향한 1층 남자 화장실. 매일같이 하는 아침 샤워. 그리고 보니 여기서는 아침에 일어나서 한 번, 수영장에서 수영 전 한 번, 수영 후 한 번, 해서 하루 평균 세 번의 샤워를 했다. 약간의 죄책감이 들었으나 이 나라가 물 부족 국가도 아닐 테고, 하는 생각을 했다.

물이 빨리 덥혀지지 않아서일까. 샤워를 즐기기에 알맞은 온도가 되기까지 3분 정도를 기다려야 되는 샤워기. 차가운 물을 계속 발에 뿌리며 참 오래도 걸린다는 생각을 하던 중, 문득 이 집에 선풍기가 없다는 생각이 들었다. 백야는 7월에 절정을 이루지만 아직 8월 중순인데도, 아니 도착한 8월 초순에도 처음 이 나라에 와보는 낯선 이방인들을 제외하고는 모두가 긴팔에 대부분 잠바까지 입고 다녔다. 하나의 이야기가 떠올랐다. 어느, 신발을 신지 않는 나라에 가서 신발 시장의 성공 가능성을 알아보라는 과제를 받고 떠난 두 사람. 귀국 후 두 사람은 상반된 전망을 내놓았다.

*신발을 신지 않는, 신발이 필요 없는 나라임.*

*성공 가능성 0%.*

*신발을 신지 않는, 앞으로의 가능성이 무궁무진한 나라임.*

*성공 가능성 100%.*


언제, 어디서부터 시작되었는지 모를, 많은 사람을 거치면서 상당 부분 변형되었을 이야기. 이 이야기의 교훈은 항상 포기하지 말고 도전 정신을 가지라는, 혹은 항상 긍정적인 마음을 가지라는 것으로 알고 있다. 어렸을 때는 그렇게 배우며 두 번째 사람이 옳다고 생각했으나, 지금의 나는 어떨까. 누군가가 나에게 아이슬란드에 가서 선풍기 시장의 성공 가능성을 알아보라는 과제를 내린다면? 아니, 내가 두 사람에게 아이슬란드에 가서 선풍기 시장의 성공 가능성을 알아보라는 과제를 내리고, 얼마 후, 두 사람이 상반된 전망을 내놓는다면?

*선풍기를 사용하지 않는, 선풍기가 필요 없는 나라임.*

*성공 가능성 0%.*

*선풍기를 사용하지 않는, 앞으로의 가능성이 무궁무진한 나라임.*

*성공 가능성 100%.*


아마 두 번째 직원에게 반문할 것이다.

'진짜 아이슬란드에 갔다 오기는 했니? 이렇게 추운 나라에서 선풍기가 왜 필요하니?'

그리고, 다들 그렇게 변해 가겠지.

샤워를 마치고 나오다 또다시 마주친 K. 아직까지는 아침에 가장 일찍 일어나고 부지런한 한국의 남녀.

"잘 잤어?"

"네, 안녕히 주무셨어요?"

형식적인 아침 인사가 끝나고 다시 제 갈 길을 가는 우리. 곰곰이 생각해 보니 K가 나에게 '오빠'라고 부른 기억이 많지 않았다. 물론 내가 잘못 알고 있을 수도 있었다. 그러나 K와 나눴던 대화를 생각해 보니 그녀가 나를 부를 때는 주로 주어가 생략되어 있었다.

"혹시 이거 아세요?"

"저거 무슨 뜻이에요?"

"그것 좀 주세요."

"정말요?"

"저기요…"

"죄송한데…"

…

첫날, K는 윗사람이 아랫사람에게 말을 놓는 것도 쉽지는 않으며 충분히 친해진 후에야 말을 놓는다고 했었다. 평소의 나는 타인에게 말을 놓는 데 오랜 시간이 걸리는 사람이지만, 이곳은 외국인들과 영어를 공용어로 사용하는 캠프. 존대가 없는 영어로는 말을 놓다가 한국어로는 존댓말을 하는 것이 더 이상하고 어색해 보일까 그랬는데, 혹시 그것 때문에 기분이 상한 것은 아닌지 걱정스러웠다. 훗날 한국에 돌아와 이런 말을 했더니 한 친구는 이렇게 말했다.

"그건 네가 잘못한 거네. 처음부터 친하게 지내자면서 편하게 대하라고 했어야지."

어쩌면 그의 말이 맞을지도 몰랐다. K 입장에서도 영어로는 반말을 하다가 한국어로는 존댓말을 해야 했으니 그 점이 더 어려웠을지도 모른다. 아니, 영어로는 반말을 했지만 한국어로도 편하게 대하라고 했다면, 네 살 차이 남자에게 "오빠, 잘 잤어?" 등의 말은 입에서 나오지 않아 더 힘들어했을까. 아니면, 러시아 여자 마리아가 다른 캠프에서 자기 친구와 그랬다는 것처럼 영어로만 대화할 걸 그랬나? 그것 역시 무리였다. 더군다나 우리의 첫 대화는 한국어로 시작되었으므로.

*"한국에서 오셨어요?"*
*"네…"*

정답은 없을 것이다. 그러나 만약 비슷한 상황이 다시 일어난다면, 그리고 상대방이 나보다 어리다면 다음번에는 편하게 말을 놓으라고 해 볼 생각이다. 그게 아니면, 그렇더라도 하나하나 배워가며 바꿔 가면 되기 때문에.

둘째 날 아침은 어제의 판박이였고, 한마디로 말하자면 훌륭했다. 식사가 끝나고 한참을 쉬다가 9시가 돼서야 일터로 나가는 우리. 걸어가는데 뒤에서 미레이아가 말을 걸었다.

"창성아, 신발이 너무 큰 거 아니야?"

발이 아파 온 것은 토요일 아침부터였다. 금요일에 바위틈을 돌아다녀서 그런가? 발뒤꿈치의 통증은 하루 종일 걸은 토요일과 일요일을 거치면서 더 심해졌고, 아픔을 참고자 조금 절뚝거리며 걸었는데, 미레이아의 눈에는 그게 이상하게 보였나 보다.

"아니, 그런 게 아니라 발이 조금 아파서."

"그거야 그렇다 쳐도 걸을 때마다 신발이 자꾸 벗겨지려고 하는데? 엊그제도 몇 번 신발이 벗겨졌잖아."

신발 사이에 손가락을 넣어 보라고 하더니 손가락 5개가 넉넉하게 들어가는 것을 보고 왜 이렇게 큰 걸 샀냐며 신발 끈을 더 꽉 조이라는 미레이아. 알았다고 하며 잠깐 멈춰서 신발 끈을 꽉 조이니, 통증은 조금 더 약해졌고 걷다 보니 발도 덜 빠져나왔다. 미레이아가 웃으며 말했다.

"거 봐. 효과가 있지?"

"응, 고마워."

그래도 여전히 절뚝거렸는지, 오후에는 피에르가 나에게 다가와 걱정해 주었다. 신발을 보며 왜 이렇게 큰 걸 샀냐고 묻는 피에르.

"그런데 별도리가 없어. 우리나라에 내가 신을 만한 사이즈의 신발은 없거든."

"지금 농담해? 그 정도 발이면 우리나라에서도 알맞은 신발을 구할 수 있는데, 너희 나라 사람들이 우리나라 사람들보다 발이 더 크다는 거야?"

"그런 게 아니라, 물론 나에게 맞는 사이즈의 신발도 있지. 그런데 그런 건 거의 어린이용이야. 어린이용 신발을 신고 다닐 수는 없잖아. 조금 크더라도 감수해야지."

고개를 설레설레 젓는 피에르. 어쩌면, 우리는 너무나 표준화된 규격을 요구하는지도 모른다.

　도착한 곳은 바닷가. 할 일은 금요일 오후와 마찬가지로 바위틈을 돌아다니며, 숨어 있는 쓰레기를 골라 줍는 일이었다. 현지인 아저씨는 큰 페트병 같은 것도 중요하지만 조그만 잔쓰레기 역시 중요하다며, 큰 쓰레기는 일반인들 눈에도 쉽게 띄어 버려지기도 쉽고 물고기 등의 해양생물도 그냥 지나가지만, 작은 쓰레기는 아무도 모르게 부패할 때까지 남아 환경오염을 가중시키고, 물고기들도 별생각 없이 먹기 쉬워 생태계를 파괴시킬 위험이 더 크다고 말했다. 듣고 있던 환경 전공자 피에르가 심각하게 물었다.
　"그런 경우가 많이 발생하나요?"
　"아직까지는 별로 없었지만, 또 어떻게 될지 모를 일이지."
　한 사람당 하나의 비닐봉지를 가지고 시작한 오전 작업. 바위 구석구석에 숨어 있는 비닐봉지, 끈, 페트병, 캔, 밧줄 등을 주우며 돌아다녔고 그러기를 얼마, 바위틈 사이에 형체를 고스란히 간직한 채 죽어 부패하고 있는 게를 발견했다.
　끔찍하다는 생각과 함께 구역질이 올라왔다. "이놈의 게는 왜 이런 데서 죽어 있어"라며 혼잣말로 욕을 내뱉었고 K가 무슨 일이냐고 물었다.
　"저기 게 한 마리 죽어 있는데, 정말 끔찍하다."
　게의 사체를 확인하고는 고개를 살짝 갸우뚱거리는 K.
　"저게 어때서요?"
　"끔찍하잖아. 왜 하필 게가 저런 데서 죽어 있냐? 죽으려면 곱게 죽을 것이지."

형체를 간직한 채 곱게 죽어 있는 게에게. K가 다시 한 번 고개를 갸우뚱거렸다.

"비위가 약하시군요."

하긴, 게를 발견한 것이 나만은 아니었지만, 그걸 보고 격한 반응을 보인 사람은 나밖에 없었다. 다른 사람들에게도 보여 주었으나 눈살을 한번 찌푸릴 뿐, 그대로 넘어갔으니까. 그 후에도 게 세 마리와 조그만 새 한 마리를 더 발견했으며, K는 거슬렸는지 게 한 마리의 다리를 집어 바다로 던졌다. 바다 표면에 둥둥 떠서 표류하는 죽은 게 한 마리. 더 보기가 힘들어 시선을 다른 곳으로 돌렸다.

다들 적당히 눈에 보이는 것을 봉지에 담거나 둑 위로 올리고, 손이 닿지 않는 깊숙한 곳에 있는 쓰레기들은 몇 번 손을 뻗어 보다가 포기하고, 바위 밑으로 끼어 있는 줄 같은 경우에도 적당히 힘을 써 보다 포기했으며, 나 역시 그렇게 하다 보니 어느샌가 루이지의 옆에 와 있었다. 큰 형인 루이지는 쓰레기를 주워 가며 남을 교화하기라도 하는 듯한 톤으로 자주 이런 말을 했다.

"여기 사람들은 정말 더럽구나(People in here are very dirty)."

마치 우리는 그러면 안 되고, 그러니까 깨끗이 치워야 한다는 사명감을 가진 듯한 말투. 자신의 생각을 실천하듯, 루이지는 바위까지 들어가며 쓰레기를 주웠으며, 아무래도 혼자 하기 어려운 일인지라 옆의 나에게도 도움을 청했고, 결국 우리는 남들과 멀리 떨어져 2인 1조로 일하게 되었다. 웬만해서는 그냥 넘어가지 않는 루이지와 졸지에 그의 조수가 되어 버린 나. 열심히 바위를 들어 올리고 밑으로 굴리며, 맨 뒤에 처져 남들이 놓치고 간 쓰레기 작업을 하기 시작했다.

가장 큰 쓰레기는 밧줄이었다. 그것 역시 바위틈에 끼어 있었고, 바위만 옮기면 해결되리라는 생각에 바위를 들어 보았으나 꿈쩍도 하지 않는 줄. 알고 보니 또 다른 면이 또 다른 바위에 박혀 있던 것이었다. 약 30분간, 바위들을 옮겨 보고 땅도 파 가면서 씨름한 끝에 나온 엄청난 길이와 무게의 밧줄. 우리가 내려왔던 바위틈으로는 올라가지 못하고 평평한 풀숲을 찾아 한참을 돌아가 올라온 루이지와 나. 위에서 쉬고 있던 일행들은 우리가 캐온 밧줄을 보며 놀라움을 금치 못했고, 시간이 되어 우리는 점심을 먹으러 주유소로 향했다.

4인용 원형 테이블 4개 중 하나에는 다른 사람들이 앉아 점심을 먹고 있었고, 15명의 우리는 5:4:4:2로 나뉘어 세 개의 테이블에 앉았다. 마지막 2에 속한 것은 나와 아카리. 우리는 원형 테이블이 아니라 창가에 붙어 있는, 기다란 테이블에 높은 의자를 갖다 놓고 서로의 옆에 앉았다. 마땅히 할 일도 없어 그곳에 놓여 있는 아이슬란드 신문을 하나 골라 읽었다. 못 알아듣는 언어 사이 유일하게 알아들을 수 있는 언어. 숫자, 그리고 환율. 1유로에 살 때 126크로나, 팔 때 125크로나까지 올라버린 환율을 보며, 아직 많이 남아 있는 유로를 환전하기에는 지금이 적기라는 생각과 이것도 몇 번 하다 보면 큰돈을 벌 수 있을 거라는 생각을 했다. 아이슬란드어를 할 줄 아느냐며 신기해하는 동료들. 환율을 보고 있다고 하니 웃으며 역시 수를 좋아한다고 했다.

점심을 먹던 다른 사람들은 식사를 마쳤는지 밖으로 나갔고, 빈자리로 남은 또 하나의 원형 테이블. 그냥 위에서 창밖을 바라보며 점심을 먹자는 나의 의견은 아카리의 끈질긴 요구에 꺾였고, 우리 둘은 밑으로 내려가 조금 전 다른 사람들이 사용하던 테이블을 차지했다. 루카스는 점심으로 햄버거가 나올 거라 했고, 하나씩 배달되는 햄버거 세트. 햄버거를 베어 먹는 아카리에게 혹시 그 안에 치즈가 있는지 물어보았다.

"치즈? 없는데?"

"그래? 그럼 가장 싼 햄버거겠네. 저 왼쪽 끝에 있는 690짜리."

"그런가."

마침내 나에게도 배달된 햄버거 세트. 아카리의 말과는 달리 치즈가 들어있는 치즈버거였으나 가장 싼 메뉴이기는 마찬가지였다. 맛은 어제의 핫도그와 마찬가지로 훌륭했다. 외국에서 먹는, 우리 세대 한국인의 입맛에도 딱 들어맞는 외국 음식. 그러나 한편으로는 부담스럽기도 했다. 어제 아침부터 연속으로 먹는다는 것이 '식빵-식빵-핫도그-식빵-햄버거'. 다섯 끼 연속 빵으로 배를 채운 경험은 이번이 처음이었고, '저녁은 파스타라도 먹었으면' 하는 생각을 했다.

가장 싼 메뉴임에도 불구하고 양은 매우 많았으며, 특히 감자튀김이 알도 굵고 큼직했다. 제일 좋아하는 음식이 감자인 나만 남기지 않고 모두 먹어치웠을 뿐, 대부분은 감자를 많게는 반 이상 남기고는 가만히 앉아 부른 배를 토닥이며 휴식을 취했다. 아카리는 심심했는지 나에게 자기 핸드폰에 들어 있는 사진을 보여 주었다. 자신의 친구들이라며 자기가 누군지 맞춰 보라는 아카리.

"여기 있는 애지?"

"응."

어느 책이었더라. 일본인은 외국인들 앞에서는 조용하나 자기들끼리 만나면 매우 시끄럽게 군다는. 여기서 보이는 아카리의 태도로 봐서는 상상도 못 할 사진들이었다. TV에서 많이 보던 일본의, 불량까지는 아니지만 모범생도 아닌듯한 소녀들의 사진. 스티커 사진이었는데, 아카리뿐만 아닌 그녀의 친구들도 모두 머리를 갈색으로 물들이고 있었다. 야스코도 아카리의 나이 때는 저러고 놀았을까? 아카리에게 물어보았다.

"그런데 너랑 네 친구들, 왜 모두 머리를 갈색으로 염색했어? 원래 검은 머리잖아."

아직 탈색되지 않은 아카리의 머리. 아카리는 내 질문에 상당히 곤혹스러워했다. 나에게는 루이지의 말이 훈계로 들리듯이 아카리에게는 내 말이 훈계로 들리는지 억울하다는 표정으로 나를 바라보는 아카리. 조금 망설이다가 이렇게 대답했다.

"하지만 우리 나이의 여자들은 다 이렇게 머리를 갈색으로 물들이는 걸. 몰라. 우리 나잇대의 애들은 다 갈색을 좋아하나 봐."

우리는 20대 초반에 무슨 머리가 유행이었더라. 선배들은 금색이나 갈색의 염색을 하기도 했었으나, 대학을 다니는 동기 중 머리를 염색한 친구는 찾아보기 힘들었다. 한때는 연예인들을 따라 금색이나 갈색으로 치장하고 다니던 선배들. 시간이 지날수록, 우리는 점점 보수화되어 가는 것 같다.

1시간 30여 분의 점심 식사를 마치고 일터로 되돌아간 우리. 오후 작업 역시 위치만 조금 바뀌었을 뿐 오전과 같은 작업이었고, 다행히도 이번에는 게의 사체 따위는 발견되지 않았다. 대신 발견되는 인간에게서 나오는 매우 일상적인 쓰레기들, 그리고 의외로 많은 쇳덩이. 대부분 배를 정박시킬 때 밧줄을 거는 용도로 사용하는 못 같았으며 쇠파이프, 쇠통

등도 은근히 많이 나왔다. 비닐봉지에 넣어 보았으나 비닐이 자꾸 찢어져서 어느 한구석에 쇳덩이들을 쌓아올리며 작업을 계속하는 우리. 여기 와서 처음으로 하루 종일 힘들게 일하고는 4시쯤 되어 수고했다는 배웅을 뒤로하며 다 같이 보너스로 향했다.

K는 자기가 요리하는 날에는 한국 음식을 하지 않겠다고 했으므로 처음으로 한국 요리를 선보이는 날은 8월 13일. 내심 이곳에 오며 생각했던 것은 불고기, 전과 된장국이었다. 가져온 재료도 불고기 양념, 부침가루와 된장이었으니까. 필요한 재료는 불고기에 알맞은 고기, 전에 넣을 부추나 파, 그리고 된장국에 넣을 두부. 저번에 왔을 때와는 달리 열심히 둘러보았으나 부추나 파, 두부는 찾을 길이 없었고 고기도 불고기 양념에 마땅한 고기가 없었다. 열심히 진열된 상품들을 구경하며 어차피 내일 다시 올 것이니 그때 다시 신중하게 살펴보리라고 마음먹었다.

쇼핑을 마치고 숙소로 돌아오자 피곤했는지 각자의 방에 들어가 나올 생각을 하지 않는 동료들. 몇몇 애들을 설득해 보았으나 무위로 그치자 나는 혼자서 수영장으로 갔다. 이제는 얼굴이 눈에 익었는지 나를 보고는 조용히 토큰을 하나 건네 주는 데스크의 그녀. 잠깐 인터넷이나 할까, 갈등하다가 그만두고는 수영장에 들어가 동료들 없이, 조용하고도 한적한 휴식을 취했다. 대부분 시간을 얕고 넓은 스파에 누워 시간을 보낸 나. 알고 보니 그 안에는 온수가 뿜어져 나오는 구멍이 상당히 많았으며 그 앞에 몸을 이리저리 돌려가며 갖다 대니, 마치 안마기로 안마를 받는 느낌이었다. 기분이 좋아 한참을 그러고 있는데 갑자기 나를 부르는 여자의 목소리. 돌아보니 데스크에서 외부 수영장으로 향하는 문이 열려 있었으며, 나탈리와 페린이 앞에 서 있었다.

"창성아, 저녁 먹어야지."

"응? 지금 몇 신데?"

"6시 15분. 한참 찾아다녔잖아. 저녁이 6시였는데, 몰랐어?"

"응."

그런 정보는 미리 좀 알려줄 것이지. 리더 뒤만 따라다니는 우리가 그런 걸 알 리 없었다. 어쨌든, 미안하다고 하며 부리나케 수영장에서 나와 샤워기로 물만 끼얹고는 반팔 복장으로 탈의실에서 나왔다. 수영장 로비에서 여전히 나를 기다리고 있는 나탈리와 페린. 다시 한 번 미안하다고 사과를 하고는 발걸음을 옮겼다.

"그런데 저녁 어디서 먹어?"

"호텔에서. 몰랐어?"

"응. 호텔이 어디 있는데?"

"하긴, 우리도 한 시간 전에야 알았으니. 바로 저 건물이야."

점심도 바깥에서 먹었는데 저녁도 바깥에서 먹다니. 운수 좋은 날이라고 생각하며 조금 걸음을 빨리해 호텔로 가는 우리. '그래도 비싸 보이는 호텔인데 이런 복장으로 가도 되나?' 하는 생각이 들었으나 인제 와서 다시 숙소로 돌아가 옷을 갈아입을 수는 없는 노릇이었다. 1층 로비에서 왼쪽으로 꺾자 나오는 호텔 레스토랑. 모두 나를 환영해 주며 "어떻게 반바지를 입고 호텔에 오니?" 등의 농담을 한마디씩 던졌고, 미안한 마음으로 앉으며 앞의 피에르에게 부탁했다.

"미안한데 나 저기 있는 빵 하나만 먹을 수 있을까?"

"안 될 것 같은데. 너 늦었잖아."

"그래, 미안."

"농담이야, 여기."

모두 한 접시씩은 먹은 듯 보였고, 빵을 하나 먹고 나서 나탈리, 페린과 함께 호텔 뷔페로 가 보았다. 여러 가지 요리가 나열된 가운데 주요리는 커다란 직사각형 모양이었는데, 위는 치즈로 발라져 있었고 밑 부분은 정체 모를 하얀 계통의 색깔이 꼭 생선 반죽 같았다.

"이거 뭐야?"

"응, 맛있어. 한 번 먹어 봐."

역시나 생선 맛. 점심을 많이 먹었기에 별로 배고프지는 않아 여러 가지 음식을 조금씩 맛보기로만 가져다 먹었고, 평소처럼 여러 이야기를 나누며 자리에 앉아 있었다. 바깥으로 보이는 꽤 웅장해 보이는 건물. 누군가 교회라고 했고 화제는 종교로 넘어가 있는데 7시쯤, 새로운 요리가 등장했다.

"우와! 디저트다!"

4×4개가 큰 받침 위에 담겨 나온 초콜릿 케이크. 모두 매우 좋아하며 하나씩 가져다 먹었다. 15명이니 하나가 남은 초콜릿 케이크. 다들 서로에게 먹었냐며 확인할 뿐(15명이고 하나가 남았으니 당연히 하나씩 먹었을 테지만), 10분이 지나도록 다시 일어나 가져다 먹는 사람이 없었다. 한국에서는 이런 경우에 어떻게 하더라? 원래 마지막 음식은 남기는 것이 예의라 하여 상이 끝날 때까지 그대로 두었다가 버리는 경우도 있고, 연장자가 가져가는 경우도 있으며, 막내가 처리하는 경우도 있지. 그래도 두면 그냥 쓰레기통으로 직행할 것이 유력해 보이는 케이크. 아까운 생각에 일어나 마지막 한 조각을 접시에 옮겨 담았다. 자리로 가지고 돌아오니 기막힌 듯 쳐다보는 사람들. 프란체스카는 그런 건 사람들에게 의사 타진

을 해봐야 되지 않냐고 물었으나 14명에게 일일이 물어보고 다니며 15등분을 할 수도 없는 노릇. 적당히 눈치가 오가고 한참의 시간이 지났다면, 우선권은 먼저 가져가는 사람에게 있는 것이다.

호텔에서 돌아와 루카스의 야심작 중 하나인 그레이브 야드를 보니 × 표가 하나 쳐져 있었다. 혹시 K일까 싶어 물었다.

"저거 네가 친 거야?"

"아니요."

"너도 대충해서 그냥 ×표 해."

"그거 꼭 해야 돼요?"

"혹시라도 귀찮은 일 생길까 봐 그러지. 아니면 내가 진짜 너 데리고 교회에 갈까? 그건 너도 귀찮잖아. 아, 그리고 종이도 필요하댔지? 여기, 네 이름이랑 빨간 잠바랑 교회. 내일쯤이나 해서 대충 쳐 줘."

"네."

돌아와서는 이틀 연속 모임 없이 각자 하고 싶은 일을 하는 우리. 나는 평소처럼 카드놀이를 하고는 일기를 썼고, 야스코가 먼저 잠자리에 들어서였을까, 아카리가 계속 내 옆에 붙어서, 그녀와 여러 문화 이야기를 하며 놀았다. 내가 아는 일본어 등을 말하고 한국 배우들 이야기를 하다 갑자기 한국말로 "사랑해요" 하는 아카리.

"이거 K에게서 배운 말이야."

귀여웠다. 일본애에게 한국말로 "사랑해요"라는 말을 듣다니. 설레지는 않았다. 사랑할 리 없다고 생각했으므로. 고맙다는 말의 또 다른 표현이라 생각하며 아카리에게 한국말로 대답했다.

"사랑해요? 고마워요."

# 15. 양력과 음력

## (8월 12일, 7일 차)

7시 30분 기상. 오늘 일은 아침 9시부터 예정되어 있었다. 간단히 아침을 먹고 자리에서 일어나는데 옆에서 쭈뼛거리며 말을 걸어오는 K.

"오빠가 준 종이 세탁기에 빨았어요."

내가 준 종이라면 어제 무덤에 X표를 하라며 준 세 장의 종이밖에 없었다. '오빠가 준 종이 세탁기에 빨았어요.' 어투를 보니, K 딴에는 많이 미안한 모양이었다. 그러나 듣는 내 입장에서는, 종이야 어찌 되었든 별 중요한 문제가 아니었다.

'오빠.' 만난 지 일주일 만에야 내 귀에 인식되는 오빠라는 단어. 전날 있었던 걱정이 사라지며, 기분이 상했던 것은 아닐 거라는 다행스러운 기분이 들었다.

"뭐, 할 수 없지. 알아서 X표만 잘 쳐 놔."

"네."

웬일인지 고분고분히 대답하는 K. 계속 이런 반응이 이어진다면, 이 같은 실수는 몇 번을 해도 오히려 내가 고마울 것이다.

20분 늦게 도착한 현지인 아저씨. 그를 따라 우리가 간 곳은 어제와 마찬가지로 바위 해변이었다. 일 역시 어제와 같은 바위 사이사이의 쓰레기 줍기. 첫날 와서 길가의 쓰레기를 주울 때만 해도 '이런 것이 무슨 자원봉사야' 하는 불만이 있었으나, 생각해 보면 자원봉사라는 것이 그리 거창한 것은 아니었다.

내가 지원한 캠프는 환경/농업/건설/사회사업/문화/예술/교육 등 여러 분야 중 환경 분야. 초등학교 시절 봉사활동을 나가서 하는 일은 항상 학교 주변의 쓰레기를 줍는 환경미화였으며, 중고등학교 시절 역시 학교 봉사활동이란 환경미화가 전부였다. 어제 아저씨가 말했듯이, 눈에 쉽게 띄지 않는 조그만 쓰레기를 주워 땅이 오염되는 것을 막고, 각종 생물이 자신도 모르게 쓰레기를 삼켜 버리는 것도 막는, 생태계의 파괴를 막는 가장 기초적인 단계가 되는 환경미화. 어쩌면 가장 중요한 것은 가장 기본적인 것인지도 모른다.

어제와 별반 다를 것이 없는 오늘의 작업. 이번에도 현지인 아저씨는 2인 1조로 일할 것을 제안했으나, 쓰레기 줍는 작업에서의 2인 1조란 서로에게 거추장스러운 짐이 될 뿐이었다. 오늘 점심 당번인 나탈리와 프란체스카가 식사 준비를 위해 10시 30분쯤 먼저 숙소로 돌아가고, 남은 일행은 11시 30분까지 일하다 점심을 먹으러 숙소로 돌아갔다. 오늘 점심 메뉴는 파스타. 참가 전 사람들에게 들기로도, 그쪽 단체에서 우리에게 보내준 정보로도, 또 리더인 루카스가 식사 당번을 정하며 말해 주기에도 서로 다른 국적의 사람들이 모여 서로의 음식을 공유하는 것도 좋은 경험이 될 거라 했으나 이곳, 숙소에서 우리가 직접 해 먹은 음식은 이런 거였다.

8월 6일 저녁: 파스타

8월 7일 점심: 밥은 처음 해 본다는 이탈리아 남자의 밥

8월 8일 점심: 오믈렛

8월 9일 점심: 샌드위치

8월 10일 점심: 샌드위치

8월 12일 점심: 파스타


이탈리아의 유명한 음식인, 이탈리아 하면 가장 먼저 머릿속에 떠오르는 것 중 하나인 파스타를 제외하고는 각국의 전통 요리와는 거리가 있어 보이는 음식들. 서양 애들은 일본 애들에게 스시를 부탁했으나 전문 요리사가 아닌 이상 이런 곳에서 스시를 할 수 있는 것도 아니고, 그 밖의 러시아, 스페인, 슬로바키아, 폴란드, 프랑스는 그 나라의 전통 요리하면 떠오르는 음식이 없었다. 문득 캠프가 시작되기 전날, 수도 레이캬비크 숙소에서 만났던 독일 여성이 생각났다. 누군가가 그녀에게 배가 고프면 부엌에 있는 밥을 먹으라고 했고, 그녀는 고개를 저으며 이렇게 말했다.

"고맙지만 사양하겠어. 거기서도 매일같이 먹는 것이라고는 밥과 파스타가 전부였는데 여기 와서까지 밥을 먹고 싶지는 않아. 차라리 이따 밖에 나가서 사 먹고 말지."

"하긴 나도 그래. 하지만 이런 곳에 요리 잘할 줄 아는 사람이 얼마나 되겠니. 어쩔 수 없으니까 만만한 밥이랑 파스타나 해 먹는 거지."

그때만 해도 이들의 대화를 이해하기 어려웠으나 일주일이 지난 지금, 이제는 알 것 같았다. 밥과 파스타. 그나마 운이 좋아 하루 한 끼가 현지

식당으로 예약되어 있지 않았다면, 우리의 하루 세끼도 아마 이렇게 채워졌을 것이다.

아침: 식빵, 콘플레이크, 떠먹는 요구르트 등
점심: 밥 혹은 파스타
저녁: 밥 혹은 파스타

아주 가끔, 3일에 한 번쯤의 특식? 지금의 생활과 비교해 보니, 끔찍하다는 생각이 들었다.

휴식을 취하다 누군가의 "이거 MP3 진짜 못 듣는 건가?"라는 질문에 하나둘씩 오디오를 만져 보았고, 그러다 음악을 들을 수 있는 방법을 발견했다. TV도, 라디오도 안 나오고, 컴퓨터도 안 되는 숙소에서 발견한 새로운 즐거움. 카말의 MP3에 연결된 노래들을 조금 듣다가(그 후 MP3는 거의 카말의 전용공간이 되어 주로 그의 곡이 흘러나왔다) 오후 일을 위해 우리가 향한 곳은 어느 널찍한 풀밭. 이번에 우리를 데리러 온 것은 도착 후 첫 일을 시키기 위해 우리를 데리러 왔던 현지인 아가씨였다.
"이제 일 할까?"라고 말하는 그녀.
"싫어. 조금만 잤다가 하자."
미레이아의 대답. '도대체 지금 무슨 말을 하는 거야?'라는 내 생각과 달리 현지인 아가씨는 순순히 응했다.
"좋아, 그러자."
모두 풀밭에 드러누워 낮잠을 즐겼고, 멀뚱멀뚱 앉아 있는 것은 세 명의 아시아인, K와 야스코, 나밖에 없었다. 이런 날씨에, 더군다나 일하러 왔기 때문에 가방 등 마땅히 베개로 삼을 만한 물건도 없고 피곤한 상태도 아닌데 바로 드러누워 자다니, 참 대단하다는 생각이 들었다. 가만히 앉아 있는데 K가 가까이서 저번과 똑같은 질문을 건넸다.

"오빠 생일 언제예요?"

"어차피 피에르가 알고 있다니까."

"피에르가 자기도 모른다던데요?"

"모르긴 뭘 몰라. 우리 명단 다 적혀 있는 종이 있던데. 너 생일 9월 26일이지?"

"9월 28일인데."

"어쨌든, 거의 비슷하잖아. 그 종이가 없었으면 내가 어떻게 네 생일을 알겠어. K라는 가장 흔한 성이랑 H라는 꽤 흔한 이름을 가지고. 그나저나 너도 잠 안 오지? 우리 같이 쓰레기나 주울까?"

어깨를 으쓱하며 거부 의사를 드러내는 K. 그녀 역시 그대로 드러누워 대부분의 동료들과 행동을 같이했고 이제 앉아 있는 것은 나와 야스코밖에 없었다. 마땅히 할 일도 없기에 일어나 어슬렁거리며 눈에 보이는 쓰레기를 주우며 다녔고, 야스코도 마찬가지였는지 나와 같이 쓰레기를 주우며 다녔다. 20분간의 짧은 낮잠을 마친 일행은 몇 분간 더 일하다가 새로운 장소로 이동했고, 나는 조금 더 눈에 거슬리는 조그만 쓰레기를 줍느라 뒤에 처져 있었다. 그때 내 앞에 있던, 나를 제외한 모두의 시야에서 벗어난 미레이아와 피에르가 서로에게 열정적으로 키스를 퍼부었다. 여기 와서 처음으로 본 로맨스. 그 둘이 가깝게 지내는 것을 본 적이 없었기에 적지 않게 놀랐고, 둘이 키스를 하든지 사귀든지 간에 내가 알 바는 아니었으며, 남들 다 가기를 기다려, 시선을 피해 키스를 하는 것도 좋았으나 그래도 불만이 하나 있었다.

'나는 투명인간인가?'

우리 사이에 언덕이 있는 것도 아니고 거리도 10m밖에 떨어져 있지 않았으므로 눈에 보이지 않을 이유는 없었다. 뒤에 남아서 키스한 것을 보면 남들의 시선은 피하겠다는 의도였는데, 그러면 내가 지나가는 것까지도 기다렸어야지. 나를 믿어서일까, 아니면 무시해서일까. 어느 쪽이든 별로 유쾌하지는 않다는 생각을 하며 그들을 앞질러 갔다.

새롭게 이동한 장소는 아까의 풀밭에서 꽤 가까웠지만 조금 다른, 새로운 풀밭이었다. 약간의 차이라면 언덕에 위치한 면의 경사가 조금 더 심하다는 것과 군데군데 건초더미 같은 것이 꽤 일정하게 놓여 있다는 것. 어떻게 할까, 조금 고민하다가 갈퀴가 있는 것을 봐서는 제초작업인 것 같아서, 그러나 긁을 만한 풀들도 별로 없어 보였기에 애꿎은 건초 덩어리만 계속해서 긁어냈다. 단단한 덩어리는 쉽게 긁어지지 않았고, 그러다 현지인의 건초 덩어리는 그냥 두고 다른 곳을 긁어내라는 말에 이미 한 번 제초했는지 잘 긁어지지도 않는 풀밭이나 열심히 긁어댔다. 얼마를 더 그렇게 하자 오늘의 일과가 끝났다고 하는 아저씨. 당연히 보너스를 갈 줄 알았는데 루카스는 숙소로 발걸음을 옮겼고 내일 반찬거리를 사야 한다는 생각에 루카스에게 물었다.

"우리 오늘은 보너스 안 가?"

"응. 갈 필요 없잖아. 어차피 어제 많이 샀는데."

내일 당번은 마르타와 나인데 어떡하지. 어차피 된장국은 포기 상태였으니 전이나 부치기로 마음먹었다. 부추를 넣으면 부추전, 파를 넣으면 파전이듯이 그냥 있는 거 아무거나 넣으면 전이 되는 것이니까. 집에 야채는 많을 것이니 그중 아무거나 골라 넣어야겠다고 생각했다.

일이 끝나고 숙소로 돌아온 일행은 두 그룹으로 나뉘었다. 수영장으로 가는 일행과 숙소에서 휴식을 취하는 일행. 나는 전자에 속해 수영장에 가서, 아이슬란드 와서 두 번째로 한국 웹사이트에 접속해 인터넷을 했고, 수영장에서는 수중농구를 하며 놀았다. 수영을 마치고 곧바로 간 첫 번째 음식점. 나온 것은 점심에도 먹었던 파스타였는데, 똑같은 메뉴임에도 불구하고 여기 와서 먹은 음식 중 제일 맛있었다. 조금 짜다는 점이 흠이라면 흠이었지만. 뜻밖에 디저트도 나와 매우 맛있게 식사를 즐기고 숙소로 돌아왔다.

숙소에서 각자가 게임 등을 하며 자유 시간을 가지는데 루카스가 거실에 모여 있던 애들을 테이블로 불러 모았다. '무슨 일일까' 하고 생각하며 가보니 아직 우리가 서로를 잘 모르지 않느냐면서 그냥 서로에게 묻고 싶은 것을 묻기 위해 모였다는 루카스. 한 사람씩 돌아가면서 다음 사람에게 궁금한 점을 묻자는데 모두 뻘쭘한지 서로의 눈치만 보았고, 루카스가 자기가 먼저 시작하겠다고 하고는 옆의 마리아에게 한 가지를 질문했다. 이제 마리아 차례. 그러나 마리아는 마땅히 궁금한 점이 없었는지 계속 머뭇거리기만 했고 결국 루카스가 단도직입적으로 우리가 모인 이유를 말했다.

"창성아, 너 생일이 언제야?"

"음력 7월 18일."

나는 내 음력 생일을 말하며 한국에서는 생일을 음력으로 하는 사람이 많아서 양력 생일은 신경 쓰지 않는다고 했다. 음력으로 하는 것은 사실이었으니까. 알겠다며 자기가 알아보겠다고 방으로 뛰어가는 K. 로밍이 안 된다며 핸드폰도 안 가져온 애가, 설마 한국 달력을 가지고 오지는 않았을 테고. 어떻게 확인한다는 말인지 궁금했다. 얼마 안 있어 나온 K의 입에서 흘러나온 말.

"똑같은데요?"

똑같다니. 무슨 말인지 이해가 가지 않았으나 "그럼 그런가 보지" 하고 넘어가는데 피에르가 나섰다.

"잠깐만 있어 봐. 나한테 명단이 있으니까 확인하고 올게."

명단을 잃어버렸다고 할 때는 언제고. 그럼 미리 좀 알려주든가…. 잠시 후 방에서 나온 피에르는 명단을 보여주며 "8월 14일이네"라고 했고 "그럼 내일 모레잖아. 빨리 파티 준비해야겠네"라는 누군가의 말에 내가 끼어들었다.

"그래 봤자 어차피 그건 내 진짜 생일도 아닌데 뭐. 아까 말했잖아. 내 진짜 생일은 음력 7월 18일이라고."

"거짓말하지 마요. 요즘 생일을 음력으로 하는 사람이 어디 있어요?"

"없긴 왜 없어. 우리 집은 그렇게 해. 그리고 이게 전통적인 방식이잖아. 한국에서 가장 큰 명절인 추석이랑 설날도 다 음력으로 쇠잖아. 단오도 음력 5월 5일이고."

"그거야 그렇다 쳐도 오빠같이 젊은 사람이 무슨 음력 생일이에요."

"젊다고 양력으로 해야 한다는 법 있나? 음력으로 생일을 지내는 사람도 많아."

"알았어. 그럼 왜 여기는 8월 14일이라고 썼어?"

"그게 국제적 기준이니까. 여기다 아무리 음력이라고 써도 동아시아 사람들 빼고는 이해 못 할 거 아니야. 서양에는 음력 달력도 없을 텐데. 괜히 헷갈리게 하기 싫어서 그랬지."

"그럼 음력 생일은 캠프 중에 있어?"

"응."

"그럼 그때 생일잔치 해 줄까?"

"아니, 됐어. 나 진짜 올해는 아무것도 없이 그냥 넘어가고 싶어."

캠프 참가자들은 내 말이 잘 이해가 가지 않는 모양이었다. 하긴, 내 옆의 한국인인 K 역시 이해가 안 간다는 표정을 짓고 있었으니. 생일을 축하해 주겠다는데 거부하는 사람이라. 애들은 K에게 한국에서는 원래 생일을 그냥 넘어가는지 물었고, 내가 대신 나서서 파티를 하기도 하지만 이건 단순히 내 마음일 뿐이라고 해명했다. K도 나에게 덧붙여 물었다.

"오빠 그러면 생일 때 생일 파티 같은 거 안 해요?"

"어렸을 때야 했지만 어느 순간부터 안 하게 되더라. 생일도 방학에 있고 그러다 보니."

"그럼 뭐 해요?"

"그냥 가족들이랑 외식이나 하지."

"저녁에? 그게 다예요?"

"응, 그럼 그게 다지 또 뭐 할까?"

마지막으로 생일 파티를 해 본 것은 초등학교 4학년. 그 이후로는 휴가철을 맞아 다른 곳으로 여행을 떠나다가, 고등학교 때부터는 아무것도 하지 않았다. 그러고 보니 다른 사람들은 고등학교 때도 생일 파티를 할까? 예전에는 안 한다고 생각했었으나, 지금은 확신이 서지 않았다. 어쩌면 내가 너무 주류에서 벗어나 있던 것은 아닐까. 그러나 이런 말을 외국인들에게 하기는 부담스러웠다. 일일이 모든 에피소드를 영어로 말하기에는 너무 어려울 것 같다는 생각도 들었고. 그래서 외국인들에게는 다른 핑계를 댔다.

"나도 잘 모르겠어. 하지만 첫날 내가 말한 거 있잖아. 한국에서부터 멀리 도망쳐 왔다고. 그냥 난 한국에서와 관련된 모든 걸 잠시나마 잊어버리고, 새로운 휴식을 취하면서 새로운 기분을 맛보고 싶어. 그냥, 조용하게, 있는 듯 없는 듯 넘어가고 싶은 게 내 심정이야. 생일 같은 요란스러운 건, 글쎄, 너희들이 해 줘도 뭐라고 하지는 못하겠지만, 기쁘지는 않을 거야. 나도 잘 모르겠어. 하지만 이런 데서 별로 생일 파티 같은 건 하고 싶지 않아."

지금 생각해 보면 이것 역시 변화에 대한 두려움 때문이 아니었을까, 하는 생각이 든다. 아니면 기대를 가지는 것에 대한 두려움이었던가. 우리는 다시 각각의 자유 시간을 가졌고, 루카스의 독촉에 평소보다 조금 더 일찍 각자의 방으로 돌아갔다. 내일 출발 예정 시각은 오전 8시. 루카스는 내일 아침 당번인 K에게 내일은 아침 7시 20분까지 모든 걸 준비해 달라고 했고, 우리는 일찍 일어나야 하는 K를 위로하며 각자 잠자리에 들었다.

# 16. 실패한 한국 요리
## (8월 13일, 8일 차)

똑똑, 하고 들려오는 노크 소리에 잠에서 깨어났다. 시계를 보니 아침 7시 20분. '그냥 들어오면 될 것이지 누가 아침부터 이렇게 밖에서 노크를 하나.' 또다시 들려오는 똑똑. '아, 우리 방은 문을 닫으면 저절로 잠기는 식이었지.' 노크하는 사람이 이해되었다. 그런데 누구일까. 똑똑. '맞다, 오늘 아침 당번이 K였지. 그럼 K겠구나. 네 번째로, 일정한 간격을 두고 두드리는 노크 소리. 똑똑.

"알았어."

다른 세 명은 미동도 보이지 않았고, 문에서 가장 가까운 침대에 누운 내가 한국말로 답했더니 K 역시 "네"라고 한국말로 대답하며 사라졌다. 몇 초 더 누워 있다가, 오늘은 아침 8시까지라는 것을 기억하고는 서둘러 일어나 식탁으로 향했다.

샤워와 아침을 마치고 모두 거실에 모여 기다렸으나 8시까지 오겠다고 한 현지인들은 몇십 분이 지나도 나타나지 않았다. 결국, 모두 풀어져 제 방으로 들어가거나 소파에 눌러앉아 게임을 하며, 혹은 책을 읽으며 시간을 보냈고, 책임자가 온 것은 9시가 넘어서였다. '이제야 가는구나' 하는 생각을 하며 밖으로 나가려는데 루카스가 마르타와 나를 불러 세웠다.

"너희들도 밖에 나갈 거야?"

"응? 당연한 얘기를 왜?"

"아니, 어제도 나탈리와 프란체스카가 점심 당번이었는데 먼저 숙소에 들어가 점심 준비를 했잖아. 벌써 9시 30분 가까이 됐는데 너희도 점심 하려면 준비할 것 많지 않겠어? 어차피 지금 나가봐야 1시간도 안 있어서 집으로 와야 할 텐데, 차라리 그러면 여기 남아 있는 게 어떨까 해서."

전을 부치는 데 시간이 얼마나 걸릴까. 집에서 해 본 바로는 금방이었고, 괜히 남아 있겠다고 하기에는 뺀질대는 느낌을 줄 것 같은 걱정이 일었다. 그러나 다시 생각해 보면 이번이 절호의 기회였다. 마르타는 며칠 전부터 내가 하고 싶은 요리를 도와준다고 했고, 나처럼 요리를 할 줄 모른다는 K보다는 요리를 잘하는 이탈리아 여자 마르타가 더 도움이 될 것 같았다. 더군다나 2시간 30분이면 전 말고 된장국도 해 볼 수 있으리라는 희망찬 생각에, 나는 루카스의 제안을 받아들였다.

"좋아, 그러면 우리는 여기 남아 있을게."

"알았어, 그럼 수고해."

일하러 간 동료들을 배웅하며 뒤에 남은 마르타와 나. 아직 여유가 많으니 늦장을 부려도 됐으나, 처음 해 보는 것임을 감안하면 몇 시간이 걸릴지 알 수 없는 일이었다. 요리를 위해 재빨리 실내복으로 갈아입었고, 마르타는 그 복장 그대로 나한테 물었다.

"이제 뭐를 해야 되지?"

"글쎄, 이 전을 할 건데, 음, 너도 잘 알다시피 내가 요리를 잘 안 해 봐서 이거 처음 해 보는 거거든. 그래도 별로 어렵지는 않을 거야. 여기 설명서가 다 있으니까. 우선, 이걸 다 풀어서 넣은 다음 물을 같이 부어 주고 잘 섞어 주면 될 텐데, 어디 큰 그릇이 없을까?"

"큰 통이라면, 여기 이걸 쓰면 되지 않을까?"

"응, 그렇겠네, 고마워."

부침가루 설명서에는 밀가루 500g에 물 850㎖를 넣으라고 쓰여 있었는데, 밀가루 500g이면 몇 사람이 먹을 만한 양인지, 500g이 도대체 얼마를 뜻하는 것인지, 도무지 감이 서질 않았다. '에라 모르겠다. 어쨌든 15명이면 이거 다 해야 되겠지'라고 생각하며 큰 통에 부침가루를 부어 넣고 적당히 물을 채우고는 마르타에게 말했다.

"이제, 여기 설명서에서처럼 야채를 썰어서 집어넣으면 돼. 무슨 야채 없을까?"

숙소에 있는 야채는 당근, 파프리카, 양상추, 파슬리, 브로콜리 등. 파프리카전, 양상추전, 파슬리전, 브로콜리전 모두 들어본 적이 없었고 당근전 역시 들어본 적은 없었으나 그나마 가장 괜찮을 것 같아서 '당근전이나 만들까'라는 생각을 했다. 그러나 내가 그런 생각을 하며 부침가루와 물을 섞는 사이, 마르타는 브로콜리를 먹기 알맞게 자르기 시작했다. 다 자르고는 "이 정도면 되겠지?"라며 나를 보는 마르타. 처음에 야채를 썰어서 집어넣으면 된다고 했기에 통에다 넣자고 했고, 브로콜리, 물과 부침가루가 섞인 통은, 난장판이었다. 설상가상으로 잘 저어지지도 않아 나는 물을 더 집어넣었고, 그걸 본 마르타는 걱정스러운 표정으로 물었다.

"그거 너무 물 많은 거 아니야?"

"글쎄⋯. 그래도 안 저어지니까."

이왕 이렇게 된 거, 잡다한 야채가 들어간 야채전이나 해 보자는 생각에 눈앞에 있는 재료란 재료는 모조리 쓸어 통 안에 넣었고, 요리를 많이 해 본 마르타는 직감적으로 나를 믿으면 안 된다는 것을 눈치 챈 듯했다. 파슬리를 다 집어넣으려는 나에게 이건 스파게티에도 사용해야 되니 조금 남기자는 마르타. 어쩔 수 없이 그녀의 의견을 따랐고, 아무리 물을 넣어도 잘 저어지지 않자 나는 계속해서 물을 넣어 젓기 쉽게 만들며, 자포자기하는 심정으로 프라이팬에 기름을 두르고 반죽을 조금 부어 보았다. 다른 한쪽에서 열심히 스파게티를 만들다 나를 도와주러 온 마르타. 프라이팬이 기울어져 있었는지 기름은 잘 번지지 않아 한쪽에 쏠렸고, 어차피 처음 해 보는 것이니 작게 만들어 보겠다는 생각에 주걱으로 조금만 프라이팬에 둘러보았다. 말 그대로 떡처럼 번지는 부침.

"…"

너무 작고 굵게 뿌려서일까. 부침개는 프라이팬에 잘 들러붙지도, 뒤집히지도 않았으며 결과물로는, 제대로 익지 않은 떡 반죽 비슷하게 생긴 무언가가 나왔다. 한눈에 봐도 먹음직스럽지는 않았고, 나는 마르타에게 그것을 권해 보았다.

"이거 한 번 먹어 볼래?"

"아니, 난 괜찮아."

"그러지 말고 한 번 먹어 봐. 언제 또 한국 음식을 먹어 볼 기회가 있겠어?"

"아니, 예전에도 몇 번 한국 음식을 먹어 보기는 했어. 이건 네가 한 거니까 네가 먼저 먹어 봐야지."

완곡히 내 제안을 거절하는 마르타. 어쩔 수 없이 한 입 베어 먹었는데, 뭐라 표현할 수 없는 오묘한 맛의 새로운 세계가 펼쳐졌다. 그래도 내가 한 것이니 버리기는 아까워 첫 번째 부침개를 다 먹고, 이번에는 조금 더 얇게 해서 하나의 덩어리를 프라이팬에 올려 보았다. 그러나 이번에도, 하얀 부분은 군데군데 구멍이 나 있고, 부침개는 잘 뒤집히지도 않아 실패작이 되고 말았다. 총 5번 부치기를 부치며 '뒤집개가 이상한 건 아닐까?' 하는 생각에 뒤집개도 바꿔 보고 '프라이팬이 안 좋은 건 아닌가?' 하는 생각에 프라이팬도 바꿔 보며 깨끗이 물로 씻기도 하고 휴지로 몇 번 닦아내기도 했으나 결과는 5번 모두 실패였다. 이상야릇한 맛의 부침개 5개를 꾸역꾸역 먹으며 부침개는 이따 K나 야스코가 오면 다시 해 보리라 생각하고, 마르타의 파스타나 도와주려 했다. 그러나 마르타는 방금 내 솜씨에 말 못 할 감동을 받았는지 선뜻 무슨 일을 시키지 않았고, 고민하다가 문득 15인용의 파스타를 할 만한 큰 통이 없다는 것을 떠올리고는, 전기가 들어오지 않는 과일용 냉장고에 가서 큰 통을 꺼냈다. 거기에는 목요일에 하고 남긴 밥이 그대로 들어 있었고, 마르타는 파스타를 담기 위해 그 통이나 설거지해 달라고 했다. 일단 남은 밥을 쓰레기통에 버리고 물을 틀고 설거지를 하려는데, 마르타가 자기에게 좋은 방법이 있다며 잠깐 있어 보라고 했다.

"여기에 이렇게 물을 넣고 세제를 푼 다음 가스 불에 끓여 주면 조금 더 쉬울 거야."

처음 보고, 처음 시도해 보는 방법이었으나 의외로 쓸 만했다. 열이 달라붙어 있던 밥풀을 녹인 걸까. 그렇게 해서 통 하나를 깨끗이 씻고, 요리를 도와주는 것은 오히려 마르타에게 방해만 될 것 같아서 주위의 식탁을 닦고, 깨끗하게 씻기지 않은 접시나 포크 등을 설거지하며 기다리고 있는데, 11시가 되자 일터로 나갔던 동료들이 하나둘씩 돌아왔다.

"뭐야, 왜 벌써 와."

"아, 오늘은 별로 할 일이 없더라. 이따가 오후에도 안 와도 된대. 그나저나 '한국 요리'는 어떻게 돼 가고 있어?"

애들은 점심 메뉴가 파스타인 것을 확인하고는 나에게 여태 뭐 하고 있었냐는 구박을 해왔다. K에게 자문을 구했으나 역시 모르는 K. 나를 도와준 것은 야스코였다.

"물을 너무 많이 부었네."

아무것도 모르는 나는 무작정 야스코에게 매달렸고, 야스코는 고맙게도 나를 뿌리치지 않고 전 완성하는 것을 도와주었다. "일단 물이 너무 많으니까 조금 더 덜어내자"라며 통을 한 면으로 기울이더니 국자로 물 부분을 퍼서 싱크대로 버리는 야스코. 야스코 역시 내가 못 미더웠는지 아카리를 불러 같이 일했고, 나는 가만히 서서 그들이 하는 것을 보기만 했다. 한참을 물을 덜어내고도 부족했는지 이번에는 조금 더 조그만 통을 가져와 그나마 물의 비율이 더 낮게끔 덜어내는 야스코. 점심을 먹으라는 마르타의 말도 아랑곳하지 않으며 내 전을 먼저 도와주는 야스코. 내 입장에서 의지할 만한 사람은 누나밖에 없다는 생각과 함께 '같이 일을 나갔다가 요리할 때 야스코에게 도와달라고 할걸' 하는 뒤늦은 후회가 들었다.

시범적으로 완성된 하나의 전. 파프리카에 양상추 등 이상한 것들이 들어가 맛은 별로였으나 최소한 생김새만큼은 그럴듯했다. 야스코는 이제 자기도 점심을 먹겠다며 식탁에 앉았고, 나보고 먹지 않느냐는 질문에, 전을 너무 많이 먹어서 배가 불러 괜찮으니 내 것도 마저 먹으라고 답하며 추가로 전 두 개를 더 만들었다. 첫 번째 전은 모두가 적당히 나 뭐 먹었으며 두 번째 전은 루이지가 맛있다며 거의 다 차지. 그 말에 혹해서 세 번째 전까지 추가로 만들었으나 루이지는 난감한 표정을 지으며 방으로 들어갔고, 결국 마지막 전은 나와 아카리, 야스코가 먹어치웠다. 결론적으로 오늘 점심으로 먹은 전은 5.5개. 앞으로 최소 한 달간 전은 손도 대지 않겠다는 생각과 집에 가면 요리를 배워야겠다는 생각을 했다. 여태 배고프면 싸고 영양가 있다고 생각되는 김밥집에 가서 먹으면 된다고 생각했으나, 혹시라도 외지로 나가 자취 생활을 한다면, 기본적인 요리는 할 줄 알아야겠다는 생각이 들었다.

루카스의 말대로 오후 작업은 없었으며 대신 우리는 보트 트립(Boat Trip), 정확한 명칭으로는 '유니크 어드벤처 투어(Unique Adventure Tour)'라는 것을 떠났다(브레이다피요르드Breiðafjörður만을 돌아다니며 각종 섬과 새들을 설명과 함께 즐기는 보트 트립). 13시 50분에 숙소에서 나와 14시 5분에 하버 센터(Harbor Center)에 도착해 표를 받고는 14시 30분에 출발하는 배에 올라탔다.

예정된 시간은 2시간 15분, 즉 16시 45분에 다시 돌아오는 것이었고, 우리는 친절한 선장의 아이슬란드어와 영어 설명을 번갈아 들으며 신기하게 생긴 섬들과 이 나라의 대표 명물 중 하나라는 푸핀(Puffin)이라는 새, 그리고 그밖에도 각종 다양한 새들을 구경했다. 그러면서 우리끼리 나눈 말.

"선장도 영어는 잘하지 못하네."

"응, 무슨 말인지 하나도 못 알아듣겠어."

"맞아, 하지만 그것보다도 단어들이 너무 어려운 것 같아. 뭐 이상한 고유어 같은 것이 나오지 않나. 조금 더 쉽게 풀이하면 좋을 텐데."

"선장도 그냥 외운 대로 말하나 보지."

1시간여를 그렇게 추위와 맞서며 바깥에서 구경하던 우리 일행과 다른 관광객들. 1시간이 지나 뱃머리는 스틱키쉬무르로 바뀌었고, 사람들이 보이지 않자 배 앞면에 있던 나와 루이지는 다 들어간 모양이라고 우리도 들어가자며 뒷머리를 둘러보았는데, 들어간 줄로만 알았던 사람들은 거의 다 그곳에 모여 있었다. 무슨 일인가 궁금해서 가 보니 갑판 위에는 조개, 성게 등 바다에서 막 거둬 올린 듯한 해산물이 쌓여 있었고, 세 명의 선원들이 각각 갑판의 좌, 중, 우에 서서 조개나 성게를 따며 관광객들에게 주고 있었다. 왠지 징그럽다는 생각에 가만히 서서 보고만 있자니 프란체스카가 와서 말했다.

"창성아, 너도 이거 먹어 봤니?"

"아니, 아직."

"그래, 그럼 어서 먹어 봐."

"아니, 됐어. 난 별로 먹기가 싫어서."

나탈리와 아카리도 똑같은 제안을 했으며 K 역시 "왜요. 이런 것도 다 경험이죠" 하며 먹을 것을 권했으나 나는 계속 점심을 많이 먹어서 배가 고프지 않다는 식으로, 그나마 한국인인 K에게는 한국말로 징그러워서 못 먹겠다고 사실대로 말했다.

"비위가 약하시네요. 어차피 다 죽은 거고, 그래도 이런 게 다 경험인데."

경험이라…. 경험도 좋았으나, 이런 경험은 별로 내키지 않았다. 시식을 끝낸 일행은 배 안으로 들어갔고, 나는 옆의 루이지에게 "너도 먹었어?"라는 똑같은 질문을 해 보았다. 그의 입에서는 뜻밖의 말이 나왔다.

"아니, 안 먹었어. 너무 잔인하다."

루이지가 조국에서는 채식한다는 말을 듣기는 했었다. 피에르 역시 마찬가지였고. 심약한 남자들과 드센 여자들인가?

프란체스카가 집에 가져가 누구한테 선물하겠다며 불가사리를 챙기고 (이런 걸 챙기는 사람도 다 있다니), 사람들은 한 명씩 실내로 들어갔다. 두 번째 필름에 담긴 남은 16장마저도 다 써 버린 나는 K에게 사진을 부탁했다.

"오빠 디지털카메라 있잖아요."

"네가 떨어뜨리고부터 고장 났는지 작동이 안 돼."

"정말요? 어떡해…"

뭐라고 반박할 수 없게 된 K는 할 수 없이 내가 부탁한 사진들을 찍어 주다가 들어가고, 나는 끝까지 갑판에 남아 풍경을 즐겼다. 도착 후 하선. 프란체스카는 숙소로 돌아가며 자신이 챙긴 불가사리를 어떻게 보관해야 할지에 대해 심각하게 고민했으나, 그 후 그 불가사리는 다시 보지 못했다. 그녀의 방에 있어서였을까, 아니면 무모함을 깨닫고 치워 버려서였을까.

돌아와서 휴식 후 식당. 수영장에 갈 사람들은 수영복을 챙겨 식당으로 향했다. 오늘의 메뉴 역시 정체 모를 매우 짠 맛의 생선. 다 먹지는 못하고 반 정도만 먹으며 숟가락을 내려놓고 말했다.

"여기 애들은 어떻게 이렇게 짠 걸 잘 먹지? 이렇게 먹다간 빨리 죽을 텐데."

"그렇게요. 이 나라가 장수국가라는 것이 믿어지질 않아요."

"야스코 말대로 온천을 많이 해서 그런가?"

오늘의 주제는 일본. 저녁을 먹으며 사람들은 아카리와 야스코에게 일본의 풍습 등을 많이 물어봤고, 괜히 기분이 상한 나는 K와만 계속 대화를 나눴다. 일본의 국력 등을 생각하면 이해가 가고, 내가 서양에서 태어났더라도 똑같이 행동했을 테지만, 그래도 한국인이기 때문에 자존심이 상하는 것은 어쩔 수 없었다. 이들의 질문은 대부분 이랬다. 아시아에 대해서 물어본다면 우선 일본, 그다음 한국 순. 폴란드나 슬로바키아에 대해 물어보지 않은 내가 할 말은 아니었지만… 일본 애들이 앞에 있으니까 혹시나 알아들을 것을 생각하자면 조심해야 됐고(비록 칭찬일지라도 외국 사람들이 외국어로 자신의 이름이나 국적을 말하는 것은, 별로 유쾌한 기분이 아니었으므로), 그러다 보니 K와 나 사이에는 어느새 외국 애들을 부르는 은어가 발달되었다. 내가 부르는 명칭은 다음과 같았다.

나탈리(프랑스): 내 룸메이트 여자

루이지(이탈리아): 아저씨

루카스(슬로바키아): 동구라파 남자

마르타(이탈리아): 동안, 누나

마리아(러시아): 구소련 애

미레이아(스페인): 남구라파 애, 쌍둥이

아카리(일본): 옆 나라 애, K 친구

야스코(일본): 아줌마, 선생님

줄리아(폴란드): 동구라파 여자

카말(프랑스): 내 룸메이트 남자

페린(프랑스): 불란서 여자

프란체스카(이탈리아): 장화 나라 애, 친구

피에르(프랑스): 불란서 남자, 환경 전공자

K의 경우에는 부르는 명칭이 조금씩 달랐지만….

주제는 처음 만나는 사람끼리의 키스나 허그 등으로 바뀌더니, 일본을 거쳐 한국으로 넘어왔다. 한국도 당연히 키스나 허그는 안 한다고 하자 그들은 '당연히'라고까지 말할 필요가 있냐며 신기해했다. 자기들이 헤어질 때 키스나 허그를 하자고 해도 받아들이지 않을 거냐, 그리고 한국에서도 사람들이 키스나 허그를 많이 하는지 묻는 미레이아.

"아니, 너희랑은 상관없지. 너희는 서양인들이니까 서로 다른 문화인가 보다, 하고 넘어가면 되거든. 하지만 아마 일본에서도 마찬가지겠지만, 한국에서는 헤어질 때 키스나 허그를 하지 않지. 예를 들어 내가 아카리나 야스코랑 헤어질 때 키스나 허그를 하자고 하면 둘 다 깜짝 놀랄걸. 한국 사회나 일본 사회는 그런 것을 하는 분위기가 아니니까. 하긴, 혹시 모르지. 그래도 쟤네는 일본인이니까, 서로가 외국인이니까 그렇게 할 수도. 하지만 K하고는 절대 못 해. K와 헤어질 때는 그냥 '안녕', '네, 안녕히 가세요' 등의 간단한 인사만 나누고 헤어질 거야. 같은 한국인이니까."

야스코도 내 말에 이어 동아시아 문화권에서 키스나 허그는 활성화되어 있지 않지만 조금씩 변해 가고 있다고 했고, 하지만 서양 애들하고 외국에서 키스나 허그를 하는 것은 별로 문제가 되지 않는다고 했다. 이해는 잘 가지 않지만 이해하려고 노력하는 미레이아와 다른 동료들. 나중에 K는 내 말이 이해가 안 갔는지 이렇게 물었다.

"그래도 헤어질 때 포옹 같은 건 할 수 있지 않아요? 어차피 외국인데."

"그거야 외국 애들하고는 그렇다 쳐도 어떻게 너랑 하냐. 같은 한국인인데."

"저랑은 당연히 못 하죠. 그래도 미레이아가 물은 거 자기하고 하는 거 아니었어요?"

"그리고 한국도 물었잖아. 그래서 미레이아하고는 할 수 있지만 너나 일본 애들하고는 못 한다고 대답한 거고."

"아, 그랬군요."

1시간여의 저녁 식사를 마치고는 7시쯤 수영장으로 향했다. 수영장으로 향한 것은 나, 아카리, 야스코, K, 이렇게 네 명의 아시아인과 카말, 피에르, 두 명의 프랑스인. 수영하다 보니 어느새 카말은 감쪽같이 사라졌고, 대부분 시간을 밖에서 스파와 대화로 보내다 빗줄기가 조금씩 쏟아지자 실내 수영장으로 들어갔다가 밖으로 나왔다. 그때까지 인터넷을 하던 피에르는 그제야 수영을 하러 들어갔고 먼저 나온 나와 K는 아카리와 야스코를 기다리며 컴퓨터 하나씩을 잡고는 인터넷을 했다. 조금 늦게 나와 인터넷을 기다리는 아카리와 야스코. 내가 먼저 컴퓨터에서 나오고 아카리가 인터넷을 하다가 K와 함께 나왔다. 남은 것은 야스코. 야스코는 자기가 조금 오래 걸릴 거라며 우리보고 먼저 가 있으라고 해서 셋이서 먼저 숙소로 돌아왔다.

도착하니 9시 20분이 되어 있었고 또다시 주어진 자유 시간. 이제 모임이라는 것은 없어진 것일까? 편안하게 앉아 일기를 쓸 시간이 늘어났으니 기쁘기도 했으나 서로에 대해 더 알아갈 기회를 주지 않고 자율적으로 맡기는 것은 불만이었고, 하지만 뭐든지 양면성이 있으니 크게 불만을 나타낼 수도 없었다. 카드를 끝내고 일기를 쓰는데 도중 피에르의 지도하에 댄스 교습을 받는 마리아. 스코틀랜드 전통춤과 프랑스의 춤을 마리아에게 가르치는 피에르. 대부분이 3/4박자에서 3~4개의 동작만

이 있는, 별로 어려워 보이지는 않았으나 춤을 직접 배우는 입장에서는 또 다른지, 마리아는 몇 번의 실수를 거친 후에야 피에르와 호흡을 맞춰 춤을 출 수 있었다.

하나 둘 셋, 하나 둘 셋(One two three, One two three).

춤바람을 보자 끼어들고 싶었는지 미레이아, 줄리아, 페린 역시 끼어들어 새로운 춤을 즐겼고, 거실에는 그렇게 5명의 춤꾼과 나, 이렇게 6명만이 있었다. 나 역시 '피에르에게 춤이나 배워 볼까' 하는 생각을 했으나 왠지 부끄러워 구경하는 것만으로 만족하며 계속해서 일기를 써 내려갔다. 마지막까지 남은 것은 마리아. 모두가 잠든 가운데 나는 마리아와 조금 대화를 나누고는 나란히 방으로 가 잠자리에 들었다.

# 17. Happy Birthday
## (8월 14일, 9일 차)

눈을 뜬 것은 8시 5분. 이날은 뭉그적거림이 상당히 길었다. 몇 번 정신을 놓았다가 침대에서 나온 시각은 9시 5분. 밖으로 나가니 생일 축하의 말을 건네는 마리아와 프란체스카. 이어서 나온 피에르 역시 "Joyeux anniversaire!"라며 생일을 축하해 주었는데, 이 간단한 말을 못 알아들어 두 번이나 "뭐?" 하고 되물었다. "Joyeux, 아! Joyeux, 그리고 anniversaire, 아! 생일! 아, 고마워." 새삼 한심스러웠고, 동시에 오늘이 내 생일이라는 사실이 다시 한 번 상기되었다.

오늘 아침 담당은 줄리아. 식빵을 비롯한 아침 메뉴들을 식탁에 늘어놓던 평소와는 달리, 줄리아는 나탈리와 함께 부엌에서 팬케이크를 굽고 있었다. '그냥 넘어가 달라고 했는데 굳이 이렇게라도 축하를 해 주는 건가.' 그러나 팬케이크를 먹어서 나쁠 것은 없었다. 아침마다 반복되는 식빵, 치즈와 잼, 그리고 우유 세트에 어느 정도 질려 버린 것도 사실이었으므로. 접시에 처음으로 올려 나온, 아름답지 못한 모습을 지닌 팬케이크는 내가 가져갔다. 모두 눈치만 보는 상황에서 누군가는 총대를 메야 했으므로. 그러나 줄리아는 팬케이크가 한 사람당 하나씩만 주어진다는 것을 상기시켜 나를 슬프게 만들었고, 조금의 꿀을 곁들여 팬케이크를 먹은 뒤, 후식으로 바나나를 먹고는 자리에서 일어났다.

　방에 들어오니 루이지는 약간의 괴로움을 표시하며 나에게 약국이 어디 있는지 아는가를 물었고, 알 턱이 없는 나는 약국의 위치는 모르지만 내가 가지고 온 약들이 있으므로 도움을 줄 수도 있을 거라는 말을 건네주었다. 멀미약, 밴드, 진통제, 설사약, 상처에 바르는 약. 아쉽게도 루이지에게 필요한 약은 없었고, 그는 나에게 자신의 증상을 설명했으며 나는 그의 말을 열심히 들어 주었다. 그러나 그의 증상이 뭐였는지 생각해내려고 하면 하얀 종이가 그려질 뿐이다. 남의 염병이 제 고뿔만 못하다고 하던가. 해외봉사를 하러 왔다고는 하지만, 나는 아직도 너무 이기적인 인간이다.


　일하러 나간 시각은 10시 10분. 일을 한 시간은 10시 20분에서 11시 20분까지였고, 결과적으로 이날의 일은 이게 다였다. 실제로 일을 한 시간은 더 적었지만. 다 같이 어떤 큰 풀밭으로 나간 뒤 카말과 피에르가 차를 타고 어디론가 향했고, 현지인 아저씨는 리더인 루카스에게 텐트 설치 매뉴얼을 주었다. 난감한 표정으로 그것을 훑어보며 나와 루이지에게 같이 훑어볼 것을 제안하는 루카스. 몇 분이나 지났을까. 카말과 피에르는 차에 텐트의 봉 같은 것을 가지고 돌아오고, 원래는 그것이 오늘 하루 할 일의 전부였는데 괜스레 미안한 마음도 들고, 미리 조금이라도 일을 해 놓으면 내일 일이 더 쉬워질 거라는 루카스의 말도 있고, 해서 봉들로 숫자들을(봉에는 1~4까지 다양한 숫자들이 적혀 있었다) 맞춰 가며 텐트의 지붕 토대라고 생각되는 것들을 만들었다. 쉬운 작업을 마친 후 우리는 11시 30분에 예정된 식사를 위해 빵집으로 향했다.

가장 큰 테이블 두 개를 차지하고 앉은 우리. 종업원은 수프와 식전용으로 나오는 빵이 공짜라고 말해 주었고, 우리는 하나둘씩 빵부터 가져다 먹기 시작했다. 빵은 여느 식당에서 먹는 것과 크게 다르지 않았으며, 수프는 안에 고기인지 생선인지 모를 덩어리가 꽤 많이 있었는데, 식전 음식으로 먹는 수프라고 하기에는 맛이 너무 강했으나 나름대로 맛은 있었다.

이어서 주문한 중식. 대부분은 파스타를, 몇몇은 빵을 선택했으며 제일 마지막까지 메뉴들을 비교하던 나는 파스타가 690크로나로 가장 비싼 것을 발견하고는 파스타를 주문하기로 했다. 그런데, 파스타에도 두 종류가 있었다. 하나는 육류가 들어간 파스타. 다른 하나는 안이 텅 비어 있어 주방장이 새로 만들고 있는 파스타. 나와 같이 진열대에 서 있는 야스코에게 이게 뭔지를 물어봤더니 치즈가 들어간 파스타라며 자기는 고기보다 치즈가 나을 것 같아 기다리는 중이라고 말해 주었다. 아무래도 육류보다는 치즈가 좋을 것 같아 나도 조금 기다리니, 5분 후 나온 파스타. 양은 상당히 많았고 다 먹기는 무리여서 조금 남겼다. 이미 나처럼 파스타를 먹다 남긴 내 옆의 줄리아가 빵을 하나 더 가져다 먹는 것을 보고는 나 역시 자유 선택인데 최대한 많이 먹어 봐야겠다는 생각이 들어 다시 한 번 진열대로 향했다. 상당히 많은 종류의 빵. 그때까지 별로 배가 고프지 않다며 수프와 식전 빵만 먹던 K는 그제야 독특해 보이는 빵을 하나 주문하고는 자리에 앉았고, 나 역시 그에 못지않게 독특해 보이는 빵에 관심이 가서 종업원에게 물었다.

"저기 이게 무슨 빵이에요?"

"...?"

"아, 아무것도 아니에요(Never mind). 그냥 이걸로 하나 주세요."

잘 알아듣지 못하는 종업원. 몇 가지 색으로 칠해진 빵은 상당히 달고 맛있었다. 그런데 K가 내 앞의 빵을 보더니 말했다.

"그런데 이거, 제가 먹는 거랑 같은 것 같아요. 여기 들어간 거며. 생김새만 다르고."

그럴 수도. 포장을 재주껏 하는 것도 하나의 능력이다.

식사는 1시간 정도 계속되었고, 그 후에는 몇 개의 그룹으로 나뉘어 따로 움직였다. 모두 이곳 환경에 익숙해질 만큼 익숙해져 개별적으로 움직여도 별문제 되지 않는 상황. 마르타와 프란체스카 등은 빵집에 남았으며 함께 나온 사람 중 프랑스인 셋(나탈리, 카말, 페린)은 숙소로, 아침부터 약국을 찾으며 괴로움을 나타냈던 루이지는 약국으로, K, 마리아, 피에르 등은 인터넷을 한다며 수영장으로 향했고, 나는 아카리, 야스코와 함께 뒤에 처져 걸었다.

일본인들이 단 음식, 특히 아이스크림이 먹고 싶다고 해서 향한 보너스. 그러나 거기는 한국에서 쉽게 접할 수 있는 막대기 달린 아이스크림이나 콘 아이스크림은 없었고, 대형마트여서 그런지 큰 상자에 담긴 아이스크림과 12개의 묶음으로 파는 아이스크림뿐이었다. 포기하고 현지 아주머니에게 물어 캔디랑 감자칩을 산 우리. 개별적으로 온 것이기 때문에 돈은 우리가 직접 내야 했고, 그들이 오자고 해서, 그리고 야스코가 나보다 9살 많은 직장인이기 때문에 야스코가 돈을 내는 것이 당연하다고 생각되었으나, 그래도 남자가 돈을 내야 한다는 머릿속에 박힌

관념. 그녀가 돈을 꺼내는 것을 바라보며, 나는 돈은 내가 낼 테니 이걸 안주로 맥주나 한 잔씩 마시자는 제안을 했다. 별로 마시고 싶지는 않았지만, 왠지 그래야만 할 것 같았다.

보너스에서는 맥주를 팔지 않았고, 밖에 보이는 맞은편 건물에서 맥주를 판다는 말에 그리로 들어간 우리. 맞은편 건물은 약국이었고, 약국에서 맥주를 판다니 말이 안 된다는 생각은 했으나, 그래도 현지인에게서 얻은 정보이기 때문에 우리는 들어가서 혹시 맥주를 파는지 물어보았다. 그녀는 얼마나 기가 막혔을까. 약국에 와서 맥주를 찾는 사람들이라니. 역시나 그곳은 아니었고, 그녀는 옆에 있는 건물에서 맥주를 판다고 말해 주었다. 그래서 들어간 건물. 입구가 왼쪽, 한군데 있었으나 그 오른쪽으로 가게가 두 개 더 있는 형태였고, 맥주를 비롯한 주류는 제일 오른쪽에서 판매되고 있었다. 그러나 그곳은 닫혀 있었고 오후 2시가 되어야만 연다는 철물점 사장님. 한 시간이나 기다릴 만큼의 가치는 없어 보였기에 그곳에서 나왔다. 돌아오다가 작은 기념품 가게 밖의 간판에 아이스크림들이 가격이 생략된 채로 그려진 모습을 보고는 안으로 들어갔으나 3,000원에 육박하는 가격. 너무 비싸 먹기를 포기했고, 오후 1시 5분쯤 숙소에 도착했다.

저녁 예정 시간은 18시. 장소는 호텔. 할 일은 없고, 그때까지는 아직 5시간이 남아 있었다. 앞으로 5시간을 뭐 하고 보내나, 고민을 해 보았다. 수영장에서 5시간을 보내기에는 물과 그렇게 친한 편도 아니고. 오후, 긴 시간 동안 마땅히 할 일이 없는 것도 일종의 고통이었다. 나와 같은 고민을 했는지 거실로 나온 카말은 카드를 제안했고, 나는 나탈리, 카말과 함께 정글스피드와 카드 게임 등을 하며 놀았다. 그 와중에 비슷한 고민을 했을 루카스, 마리아와 피에르는 (무모해 보였지만) 히치하이킹을 한다며 밖으로 나갔고, 2시가 되자 마르타, 미레이아, 줄리아는 농구나 한다며 수영장으로 향했다.

오후 3시. 게임도 슬슬 지겨워졌고, 수영장에서 3시간 정도면 어떻게 버텨 볼 만하다는 생각이 들어 수영장에 가기로 마음먹고 방에서 짐을 챙겨 나왔다. 마침 거실에서는 K와 야스코가 수영장 얘기를 하고 있었다. 한 시간 정도 있다가 가자는 말 같았으나, 야스코가 방으로 들어간 후 확인차 K에게 물었다.

"같이 갈래?"

"어디요?"

"여기서 갈 데가 한 군데밖에 더 있어?"

"…"

'(몸짓으로) 수영장.'

"아, 저 조금 이따 갈게요."

결국, 수영장은 혼자 가게 되었다.

1시간 전에 수영장에 도착한 마르타, 미레이아와 줄리아. 농구를 하러 간다고 했는데 혹시나 벌써 끝나 수영하러 들어갔으면 어떡하나 걱정했는데, 다행히도 아직 지하체육관에서 농구를 즐기고 있었다. 같이 노는 것이 좋겠지. 나도 밑으로 내려가 공 하나를 들고는 농구를 하다가, 4시 15분에 체육관에서 나와 수영을 하러 수영장으로 들어갔다. 언제나처럼 15분간의 따스한 샤워를 즐기고 탈의실에서 나와 그들을 찾아 맨 끝에 있는 온천수에 들어갔다. 천천히 주위를 둘러보니 두 번째 온천수와 세 번째 온천수 사이의 벽에 쓰여 있는 40~42℃. 옆의 두 번째 온천탕을 보자 어느새 왔는지 나탈리, 아카리, 야스코와 K가 안에 앉아 몸을 풀고 있었다.

"언제 왔어?"

"방금 왔어요."

수영장에는 카말 혼자 수영하고 있었다.

온탕과 수영장을 왔다 갔다 하고 미끄럼틀도 타다가, 다들 실내 수영장에 수중농구를 하러 들어갔다. 4:4로 균형이 맞기는 했는데, 어딘지 모르게 느껴지는 이 어색함. 카말은 그새 사라져 있었고, 이번에도 나 혼자 남자였다.

"카말은 어디 있어?"

"글쎄요. 나갔나 봐요."

"또 혼자 남자네."

또다시 나오는 푸념 아닌 푸념이었다. 참가자 13명 중 남자는 3명. 리더 2명을 포함하면 15명 중 남자는 5명. 참가자 두 명 중 한 명은 항상 어디 있는지 행방이 묘연하며 평소에도 남들과 같이 다니지 않고 거의 숙소에만 있질 않나, 또 다른 한 명은 아프다며 숙소에 누워 있는 중. 나머지 두 명의 남자는 히치하이킹을 한다며 행방불명. 남자인지라, 남자들만 바글거리는 장소를 원한 것은 아니었고, 내심 여자가 더 많았으면 좋겠다는 생각은 했으나, 항상 여자들과만 같이 다니는 것 역시 기대한 바는 아니었다. 가끔 참가자들이랑 어울려 다니다 보면, 내가 워크캠프를 온 건지, 걸스카우트를 온 건지 헷갈릴 때가 많았다.

농구를 마치고 남자 하나에 여자 일곱으로 구성된 우리 8명은 저녁을 먹으러 다 같이 호텔로 향했다. 히치하이킹을 갔던 루카스와 숙소에 있던 루이지, 페린, 프란체스카는 먼저 와 자리를 잡고 있었으며, 역시 히치하이킹을 갔던 마리아와 피에르, 그리고 수영장에서 사라졌던 카말은 부재중이었다. 루카스는 자기가 도중에 먼저 왔고, 마리아와 피에르는 더 멀리까지 갔는데 지금 차를 못 잡아 고생하고 있다고 전해 주었고, 올 인원은 다 온 것 같다는 누군가의 말에 우리는 모두 접시를 들고 뷔페로 향했다.

뷔페에는 식전용 빵과 샐러드에 샐러드용 소스 두 개, 동그랗게 구운 감자와 양념된 닭고기(닭이라기보다는 닭으로 추정되는. 모두 닭고기라고 했지만, 닭이라기에는 너무 커 보였으므로)가 있었다. 처음에 가서는 감자 7개와 샐러드(오이가 대부분인, 조금 이상한 샐러드였으나 밑에 있는 양상추를 중심으로 골라 왔다)에 두 가지 소스를 골고루 뿌리고 그나마 조그만 닭다리 한 개와(너무 큰 것은 왠지 끔찍해 보였다) 빵 두 개를 가지고 왔다(사람들은 나의 접시를 보고 왜 그렇게 조금 먹냐고 물었고 나는 그냥 맛보기라고 했다). 제일 먼저 접시를 비운 나. 한 번 더 가서 역시 조그만 닭날개와 조금의 샐러드, 감자 다섯 개와 빵 하나를 가져 왔다. 그것 역시 남들이 접시 하나를 다 비우기 전에 먹어치운 나. 가만히 앉아 맞은편에 앉은 루카스와 K가 먹는 모습을 구경했다. 남이 먹을 때 쳐다보는 것은 예의가 아니지만, 마땅히 할 일이 없었기에. 다시 나갔다 돌아온 K의 새로운 접시 위에는 상당히 많은 음식이 놓여 있었고, 루이지가 K에게 말을 건넸다.

"많이 배고팠나 보네."

끄덕끄덕. 고개를 끄덕이는 K.

"그런데, 보니까 너 진짜 미국인 같이 생겼다. 인디언 같아."

루카스의 말. 가만히 K를 들여다보니 그렇게도 보였다. K는 그 말에 충격을 받았는지 포크의 속도가 눈에 띄게 느려졌고, 루카스에게 자기가 어딜 봐서 인디언을 닮았냐며 항의했다. 별 의미 없는 거라고 말해 주었으나 오히려 놀림으로 알아듣는 K. 인디언. 유럽인들에 앞서 아메리카 대륙에 거주하던, 유럽인들에 의해 자기가 살던 곳에서 쫓겨나고 죽임을 당해야 했던, 아직도 차별을 받는 사람들. 그리고 또다시 든 차별에 대한 생각. 루카스는 알까. 자신도 모르는 사이 인디언을 열등한 민족으로 보고 있다는 것을. 루카스는 그런 생각을 추호도 하지 않겠지만, 루카스의 말투는 분명 K의 객관적인 생김새를 묘사하기보다는 장난, 혹은 놀림에 가까웠다.

도중에 교회 뒤편으로 5분 정도 무지개가 뜨고, 모두가 각국어로 내뱉는 감탄과 사진 촬영 시간. 그리고 돌아온 마리아와 피에르. 차가 잘 잡히지 않아서 늦었다고 했으나, 다행히도 저녁은 먹을 수 있었다. 이어서 나온 초콜릿 무스. 호텔 디저트여서 그런지 매우 맛있었으나 크림이 조금 많았고, 다 먹기에는 무리가 있어 보였다. 나는 어떻게든 먹어치우려 했으나 위에 부담이 오는 것을 느끼고는, 결국 20% 정도를 남겼다. 반면 K는 신기하게도 그 많은 크림과 무스를 다 먹어치웠다.

"많이 먹네?"

"저 원래 조금 많이 먹어요."

"나보다 많이 먹는 것 같아."

끄덕끄덕.

"어쩌면, 내 양이 적을 수도 있고…"

호텔에서 돌아오는 길에 많은 인원이 인터넷을 하거나 놀러 수영장을 가서, 숙소로 돌아온 것은 나와 루카스, 아카리, 페린, 피에르, K 이렇게 여섯 명이었다. 호텔에서 비난의 대상이 되었던(루카스와 피에르가 주도했다. 리더여서 잘 따라오지 않는 팀원들에 대한 스트레스가 심했던 것일까?) 카말은, 역시나 자기 방의 침대에 누워 휴식을 취하고 있었다. 숙소에 있는데 아무도 없어서 굶었다는 말과 함께. 피에르는 차분한 어투로 전화번호가 있는데 그쪽으로 연락하면 되지 않았냐고 물었고, 카말은 귀찮다는 표정으로 자기는 전화가 없다고 간단히 대답했다. 아마 카말은, 우리가 호텔에서 식사하고 있다는 사실을 알았어도 오지 않았을 것이다. 그에게는 귀찮음이 가장 큰 문제였으므로.

페린과 피에르는 돌아온 후 얼마 안 돼 다시 나갔고, 아카리와 카말은 자신의 방에, 나는 거실로 나와 가장 편한, 어느새 휴식 시간 내 전용 의자가 되어 버린 의자에 앉아 일기를 쓰기 시작했다. 8월 7일에서 멈춰버린 일기. 이제부터는 완전한 문장이 아닌 간단한 정보나 적어놓고 나중에 정리해야겠다는 생각을 하며 맨 뒷장에 한 장 정도 8월 13일, 어제 있었던 일을 메모했다. 그리고 8월 14일 오전을 쓰는 중. 조금 후, 거실 식탁에 루카스와 K가 앉아 자신의 공부를 하기 시작했다. 생일날 일도 1시간밖에 안 하고, 점심과 저녁도 외식하고, 디저트도 나오고, 이 정도면 훌륭하다는 생각이 들었다. 아울러 곧이어 나올 케이크에 어떻게 대응할까 하는 생각도. 파티를 하지 않았으면 좋겠다는 생각이었으나, 그들은 내 의견은 무시한 채 케이크를 굽는 등 축하 준비를 하고 있었기 때문이다. 누구를 위한 축하인가. 잠시 생각하는데 루카스가 옆에서 귀찮게 굴어왔다.

"창성아, 뭘 그렇게 많이 쓰는 거야?"

"일종의 일기라고나 할까."

"조금 해석해 줄 수 있어?"

"그건 조금…. 비밀 얘기가 많이 들어 있어서…"

"그래도 조금만 보여 줘라."

"어차피 한국어 모르잖아."

"K가 잘 해석해 주겠지."

내 주의를 돌리고자 하는 목적에서일까. 루카스는 집요하게 나를 괴롭히며 일기 내용을 알려달라 했고, 귀찮은 마음에 K에게 도움을 청했다.

"K야, 이 아저씨 왜 이러냐?"

"아저씨 아니에요, 얘도 저랑 동갑인 걸요."

"뭐? 진짜? 루카스. 너 설마 K랑 동갑이니?"

"응, 동갑이야 19살."

"말도 안 돼. 19살이 어떻게 리더가 돼?"

"나이가 뭐 중요한가? 경험이 중요한 거지. 이거 말고도 다른 데서도 리더 몇 번 해 봤고, 이게 9번째 캠프 참가거든."

"19살인데 벌써 9번째라고? 너 학교는 안 다녀?"

"다 방학 때 참가한 거지. 독일에서 한 번이랑 프랑스에서 한 번 했고, 아이슬란드에서만 이번이 7번째야."

"나 너 당연히 나보다 나이 많은 줄 알았는데."

"나도 너 당연히 나보다 나이 적은 줄 알았어. 고등학생이나 그 정도."

한국말로 K에게, "뭐, 어려 보이는 게 나이 들어 보이는 것보다는 더 좋잖아. 안 그래?"

"Speak in English(영어로 말하세요)."

사실 나이를 알고 보니 루카스를 무시하는 마음이 들기도 했다. 아직 10대인 게 리더를 하다니. 한국에서라면 9번을 참가했더라도 막내로서 열심히 심부름할 터인데. 이런 내 마음을 알 리 없이 계속해서 나에게 비밀이 무엇인지를 묻는 루카스. K에게 친구끼리 잘 놀아 주라는 등, 한국말로 도움을 청할 때마다 나오는 그녀의 대꾸.

"Speak in English(영어로 말해요)."

버릇없는 아이. K에게 그러면 네가 와서 번역해 보라고 하니, K는 나에게 공책을 건네 주라고 했다. 자기도 움직이기 귀찮다면서⋯. 동생들의 갈굼에서 벗어나고자 직접 K 옆에 가서 한 페이지를 펼친 채 공책을 건네주며 그녀에게 알아서 번역하라고 했다.

"Why do you go there(거기는 왜 가세요)?"

"To attend a workcamp(그냥요. 워크캠프 참가하느라고요)."

"Ah, workcamp(아, 워크캠프요)?"

"Yes, and, well, I've travelled most European countries, but I've never visited Iceland, so⋯. You are going to London. Right(네, 그냥. 그리고 유럽은 거의 다 돌아다녀 봤거든요. 아이슬란드는 한 번도 안 가 봐서⋯. 런던 가시는 거죠)?"

"Yes(네), 이런 걸 왜 써요?"

대략 이런 식으로 번역했을 것이다. 듣는 루카스나 들려 주는 K 모두 어이없어하고 나는 한국말로 답했다.

"말했잖아, 여행문학이라는 거 한 번 연습해 본다고."

"⋯."

그런 대화 말고 다른 페이지를 번역해 보라는 루카스. 나는 K에게 13

일부터의 정보가 적힌 뒷면을 보여 주었고, K는 대충 보더니 루카스에게 말했다.

"못 읽겠어. 글씨가 너무 엉망이어서."

"한국인이 있으니까 이렇게 쓴 거지. 혹시나 모를 사태에 대비해서."

"그러지 말고 숨기고 있는 게 뭔데."

"아무것도 없어."

"숨기고 있는 비밀이 뭔데?"

"알았어, 알았어. 비밀은 K가 너무 예쁘고 매력적이라는 거야."

"농담하지 말아요. 오빤 인디언같이 생긴 애를 좋아해요?"

"그럼, 인디언이야말로 원래 아메리카의 주인인데. 용맹하고, 강인하고."

"농담하지 말고. 그래, 숨기고 있는 비밀이 뭔데?"

"정말이라니까. K는 너무 예쁘고 매력적인 내가 만나본 여자 중에 최고의 여인이라고. 아! 또 숨기던 거 하나 더 있다. 네가 너무 멋있고 잘생겨서 내가 만난 남자 중에 최고의 남자라고. 나이도 같은데 생일도 같은 9월이고. 둘이 아주 천생연분이다. 둘이 결혼한다면 아마도 최고의 부부가 될 것이다."

그러면서 실제로 일기장에 그렇게 써 내려가기 시작했다. 'K는 너무 예쁘고 매력적인…' 다 쓰고는 K에게 "어때? 정말 비밀은 네가 예쁘고 매력적인 거였다니까"라며 일기장을 보여 주었다. K는 여전히 농담하지 말라고 하며 지우라고 했지만, 기분은 좋아 보였다. 루카스 역시 그쯤에서 장난을 멈추고는 다시 보던 스페인어 입문 책에 집중하기 시작했고, K 역시 자기가 보던 책으로 돌아갔다. 나는 방금 쓴 말을 지우고는 다시 일기를 써 내려가기 시작했고…. 그러나 K는 알까. 방금 K에 대한 말은, 그 순간만큼은 진심이었다는 것을. 함께 시간을 보내고 있는 것은 14명이었으나 어느 나라 사람이든 자기 나라 사람에게 제일 끌리게 된다는 말처럼, K가 유일한 한국인이어서일까? 캠프에서 나에게 가장 매력 있어 보이는 사람은 K였다.

인터넷을 하거나 보너스에 갔던 사람들은 하나둘씩 숙소로 돌아왔고, 저녁 9시에는 두 명의 새로운 손님이 찾아왔다. 어제 피에르가 하루 묵을 것이라 말했던 사람들로, 미레이아와 알아듣지 못하는 언어로 대화를 나누는 것을 보니 스페인 사람들로 보였다. 간단한 인사 후, 잠시 이따 방에 들어가니 그녀들이 있어 다시 정식으로 이름을 교환하며 인사를 나눴다. 마리아(러시아인 마리아와 다른 사람)와 알메리나. 그들은 나탈리와 카말 사이에 매트리스 하나를 깔고는, 그 위에서 둘이 같이 잘 거라고 했다. 조용히 잘 테니 크게 신경 쓰지 않아도 될 거라는 말과 함께. 마리아는 나에게 한국, 남한 사람이냐고 물었다.

"응, 어떻게 알았어?"

"이런 거 오는 사람은 일본이나 남한밖에 없는데, 말하는 걸 들어보니 일본은 아니거든."

"그래? 내가, 뭐라고 할까, 말할 때 한국 악센트 같은 것이 심하게 나타나니?"

"응, 심하진 않지만, 한국 사람인 것은 구별할 수 있어."

그녀도 루카스처럼 워크캠프를 9개쯤 참가했나 보다. 그렇지 않다면 이런 것에 참가하는 사람이 일본, 남한밖에 없다는 말이나, 악센트로 한국인을 구분할 수 있다고 하기는 어려울 테니까. 그녀들은 밤 9시 20분이 되어 식탁, 내 앞자리에 앉아 파스타를 먹기 시작했다. 잠시 지켜보다가 아카리를 데리고 루카스에게 장난치며 아까 당한 것에 대해 복수를 시작했다.

"아카리. 네 눈에는 루카스가 몇 살 같아 보여?"

"루카스? 음…, 한 25?"

"그치? 루카스 아무리 봐도 그 정도로 보이지?"

"응…."

"들었지? 루카스. 아카리도 너를 19살로는 안 보잖아."

"Oh, come on."

"저기, 창성아, 루카스 원래 몇 살인데?"

"19. 너랑 동갑, 네 친구야."

"에? 정말? 루카스가 리더 아니야?"

"응, 그러게. 19살이 리더라니, 말도 안 되지 않아?"

"리더여서 당연히 나이 많을 줄 알았는데…."

아카리 역시 유교 문명의 영향을 많이 받은 동아시아 사람. 잠시 멍하니 있던 아카리는 다시 나에게 물었다.

"저기, 창성아, 아까 루카스가 리더라고 했지?"

"응."

"그럼 이거…, 루카스가 나에게 지금 화났겠지?"

"그게 뭔데?"

"응…, 대학에 제출해야 할 거."

"음…, 글쎄…. 하지만 아직 시간 많이 남았잖아. 그런 건 떠나기 전날 부탁하는 게 더 좋지 않을까?"

"그런가?"

루카스는 자리를 떴고 나는 아카리와 조금 더 이야기를 나눴다. 카말의 MP3에서 흘러나오는 파이널 판타지 곡에 공감대를 표출하기도 하고 그녀의 한국 이름을 가르쳐 주기도 하는 등(복옥 명리伏屋 明里, '복옥이 성이고 '명리'가 이름이었다. 아카리는 신기한지 몇 번이나 복옥 명리를 따라 해 보았다). 다음 상대는 마르타. 마르타는 자신의 한자 이름을 부탁했고, 나는 그녀에게 한국과 일본, 중국의 한자는 서로 발음이 다르고 한국어로 치자면 한자로 변환되는 것이 너무 많아 어떤 것을 선택해야 할지 무리가 있다며 한글 이름만 알려 주었다(마지막 글자를 한국어로 발음해 쓰면 '따'가 될 수도 있고 '타'가 될 수도 있는데 발음상으로는 따가 더 가깝지만 우리는 타로 쓴다는, 이해하기 힘든 설명과 함께). 그렇게 마르타에게 열심히 한국 문화를 전파하고 있는 중, 불이 꺼지더니 초가 붙은 케이크가 나왔다. 일단 마르타에게 끝까지 설명을 마친 후에야 케이크를 돌아보았고, 그때쯤 해서 노래는 끝났다. 생일은 나를 위한 것이기보다 축하해 주는 사람들을 위한 것. 내가 신나기보다는 자기들이 신나기 위해 기획한 것. 어차피 축하는 1~2분 안에 끝날 테고, 그 후 누구의 생일인지는 알 바가 아닐 테지. 초를 불어 끈 후, K에게 한국말로 물었다.

"너, 알고 있었지."

"네."

"누가 하자고 했어?"

"그냥 제가 하자고 했어요. 자꾸 한국에서는 생일날 뭐 해야 되는지 물어보고 그러기에."

"나도 알고는 있었어. 일부러 오후에 보너스 가고, 수영 다 끝났는데 몇 명이 수영장 간다며 몰려가고."

사람들은 어떠냐고 물어보았고 나는 계속 기쁜 척을 해 주었다. 그러면서 K를 부려먹었다.

"창성아, 이제 네가 케이크 잘라야지."

"(한국말로) 칼."

"허."

불만스러운 듯 신음을 내뱉는 K. 그러나 그녀는 칼을 가져다 주었고, 사람들은 그런 건 당사자가 가져다 하는 거라며 타박했다. 케이크를 자르는데 모양이 이상해지자 마르타가 자신이 자르겠다며 나섰고, 가만히 생각해 보니 외국인이어도 나보다 나이가 많으니 누나는 누나. 왠지 모를 미안한 마음이 들어 내가 하겠다고 하고 다시 뺏어서 17개 조각으로 (하룻밤 자러 온 두 명의 스페인 여자들도 생각해서) 잘랐다. 엄청나게 달콤한 초콜릿 케이크.

"누가 했어?"

"아까 오빠 놀려먹던 루카스랑 페린이요."

"바나나도 있네."

"그래요? 하긴, 루카스가 바나나 넣는다고도 한 것 같은데."

"어쨌든, 엄청나게 달구나."

나에게 할당된 조각을 먹고 나니 목이 말라왔다. 식탁에 있는 것은 큰 통에 담긴 수돗물뿐. 우유가 먹고 싶었으나 우유는 냉장고에 있었고, K의 방금 태도를 보니 조금 삐친 것 같아서 조심스럽게 물었다.

"우유 가지고 오라고 하면 화내겠지?"

"아니요, 그냥 계세요."

착한 동생. K는 냉장고에서 우유를 꺼내 컵 2개와 함께 가지고 오더니 먼저 한 잔을 따르고는 자신의 자리에 놓는 대신 나에게 먼저 건네주었다. 고개를 젓는 루카스와 마르타. K는 고맙게도 나를 변호해 주었다.

"생일이잖아(It is his birthday)."

"미안해."

조그맣게 K에게 사과했다. 미안하고, 고마웠다. 한국인 동생이라고 심부름이나 시키는데 다 받아주다니.

케이크를 한 조각씩 나누어 먹은 후 두 명의 스페인 손님은 우리 방으로 들어갔고, 8월 8일 이후 6일 만에야 다음 나라의 프레젠테이션을 들을 수 있었다. 이번 차례는 이탈리아였다. 소개는 캠프에서 나이가 가장 많은 사람 중 하나인 루이지가 맡았다.

"이탈리아 하면 대부분 떠오르는 생각이 비슷할 거야…"

이탈리아의 소개는 로마 시대와 르네상스, 현재 이탈리아의 통일 역사, 축구, 피자, 파스타, 구찌, 교황 등으로 이어졌다. 이탈리아. 들으면서 생각해 보니 이탈리아 역시 한국인들에게 친숙한 나라 중 하나였다. 비록 한국에서 이탈리아어를 전공하는 사람은 거의 없지만, 서양학을 전공하는 사람이라면 깊게 파고드는 로마 시대, 서양종교를 전공하는 사람들이 깊게 파고드는 교황청, 전쟁사를 공부하는 사람들이 깊게 파고드는 수많은 전투…. 나 역시 이탈리아에 대한 관심을 보여 주기 위해, 루이지가 한 설명 중 빼놓은 것들만 골라 질문을 했다. 가리발디 장군이나 로물루스, 티베리우스 등. 이탈리아의 프레젠테이션 역시 한 시간 정도 계속되었다. 밤이 점점 깊어 가서 그랬는지 한 명 한 명씩 자기의 방으로 사라지고, 내 옆의 마르타는 초를 가지고 얘기하는 도중에도 계속 혼자 장난을 쳤다. 촛농을 떨어뜨려 초 붙이기, 초를 몇 조각으로 부러뜨린 후 사각형 탑 쌓기 등. 나도 마르타의 옆에서 같이 놀며 "혼자서도 잘 노네" 그리고 "누나"라고 한국말로 불러봤다. 언제인가, 누군가가 학년이 올라가면서 서러운 점 중 하나는 더는 누나라고 부를 사람이 없어지는 것이라 했다. 새삼 나도 누나라고 부를 사람이 없다는 것이 슬퍼졌는데, 앞으로 1주일밖에 안 남았지만 누나라고 부르기 쉬운, 지금 내 옆에 앉아 있는 누나. "누나", "누나", "누나" 몇 번을 계속 반복해 보았고 그 말을 알아듣지 못하는 누나는 그저 웃기만 했다.

프레젠테이션이 끝나니 어느새 11시 30분이 넘어 있었고 이제는 자유 대화 시간. 주제는 데이트. 한국에서는 보통 커피숍에서 커피를 마시고 영화를 본 후 식사, 특히 파스타를 먹는 것이 가장 일반적이라고 말했고, K도 내 말을 지지하며 그것이 대부분 한국에서 하는 데이트 방식이라고 했다. 이것 역시 유럽의 나라들과 별로 다르지 않음을 알고는 신기해하는 그들. 이야기는 대학으로 이어졌다. 유럽은 영국 빼고 다 평준화. 불문학 전공인지라 프랑스에 그랑제꼴(Grandes Écoles)이라는 상위학교가 따로 있는 것은 알았으나, 나 역시 영국과 프랑스를 제외하고는 모든 학교가 다 평준화인 줄 알고 있었다. 그러나 그들과 대화를 나눠 본 결과 내 지식이 틀렸다는 것을 알게 되었다. 폴란드 사람 줄리아는 폴란드는 국립은 무료이고 사립은 돈을 내는데 공부를 못하는 애들이 사립을 간다고 했고, 스페인, 슬로바키아, 이탈리아 등도 거기에 끼어들어 대부분 사립이 더 비싸다며 한 학기에 몇십 유로씩, 비싸면 200~300유로씩 하는 학비가 비싸다고 불만을 나타내었다. 넉넉하게 500유로라 봐도 약 75만 원. 허탈한 웃음과 함께 한국말로 "참 싸다" 등의 대화를 나누는 K

와 나. 다른 애들이 한국의 학비는 얼마 정도인지 궁금해하기에 우리는 국립이 $1,000~2,000, 사립이 $3,000~5,000 정도 한다고 알려주었고, 서양 애들은 학비가 뭐 그리 비싸냐고 깜짝 놀라며 한국에서는 부자들만 대학에 가냐고 물어보았다. 우리는 한국의 교육제도가 영국에서 미국과 일본을 거쳐 온 것이라 그럴 거라 말하며, 돈이 없어도 대학은 다 가고 주로 부모님이 지원해 준다고 했다. 그들은 많이 놀라는 눈치였다.

즐거웠던 생일. 대화는 자정이 넘어서까지 계속되었고, 늦은 밤에야 잠이 들었다.

# 18. 빼앗긴 잠바
## (8월 15일, 10일 차)


7시쯤 일어났을까. 언제나처럼 침대에서 뒤척이며 선잠을 취했다. 조금 후, 문이 열리고 인기척이 났다.

"창성."

루카스의 목소리. 무슨 일일까.

"응?"

"아침 시간이야."

나의 답을 들은 루카스는 똑같은 방식으로 루이지를 깨우고 방에서 나갔다. 나탈리와 카말은 내버려 둔 채. 나탈리와 카말이 눈 뜬 모습을 본 것일까? 시계를 보니 7시 20분이었고, 1분 정도 더 누워 있다가 일어나 식탁으로 향했다.

오늘 아침 당번은 야스코. 조금 늦었는지 줄리아와 페린이 함께 준비하고 있었다. 아침 먹는 시간이 당겨져 식욕이 없어졌는지, 식빵 한쪽만 먹고는 언제나처럼 식탁에서 가장 먼저 일어난 후 밑에서 샤워를 했다. 아무도 내려오지 않아 여유로운 아침의 샤워. 다 마치고 나오니 루카스가 내려오며 지금 출발한다고 했고, 깜짝 놀란 나는 허겁지겁 위로 올라가 재빨리 외출복으로 갈아입고 밑으로 내려왔다. 역시나 지금이란 5분 정도였고, 8시가 돼서야 일터로 출발했다.

한 번도 안 가본 샛길로 가더니 낯익지는 않지만 낯설지도 않은 장소에 도착했다. 여기가 어디일까. 생각해 보니 어제 와서 1시간가량 텐트의 기본 뼈대를 만든 곳이었다. 그게 다일까. 조금 더 생각해 보니 12일 오후에도 간단한 제초작업을 하러 왔던 곳이었다. 축제는 15일부터 17일까지. 오늘 할 작업은 하나의 큰 텐트를 치는 것이었다.

처음 시작한 작업은 가로 15m 정도의 토대를 만드는 일. 일을 다 마치자 현지인 아저씨는 물건들이 와야 하니 20~30분 정도 쉬라고 했고, 이왕 쉬는 바에야 안에서 쉬는 게 더 낫지 않겠냐는 누군가의 의견에 따라 10시쯤 모두 숙소로 돌아왔다. 20~30분간이 아닌 40분간의 휴식. 대부분 거실에서 차를 마셨고, 다시 일하러 가서는 텐트의 뼈대를 세워 고정시키고는 천으로 벽과 지붕 덮는 일을 했다. 지붕은 밧줄 두 개를 반대편으로 던진 다음 뼈대의 양쪽 끝에 묶고 끌어올리는 식으로 6개가 있었는데, 뼈대 위로 밧줄을 던지는 재미가 쏠쏠해서 거의 모두가 나서 한 번씩은 던져 봤다. 지붕을 덮다가 뭔가 위에 이상한 줄들이 있어서 밑이랑 고정시키는 것인 줄 알고 모두 다 묶었는데, 나중에 알고 보니 그곳이 아닌 벽이랑 고정시키는 것이어서 다시 다 풀기도 했고. 솔직히 말하자면 무엇을 해야 되는지 잘 몰랐고 다른 사람들도 마찬가지인 것 같았으나, 조금씩 일이 진행됨에 따라 대강의 눈대중이 생겨 모두 눈치껏 알아서 했다. 알 것도 같았고.

오전 일은 12시까지. 그 후 아저씨가 한 시간 정도 쉬라고 하기도 했고, 시간도 점심시간이어서 오늘의 메뉴인 핫도그를 먹으러 갔다. 어찌

어찌해서 나는 맨 뒤쪽에서 K와 함께 걸었는데, 앞에 있던 애들이 갑자기 방향을 바꿔 우리가 있는 곳으로 되돌아왔다. 다른 데로 가야 한다고. 이게 무슨 일일까. K가 알아챘는지 나에게 설명해주었다.

"아, 그때 축제 기간에는 다운스트리트(Downstreet)로 옮긴다고 했었어요."

그랬었나? 나는 그런 말을 들은 기억이 없는데. 또다시 우리는 뒤에 처지게 되었고 K는 얼마 전 토플 시험을 본 나에게 물었다.

"그런데 시험 결과는 언제쯤 나와요?"

"대충 평일 기준 15일 후에."

"그럼 지금 보면 8월 30일쯤에 나오는 거예요?"

"아니, 평일 기준 15일 후니까 지금 보면 9월 5일에야 나오겠지. 그리고 아마 가장 빠른 시험이 8월 24일일 거야. 그러니까 9월 12일쯤에야 나오지 않을까?"

"그래요? 그럼 안 되겠네. 9월 5일까지 뭐 지원하는 게 있는데."

"그래? 그게 뭔데?"

"저희 학교에서 하는 거예요."

"그래도 혹시 모르니까 봐 봐. 후기 같은 거 잘 탈 수도 있잖아. 아이슬란드에서 토플 보는 사람은 없을 테니, 똑같이 나올 수도 있고."

"진짜 그래 볼까요?"

다운스트리트에서 핫도그 푸드트럭을 찾기는 찾았는데, 차 문은 굳게 닫혀 있었다. 차에는 오픈 시간이 12:00~18:00로 쓰여 있고 현재 시각은 12시 5분. 누군가가 문을 두드리니 안에 있던 판매자가 나왔는데, 아직 준비가 안 되어 20~30분은 기다려야 된다고 했다. 어떻게 할까. 일단 숙소로 가서 쉬다 오자는 루카스의 의견에 따라 모두 숙소로 향했다. 숙소로 향하던 길에 어느 귀여운 고양이를 발견했다.

"야옹."

루이지가 먼저 멈춰서 "여기 고양이 있다. 정말 귀여운데"라고 말했고, 그에 이어 카말과 내가 차례로 멈춰 섰다. 고양이는 혼자 있는 것이 누군가에게 버림받은 것 같았고, 뭔가 먹을 거라도 주고 싶었으나 아무것도 없는 것이 너무 안타까웠다. 고양이를 쓰다듬으며 놀아 주다가 '안녕' 하고 작별 인사를 하고는 다시 숙소행. 모두 이미 멀리 가 버렸는지 보이지 않았고, 뒤에 처진 세 남자는 도중에 있는(그래 봤자 가는 길에서 50㎡밖에 떨어져 있지 않았지만) 물 박물관(Water Museum)에 들렀다. 개장 시간은 14시에서 19시. 핫도그도 그렇고, 게으른 사람들. 12시가 넘었는데도 문을 안 여는 데다 하루에 5~6시간밖에 일을 안 하다니. 위에서 풍경이나 감상하며 루이지와 이야기를 나누었고, 맨 뒤에 우리와 같이 처졌던 카말은 자신이 길을 잘못 든 것을 알고는(카말은 이런 박물관에 구경 올 성격이 아니었기에) 먼저 내려갔다. 그곳에 있는 좌표와 다른 주요 도시들과의 거리를 보고 우리가 북위 66도가 넘는 곳에 왔다는 것에 신기해하며 다음에 꼭 다시 와 보리라고 다짐하는 루이지와 나. 그러나 결론적이지만 그 후 물 박물관에 간 사람은 아무도 없었다.

숙소에 들어와서는 침대에 누워 선잠을 자다가 1시쯤 되어 시계를 보았다. 거실에서는 조용한 음악 소리만이 들려왔고 왠지 이상해서 밖으로 나오니 아무도 없이 K 혼자 앉아 있었다.

"1신데 안 가?"

"잘 모르겠어요."

"…"

"공기 한 판?"

가위바위보로 결정된 나의 선. 초반에는 내가 앞섰으나 K의 분전으로 21:40에서 그만두고 밖으로 나갔다. 처음 50년으로 게임을 한 후 두 번째 시합에 고개를 한 번 끄덕이고부터는 암묵적으로 정해진 50년.

"비긴 거지?"

"그런 게 어디 있어요?"

"저번에 내가 33:23으로 이기던 것도 비긴 걸로 했잖아."

"언제요? 기억 안 나요."

조금 실랑이가 있었으나 결국은 비긴 것으로 결정되었다. 이로써 승부는 2승 2무 2패의 호각지세. 공기에 있어서만큼은, K는 진정한 라이벌이었다.

다시 일터로 나간 것은 1시 5분. 그런데, 가는 곳이 이상했다. 곧바로 일터행. '혹시 시간이 벌써 이렇게 돼서 점심을 포기하고 바로 일을 하는 건가?' 하는 불안한 마음과는 달리, 우리는 일터를 지나 그 옆에 있는 핫도그 차로 향했다. 다들 핫도그를 주문했고(나는 평소처럼 모두 다 넣어줄 것과 콜라를 주문했다), 내 앞의 피에르는 채식주의자용 핫도그(Vegetarian hot dog)를 주문했다. 이런 것도 있나, 뭐가 들어갈까 궁금해했는데 모두 다 들어간 대신 소시지가 빠지고 거기에 치즈를 넣은 것이었다. 왠지 맛있어 보여 다음 것은 나도 채식주의자용 핫도그를 주문해 봐야겠다고 생각했다. 그러나 이날은 모두 하나만 먹었고 어쩔 수 없이 다음 기회를 기약해야 했다.

그러고 보니 이곳 참가자들의 특성 중 또 다른 하나가 채식주의자들이 많다는 것이었다. 지금은 아니지만 나도 중학교 시절부터 입대 전까지 7년간 채식을 했었고, 현재도 고기를 많이 먹는 편은 아니다. 루이지도 자기 조국에서는 채식을 한다고 하고, 엄격하지는 않지만, 종종 채식을 한다는 피에르까지. 예전에 사람들에게 채식을 한다고 말하면 대부분은 참 신기한 놈이라는 시선으로 나를 바라봤었는데, 지금도 다시 채식한다면 예전 같은 반응을 받을까. 아니면 예전보다는 존중받을까. 엄격한 유대인식으로 돼지고기와 핏기가 있는 고기를 먹지 않는 친구가 있는데, 같이 음식을 먹을 때 칼국수를 시킨 그 친구는 모든 고기 종류를 빼 줄 것과 가능하면 육수 대신 맹물로 해 줄 것을 부탁했고, 친절한 아주머니는 그를 존중해주었다. 확실히 시간이 지날수록, 변해가기는 하나 보다.

다시 일을 시작한 것은 1시 20분. 내가 현지인이었다면 화를 냈을 텐데, 현지인은 외국인이어서 이해를 해 주는 건지 아니면 원래 그런 성격인지(우리에게 일을 시켜야 하는 모든 현지인이 그랬지만) 모르겠지만, 아무 타박도 하지 않고 잘 쉬었냐며 우리를 맞아주었다. 이어서 한 일은 남은 빈 곳의 벽을 천으로 덮는 일. 하다 보니 크기가 이상한 것이 많았는데 알고 보니 우리가 잘못 끼워 맞춘 것으로 각각에 맞는 크기가 따로 있었다. 결국 천을 다시 다 떼고, 처음부터 다시 하기 시작했다. 약간의 고생 후 둘러앉아서 현지인 아저씨가 주는 아이슬란드 현지 맥주를 마셨다. 한 사람당 바이킹(VIKING) 500㎖씩. 서양 사람들은 몸에 알코올을 분해해 주는 효소가 있어 술을 더 잘 마신다고 들었으나, 가장 먼저 캔을 비운 것은 두 한국인. 맛은 독특했고, 내 옆의 아카리는 한두 모금만 마시고는 그대로 남겼다. 술을 좋아하는 체질은 아닌 것 같았다.

잠시의 휴식 시간이 지난 후, 우리는 다시 두 팀으로 나뉘어 일부는 탁자를 가지러 차를 타고 떠났고, 일부는 정원, 혹은 풀밭 근처에 있는 잡다한 부속물들을 근처에 있는 조그만 건물로 옮긴 후 휴식을 취했다. 6명이 탁자를 가지고 온 후에는 텐트 안에 탁자를 배치하고, 그렇게 해서 오후의 작업은 4시쯤 끝났다. 오늘의 일과가 다 끝났으니 이제 들어가서 쉬고, 이따가 나와 축제를 즐기라는 현지인들. 야외에서는 바비큐 파티도 열릴 것이니 저녁은 안 먹어도 된다고 했으나 루카스의 주장에 따라 대부분 먹을거리를 사러 보너스로 이동했고, 나와 나탈리, 마르타, 페린, 이렇게 네 명은 아저씨가 준 맥주와 남은 음료수 등을 들고는 숙소로 이동했다.

냉장고에 자리가 마땅치 않아 냉장고에 고여 있는 얼음을 깨고 맥주 등을 쑤셔 넣고는 제각기 방에 들어가 취하는 휴식. 방에 들어가니 일하던 도중 사라졌던 카말은 그새 또 귀신같이 와 있었다. 보너스에 갔던 일행들은 우리가 돌아오고 얼마 안 있어 돌아왔고 어찌어찌하다 보니 나는 루이지, 루카스, 피에르. 세 명의 남자들과 함께 소파에서 여러 이야기를, 특히 정치 이야기를 나눴다. 도중에 K가 나오고 루이지, 루카스가 차례로 들어가며 셋이 앉은 소파. 한국 사람들 틈에 끼여서 그런지 피에르는 피리를 불다가 한국 노래들에 관해 물어봤고, 내가 피에르에게 한국에서 유명한 동요들을 불러주자 K는 내가 노래를 좋아한다는 말과 함께 꼭 어린애 같다고 했다. 덧붙여 애국주의가 강한 것 같다는 말도.

저녁은 7시쯤에 피자를 먹는다고 했고, 스스로 생각하기에는 한국의 문화를 열심히 전파한 후, 5시 50분이 되어 페린, 피에르, 루이지와 함께 수영장으로 향했다. 루이지는 몸이 안 좋아서 수영보다는 인터넷을 하러 가는 거였고, 진짜 수영을 하러 간 것은 나와 페린, 피에르, 이렇게 3명뿐. 도착해서 나도 잠깐 인터넷을 하려 했으나 페린과 피에르에게 선수를 빼앗겨 토큰 세 개를 받아 하나씩 나눠 주고는 먼저 들어갔다. 수영장이 7시에 닫는다고 했으니 기다리다 인터넷을 할 형편은 못 되었기 때문에. 항상 즐기는 기분 좋고 여유로운 샤워를 마치고는 수영장에서 스파와 수영장을 오갔다. 뒤늦게 들어온 페린과 피에르는 스파에 있는, 관광차 온 프랑스인 부부와 불어로 대화를 나눴고, 7시가 되어 문을 닫을 시간이 되자 우리는 밖으로 나왔다.

집으로 가는 길에 피에르는 자신은 이런 곳에서 프랑스인들을 만나는 것이 싫다고 했다. 브르타뉴(Bretagne) 사람이라는 것은 자랑스러우나 프랑스 사람이라는 것은 자랑스럽지 않다는 그 지방 사람들 특유의 생각 때문일까, 아니면 여기까지 와서 프랑스 말은 쓰기 싫다는 것일까. 어느 쪽인지는 알 수 없었다. 집에 온 것은 저녁 예정 시간이 조금 지난 7시 15분이었으나, 피자는 아직 준비되어 있지 않았다.

오늘 저녁 당번은 미레이아와 K. 음식을 할 줄 모른다는 K는 한국 음식을 만들 생각을 하지 않았고, 결국 함께 있는 외국인들에게 한국 음식을 알릴 기회는 상실한 채 미레이아의 의견에 따라 선택된 피자. K의 설명을 듣자면 아주 간단했다. 피자 빵을 사서 말려져 있는 것을 펴기만 한 다음, 그 위에 토마토소스를 바르고 대충 여러 재료를 올린 뒤 오븐에서 굽기만 하면 되는 것이었으니까. 마치 나의 전처럼. 그러나 미레이아 역시 음식 솜씨가 서투른지 대부분이 한두 번씩 나서서 참견했고, 결국 원래의 음식 당번들은 멀찌감치 물러난 채 이탈리아와 프랑스인들이 주도적으로 나서 피자를 만들었다. 처음에는 토마토소스만 들어있고 빵도 다 타서 나온 피자였으나 갈수록 솜씨가 좋아져 다음 것은 토마토소스와 햄이 들어있고, 오이도 들어있는 등 여러 재료가 혼합돼 나왔으며, 마지막에는 치즈까지 녹아 있는 완성품이 나와 나름대로 맛있는 저녁을 즐겼다.

저녁이 끝나고는 맥주 타임. 가지고 온 맥주 500㎖ 15개를 모두 마시며 우리만의 간단한 맥주 파티를 벌이고 각국의 술 문화를 이야기했다. 일본은 마실 때 '논데논데논데'를 다 마실 때까지 부른다고 했고, 그 단순한 리듬과 단어는 모두의 귀에 쏙쏙 들어와 한 사람씩 마실 때마다 모두 '논데논데논데'를 외쳤다. 한국 것도 물어보았으나 K는 내 제안과는 달리 '술이 들어간다 쭉쭉쭉'이나 '빠라바라밤 원샷' 대신 '마셔라 마셔라'만을 전파해 상대적으로 일본의 것에 묻히게 되었다. 가장 신난 것은 마르타를 중심으로 한 이탈리아인들이었다. 특히 마르타는 테이블을 쳐 가며 뭐가 그리 신났는지 시끄럽게 사람들을 이끌었고, 나는 옆에 앉은 K와 대화나 나누며 그들과 함께 술을 마셨다. 남부 유럽 사람들이 원래 잘 노나 보다 등의 말을 하며. 그러다 갑자기 여기저기서 들려오는 도슨. 그들은 신기해하며 서로 무엇인가를 확인하고, 나는 그것 역시 유럽인들만의 특별한 문화 중 하나인가 하고 의아해하고 있는데, K가 용케 알아듣고는 나에게 설명해 주었다. 〈도슨의 청춘일기(Dawson's Creek)〉. 한국에서는 별로 안 유명한 건데 여기, 유럽에서는 이렇게 유명한 건지 몰랐다면서. 어떻게 아는지 신기해서 물어보고, 나는 본 것이 〈프렌즈(Friends)〉와 리얼리티 쇼인 〈서바이버(Survivor)〉밖에 없다고 알려 주었다. 유럽 애들은 다시 한국에서는 〈도슨의 청춘일기〉가 없냐고 물어보고. 미국 드라마 많이 아는 사람의 순위를 매기자면, 나는 분명 하위권이었다.

설거지 당번인 나와 루이지가 식기 세척기를 돌린 후, 현지인들과 함께 부대끼며 축제를 즐겨 보고자 밖으로 나간 것은 밤 10시가 돼서였다. 카메라 도우미 야스코에게 부탁해 새로운 필름으로 갈아 끼운 후 카메라를 가지고 나갔으나 곧 후회했다. 밤이어서 좋은 화면이, 환한 장면이 나오지 않아 찍기가 힘들어서. 반면 여기서 가장 많이 사진을 찍은 사람 중 하나인 야스코는 많은 사진을 찍으며 나에게 보여 주었는데, 그것을 보며 나도 집에 가면 꼭 디지털카메라를 장만해야겠다는 생각을 했다.

밖으로 나온 15명은 여기저기를 돌아다녔다. 현지인 아저씨의 말에 따르면 약 4,000명이 와서 즐긴다고 했으나, 그렇다 한들 인구 1,240명의 마을에 그 인원을 합쳐 보았자 얼마나 될까. 불꽃놀이도 몇 군데서 간헐적으로 펼쳐졌으나 너무 초라했고, 짧은 시내를 몇 번 돌아다니다 심심해진 나는 맥주를 파는 듯한 천막으로 들어가 보았다. 점심이나 저녁도 공짜로 얻어먹고 다니니 혹시 맥주도 공짜로 얻어먹을 수 있지 않을까 하는 마음으로. 루이지와 마르타가 나를 따라 들어왔고 몇 번의 대화 후 공짜는 안 되고 500크로나를 내야 한다는 말에 우리는 다시 밖으로 나왔다. 그새 사라져 버린 일행. 불빛을 중심으로 다시 한 바퀴 돌다가 혼자 있는 카말을 만났다(원래 카말은 우리가 모두 축제에 나가려고 할 때 들어왔다. 잠시 축제를 구경하다 온 모양이었는데 지금 모두 축제에 갈 예정이라고, 같이 가지 않을 거냐고 내가 제안하자 알았다고 하고는 다시 우리를 따라 나왔다. 그런데 또다시 혼자 있다니. 아마 지겨워서 돌아갈 모양이었다). 일행의 위치를 물어보니 저쪽 항구에 있다고 해서 다시 11명과의 재회. 그리고는 잠시 앉아 얘기를 나누고 조금 더 돌아다녔으나 별 재미도 없고, 내일 6시 기상인 것도 있고 해서 12시쯤 다시 숙소로 돌아갔다. 오는 길에 아카리가 일어로 뭐라고 하고 잠시 뒤에서 수군거림이 들리더니 누군가가 나를 불렀다.

"창성아. 아카리가 춥대."

"아, 그래?"

그러고는 다시 앞으로. 다시 부르는 목소리.

"창성아, 아카리가 추워한다고. 잠바 좀 벗어 줄래?"

"응, 잠바 좀 벗어 줘."

"뭐? 정말이야(Are you serious)?"

그러나 어쩔 수 없이 잠바를 벗어 주었다. '그러니까 누가 이 밤에 잠바도 안 입고 나오래' 입에서 나오려던 원망을 삼키며. K가 나를 걱정해 주며 물었다.

"안 추우세요?"

"뺏어가는 걸 어떡해."

옆에서 루이지와 마리아도 춥지 않냐며 걱정해 주었고 마리아는 같이 숙소까지 뛰어가지 않겠냐는 친절한 제안을 해 주었다. 자기는 가끔 뛰는 것이 좋다면서. 그러나 그렇게까지 못 견딜 만큼의 추위는 아니기에 그냥 괜찮다고 하고는 거절했다.

숙소에 도착. 나는 잠바를 받아야 하기에 계속 거실에 머물러 있었고, 조금 후(그러나 순서로 따지면 바로 내 뒤인) 올라오는 K에게 물었다.

"내 옷 뺏어간 애는?"

"지금 바로 뒤에서 오고 있어요."

K가 방으로 들어간 후 올라온 아카리.

"고마워. 너 진짜 신사다."

'천만에'라는, 모범적인 답안을 하고 바로 내 방으로 들어간 나. 외국 애한테 이런 말을 들어보기는 처음이었고, 기분은 좋았다. 그리고 어쩔 수 없는 일이기도 했다. 야스코를 제외하면, 아카리를 챙겨줄 사람은 K와 나밖에 없었으므로. 그리고 혹시나, 아카리가 잘못된다면, 나와는 아무 상관이 없더라도 야스코에게 미안하고 내 마음도 편치 못할 것이었으므로.

# 19. This is Iceland!

## (8월 16일, 11일 차)

기상은 아침 6시 40분. 오늘 나를 깨운 것은 미레이아였다. 뭐라고 하긴 했는데, 그냥 잠이 깬 상태로 뭉그적거리다 일어나 밖으로 나오니 사람은 아무도 없었고, 아침은 준비가 안 돼 있어서 바로 아래층으로 내려가 샤워를 했다. 20분 만에 샤워를 마치고 나오니 마리아가 신발 끈을 묶고 있었다.

"벌써 가?"

"응."

계단에서 마주친 루카스. 어제와 마찬가지로 지금 간다고, 빨리 하라고 말했고, 그래서 올라가 옷만 바로 외출복으로 갈아입고는 내려왔다. 한국에서는 잘 안 먹었지만 여기 와서는 처음으로 굶는 아침. 왠지 모르게 기운이 빠진다는 생각이 들었는데, 루카스는 아침은 1시간 정도 일한 다음 돌아와서 먹을 거라고 했다. 하나둘씩 모습을 드러냈고, 끝에서 3번째로 나온 야스코는 식빵 두 조각을 샌드위치로 만들어 나오며 먹었다. 나중에 쉴 때야 모두 아침을 안 먹었다는 사실을 알고 자기는 몰랐다고 했지만… 오늘도 마지막으로 나온 것은 미레이아. 그러나 미레이아에게도 나름의 이유가 있었다. 훗날, 미레이아는 이런 말을 했다.

"유럽에서 가장 느리고 게으른 사람이 스페인 사람이라고 하지? (몇몇 부정의 목소리) 아니야, 부정할 필요는 없어. 그건 사실이고, 나도 그렇게 느끼고 있으니까. 우리는 이 게으름 때문에 조금 경쟁력이 떨어지지. 오후에도 시에스타를 즐겨 외국인들을 당황스럽게 만들고. 하지만, 유럽에서 가장 행복한 사람도 스페인 사람이라고 하잖아. 그리고 난, 이런 우리가 좋아. 아등바등 빨리빨리 열심히 일하느니, 더운 한낮의 오후에는 여유롭게 낮잠도 즐기며 하루를 즐기는 삶. 나는 계속 이렇게 살고 싶어."

유럽인에게 방글라데시나 부탄 사람들의 삶에 대한 만족도를 말할 필요는 없을 것이다. 그리고, 그것 역시 서로 다른 문화에서 나타나는 서로 다른 삶의 방식이겠지.

작업은 쓰레기 줍기. 지정된 장소로 가서, 거기서부터 걸으면서 쓰레기를 주워 나갔다. 많이 느꼈던 건데, 나는 작업을 할 때면 이상하게 루이지랑 많이 엮였다. 둘 다 꼼꼼한 성격을 지니고 있어서일까. 이날도 쓰레기를 주워 가다 보니 루이지, 야스코와 거의 맨 뒤에 처져 걷고 있었다. 앞에서 가는 애들을 보며, '여기 이렇게 담배꽁초가 많은데 다 줍지도 않고 어딜 가나?' 하는 생각을 하면서. 이날만이 아닌, 평소에도 눈에 뻔히 보이는 쓰레기를 무시하고 앞장서서 걷는 동료들을 이상하게 생각하며 많이 처졌었지만.

쓰레기. 어제 축제 때문인지 길거리는 담배꽁초와 깨진 병 조각들이 많았고, 그래서 처음에는 매우 힘들게 유리 조각들도 장갑에 안 붙을 때까지 주워 가고 담배꽁초도 모조리 주웠으나, 뒤에 가장 처져 일행을 놓칠 지경에 처하자 그냥 포기하고는 열심히 걸어 뒤에 있던 애들을 하나씩 따라잡았다. 미레이아, 나탈리, 그리고 줄리아 순으로. 리더 두 명의 행방은 알 길이 없었고(핸드폰을 가지고 나온 사람조차 없었다) 다시 떨어진 줄리아를 제외한 우리 5명은 수영장 뒤쪽의 캠핑 장소를 한 바퀴 돌고는 철망 쪽에 쓰레기를 내려놓고 햄버거를 먹었던, 버스 정류장의 편의점으로 갔다. 가는 길에 전광판을 보니 아침 온도는 12.4℃에 기압은 998.9 hPa. 1,000hPa가 안 되니 저기압인가? 지구과학 시간에 배웠던 공부는, 이제 추억에 불과했다.

편의점에서 5명이 함께 휴식을 취하다 줄리아가 와서 6명이 함께 쉬고, 그러다 루이지는 연락이 안 되니(아무도 핸드폰이 없으니) 자기가 직접 나가서 찾아보겠다고 하고는 밖으로 나갔다. 15분 후, 루이지가 돌아오자 우리는 다 함께 나갔고(그새 철망에 쌓아 놓았던 쓰레기는 다 치워져 있었다) 카말이 없는 8명의 일행을 발견하고는 모두 다 같이 숙소로 돌아왔다. 피에르는 들어오자마자 우리 방에 들어와 카말을 찾더니 그가 없는 것을 발견하고 그나마 다행이라는 표정을 지었다. 또 일 안 하고 먼저 왔을까 생각한 것이 분명했다. 나 역시 '벌써 들어가 휴식을 취하나' 하고 생각했으니까.

9시가 조금 넘어서 시작된 아침. 배가 많이 고팠던지, 처음으로 빵 3조각을 먹었다. 그러고 보니 여기 와서 아침으로 먹은 것은 생일날의 팬케이크를 제외하고는 매번 식빵이었다. 다른 애들은 콘플레이크나 떠먹는 요구르트로 아침을 하기도 하던데, 나는 아직 그런 변화에 익숙지 않았다. 다 먹고 시계를 보니 거의 10시. 오늘 일은 이제 끝이라고 하고, 시간을 어떻게 보낼까 고민하다가 다들, 아니 대부분 그냥 자는 것을 제안했다. 모두 피곤도 했을 테니…. 흘려보내는 시간이 아깝다는 생각이 들었으나 나 역시 편하게 갈아입고는 잠자리로 향했다.

잠에서 깨어난 것은 오후 2시. 외국까지 와서, 열심히 돌아다녀도 시간이 아까울 판에 낮잠으로 무려 4시간을 보내다니, 스스로 한심하다는 생각이 들었다. 모두 피곤해서 그냥 쓰러져 잤는지, 오늘 점심은 당번이 아닌 일본인 두 명이 요리했고 메뉴는 카레였다. 일본에서 가져온, 1인용 12개가 각각의 팩에 들어 있는 카레였고, 안에 들어갈 야채는 현지 사정에 알맞게 조달했다(파프리카 등). 일본에서 가져온 카레와 동남아 쌀로 지은 밥. 모두 야스코에게 맛있다고 했고, 야스코는 슬쩍 내 눈치를 봤다. 나 역시 오랜만에 밥을 먹어서 그런지 매우 맛있다며 한 공기를 더 먹었고 야스코는 그걸 보며 기뻐하는 눈치였다.

실제로 야스코가 한 카레는 맛있었으나 한 번 한국 음식을 만드는 데 실패했기 때문에 약간 자존심이 상하는 것도 사실이었다. 야스코가 내 눈치를 본 것이 그런 이유에서일 수도. 사실 이곳에서 야스코와의 관계는 조금 애매했다. 내 입장에서는 야스코가 가장 고맙고, 이야기도 가장 많이 나누는 친구였으나, 일본인이기 때문에 뭐든지 지기는 싫었고, 그러면서도 같은 동아시아 문화권이기 때문에 많은 동질감과 함께 서로 도와야 된다는 일종의 연대감도 형성되어 있었기 때문이다. 야스코 역시 애국심이 강하고, 많은 면에서 나와 비슷한 성격을 갖는 것 같았으니. 내가 맛있어하는 것을 보고 기뻐했던 이유가 자존심 때문이었을까, 아니면 안도감 때문이었을까. 가깝고도 먼 나라인 한국과 일본처럼, 편하고도 어려운 친구였다.

식후 바로 이어진 K와의 공기 한 판. 공기가 끝나고는 식탁에 앉아 카말이 틀어 놓은 음악을 들으며 일기를 썼다. 수영장에 같이 가자는 것을 4시 30분쯤에 가자고 하며. 그 사이 마리아는 산책을 간다고 하더니 1시간 후에 돌아오고 마르타, 미레이아, 줄리아, 페린, 프란체스카 등은 각자가 알아서 수영장에 갔다. 역시나 시간이 지날수록 단체 행동에서 벗어나 개인주의가 되어 가는 우리. 카말의 MP3에서는 뮤지컬 〈그리스〉에 나오는 「Summer nights」 등 우리에게도 익숙한 노래들과 익숙지 않은 일본 노래들이 흘러나왔고, 별생각 없이 듣고 있는데 갑자기 한국말이 흘러나왔다. 분명 익숙한 노래인데 모르는 노래. 인터넷으로 찾아볼 생각을 가지고 재빨리 가사 일부를 받아 적었다.

'도대체 알 수가 없어.'

무슨 노래지?

'말을 하지 그랬어. 내가 싫어졌다고.'

'너를 욕하면서도 많이 그리울 거야.'

기쁜 마음에 카말에게 이거 한국말이라 외치고는 무슨 노래인지 물어봤다. 한국인이 프랑스인에게 한국 노래를 물어보다니. 카말은 웃으며 자신의 MP3를 보여 주었고 거기에는 단 두 단어가 적혀 있었다.

'KISS', 'ASIA'

KISS라는 가수의 ASIA라는 노래일까, 아니면 ASIA라는 가수의 KISS라는 노래일까. 왠지 가수 이름이 KISS는 아닐 것 같아서 ASIA의 KISS라는 노래로 보름 가까이 알고 있었다. 훗날, 집에 돌아와 일기를 보다가 이 장면을 보고는 갑자기 노래가 듣고 싶어서 인터넷을 검색해 보았으나 찾을 수 없었고, 가사를 검색하자 나온 것은 KISS의 '여자이니까'. 그럼 카말의 MP3에는 왜 KISS와 ASIA가 나왔던 것일까. 아시아인들의 노래는 한국, 일본 할 것 없이 모두 ASIA로 표시되었던 것일까? 어쨌든, 일본 음악을 즐겨 듣던 카말. 그의 MP3에서 한국 노래를 듣자, 갑자기 그가 좋아졌다.

4시 30분, 카말과 둘이서 수영장으로 향했다. 카말은 맥주 한 캔을 가지고 나오면서 하나밖에 남아 있지 않던 거라며 같이 마시자고 했다. 캔에 입을 대고 마시는 카말. 어젯밤, 술을 마시며 K와 나누던 대화가 생각났다.

"얘네들, 같이 마시면서도 그냥 입 대고 마시네?"

"그러게요. 서양 애들은 입 대고 마시는 것, 그런 것에 더 민감할 줄 알았는데, 얘네들 보니 꼭 그런 것만도 아닌가 봐요. 아니, 워크캠프 같은 거 참가할 정도의 애들이어서 그런가?"

하긴 그럴 수도. 아무래도 이런 외국인들과 부대끼며 생활하는 프로그램에는 보수적인 사람들보다 조금 더 열린 마음을 가지고 있는 사람들이 참여할 확률이 높았다.

도착한 수영장. 밑의 체육관은 닫혀 있었고 마르타와 프란체스카는 인터넷을 하기 위해 줄을 서 있었으며, 미레이아는 그제야 인터넷을 다했는지 우리와 같이 토큰을 받아 탈의실로 들어갔다. 샤워하고 있자니 그새 도착한 피에르. 나와 카말이 나간 후 얼마 안 돼서 마리아와 함께 수영장으로 온 모양이었다. 그래서 수영장에 같이 있던 사람들은 먼저 온 줄리아와 페린, 나와 카말, 미레이아에 조금 늦게 온 마리아와 피에르까지 모두 7명. 미지근한 스파에 몸을 담그고, 바로 수중농구나 조금 하다가 모두 돌아가자고 해서 나오니 밖에는 K가 기다리고 있었다.

"인터넷 한 거야?"

"네."

K는 피에르가 먼저 나오기는 했는데, 어디로 갔는지 모르겠다고 했다. 나도 인터넷이나 하러 갈까 했더니 기다리는 사람이 많다고 했고, 축제 기간이어서 그런지 정말 몇 명이 줄을 서 있어서 포기하고 다시 K 옆에 섰다. 조금의 침묵이 흐른 후, K가 물었다.

"누구 또 나올 사람 있어요?"

"카말이랑 여자애들…."

"아시아인들도 지금 나오던 것 같은데…."

"누구? 아카리랑 야스코?"

"네…."

"못 봤는데…."

"저기 스파에 몸 담그고 있었는데요. 방금 사라졌어요. 같이 오지 않았어요?"

"아니. 나는 카말이랑 같이 왔어. 걔네는 조금 뒤에 왔을 걸? 한 번도 못 봤는데."

그런 걸 묻는 것을 보니 K 역시 이곳에 혼자 온 모양이었다. 손에 든 것이 없어서 수영은 안 하냐고 물으니 그냥 인터넷이나 하러 왔다는 K. 다시 어색한 침묵과 함께 우리는 누군가가 나오기를 기다렸으나, 게으른 우리 일행은 3분이 지나도록 아무도 모습을 드러내지 않았다. 이번에는 내가 먼저 K에게 제안했다.

"그냥 갈까?"

"네."

결국, 둘이서 숙소로 발걸음을 옮겼다.

"일, 월, 화, 수…. 4일 남은 건가요?"

오면서 건네는 K의 질문. 헤어질 날이 4일밖에 안 남았다니.

"어차피 다 같이 숙소에 머무르는 것 아니야?"

"아니요, 저는 아마 유스호스텔에서 묵을 것 같아요."

"나도 참가 확정되고 유스호스텔 알아봤는데, 자리 없던데?"

"네, 자리 없었어요. 그래서 메일 보냈고요. 꼭 필요하다고, 자리 있으면 달라고 보내니까 며칠 있다가 자리 생겼다고 메일 왔어요."

"그래? 대단하네. 얼만데?"

"하룻밤에 2,300크로나요."

"그럼 숙소보다 싼 거네? 하룻밤에 20유로니까. 대충 환율이 120 정도 되잖아."

"그래도 예약비로 10,000원 정도 내고, 그런 것까지 치면 비슷해요."

"그래도 유스호스텔이 더 싸지. 예약비가 10,000원이면."

그리고는 처음 아이슬란드에 와서 묵었던 곳이랑 앞으로의 계획에 대해 이야기를 나눴다. 스키프홀트 말고 또 다른 숙소가 두 개 있다는데 어딘지 궁금하다고 하자 K는 자기가 밤에 스키프홀트 24에 찾아왔는데 자리가 없다고 해서 무거운 짐을 가지고 다시 다른 장소로 옮겼다고 했다. 그러면서 스키프홀트는 사람이 많아 보여서 별로인 것 같았는데, 자기가 머무른 곳은 그나마 사람이 적어 좋았지만 인터넷이 없어서 그게 스키프홀트에 비해 안 좋은 점이었다고 했다. 유스호스텔은 1인 침대라는 정보도 알려 주며, 사실 자기도 어떻게 할지 모르겠다고, 24일까지 머물기 때문에 수도에만 있기는 조금 그래서 그냥 버스 타고 어디라도 가볼 생각도 있다고 말했다.

숙소에 도착하니 오후 6시 10분. 나머지 일행들은 7시를 전후해 한 명
씩 차례로 들어왔다. 미레이아와 피에르는, 둘이서만 보너스를 갔다 왔
는지 음식물을 가지고. 7시 20분쯤, 식탁에 앉아 있던 페린이 스틱키쉬
무르(STYKKISHÓLMUR) 정보 책자를 돌리며 한마디씩 써 달라고 했다.
아직 같이 있을 날이 4일이나 더 남았는데 벌써 이별을 준비하는 걸까?
마리아가 제일 먼저 써 주었으며 그다음 내가 써 주었다. 불어로 써달라
는 페린의 말을 가볍게 무시하며 한국말과 영어 중 하나 고르라고 했더
니 페린은 한국말을 부탁했다. 하긴, 메모리를 적는 곳에 다양한 언어가
들어있다면 이해는 힘들더라도 더욱 소중한 추억으로 남겠지. 뭐라고 쓸
까, 고민하다가 원론적인 말을, 하지만 진심을 담아 써 주었다.

*페린! 만나서 반가웠어.*
*이런 아이슬란드에서 같은 워크캠프에 참가하는 것.*
*이것도 참 대단한 인연이지?*
*2주 동안 참 즐거웠고,*
*인연이 된다면 언젠가 또 만날 일이 있겠지?*
*내년에 아마 내가 프랑스로 간다면,*
*그때 또 만나자. 안녕.*

손창성 *孫昌盛*
*Chang-Sung Son*

간단한 인사말. 페린은 해석을 부탁한 후 내가 쓴 곳에 동그라미를 쳐
주었고, 훗날 모두가 메모리북을 교환하는 시간에 그녀의 차례가 왔을

때, 내가 해석해 준 말을 기억했는지 나보고 내년 언제쯤 오냐고, 확실한 것인지 물어봐 주며 오면 꼭 연락하라고 말해 주었다. 그런 것까지 기억해 주다니. 페린 역시 고마운 친구였다. 메모리북이라고나 할까? 그것을 다 마친 후에는 루카스, 마리아와 함께 문학에 대한 이야기를 나눴다.

그러고 보니, 이곳 참가자들의 또 다른 특징은 문학을 좋아한다는 것이었다. 아니면, 단순히 외국에 나오기에 마땅히 할 일이 없을 것을 대비해 책을 가지고 왔는지도 모르겠지만. 마리아가 가지고 온 책은 헤밍웨이의 『무기여 잘 있거라(A Farewell to Arms)』, 루카스가 가져온 책은 댄 브라운의 『천사와 악마(Angels and Demons)』, K가 가져온 책은 잭 케루악의 『길 위에서(On the road)』. 그 밖에 두 프랑스 여성이 가져온, 불어로 된(사실 누가 어떤 책을 가져왔는지는 잘 모르므로) 베르나르 베르베르의 『파피용(Le Papillon Des Étoiles)』과 기욤 뮈소의 『사랑하기 때문에(Parce que je t'aime)』, 줄리아가 가져온, 폴란드어로 된 나치 시대 폴란드인들의 상을 그려놓은 듯한 책(폴란드 말을 모르니 알 수는 없었지만, 표지의 그림은 그런 내용을 암시하고 있었다), 야스코가 가져온, 일본어로 된 소설, 그리고 미레이아가 가져온 스페인어로 된 책. 책을 좋아하는 것도, 이런 것에 참가할 정도의 애들이어서 그런가.

처음에 영어 소설들의 난이도에 대한 이야기를 나누다가 요즘 우리 나이대의 사람들이 책을 안 읽는 현상으로 옮겨 갔다. 그리고는 다시 각국의 유명한 소설가 이야기로. 언젠가 외국인과의 대화 중 쉽게 호감을 살 수 있는 것 중 하나는 그 나라의 유명한 소설가와 작품에 대한 이야기를 하는 것이라고 들었는데 그 말은 사실이었다. 야스코에게 가와바타 야스나리, 미시마 유키오 등 타계한 작가와 무라카미 하루키, 요시모토 바나나 등의 얘기를 하며 호감을 샀고 프랑스인들에게도 빅토르 위고, 오노레 드 발자크, 그들이 가지고 온 책의 저자인 베르나르 베르베르와 기욤 뮈소의 이야기를 하며 호감을 샀듯이 마리아 역시 내가 톨스토이, 도스토예프스키나 보리스 파스테르나크를 얘기하자 기뻐하며 한참을 떠들어 댔다. 나 역시 외국인이 박경리나 이청준 얘기를 했다면 신나서 한참을 떠들어 댔겠지. 문득, 옆에 앉은 루카스에게 미안한 마음이 들었다. 내가 알고 있는 슬로바키아 작가는 없었으므로.

저녁은 8시 40분. 당번이었던 미레이아, 카말에 도우미로 나선 피에르는 수프와 샐러드를 만들어 내왔고, 그게 전부였다. 수프는 맛있었고, 샐러드도 소스 없이 양배추, 사과, 포도, 치즈의 조합만으로 만든 것치고는 맛있었으나 무언가 저녁이 아닌 간식을 먹은 느낌이었다. 그러고는 여태 카드 게임과는 담을 쌓고 놀던 일본인들에게 몇 개의 카드 게임을 알려주고는 조금 즐기다가 9시 40분에 야스코, 카말, K와 함께 축제를 즐기러 나갔다. 원래는 당연히, 루카스와 피에르의 주도 아래 모두 함께 나갈 줄 알았는데 9시에 시작한다고 한 콘서트 시간이 지나도록 리더인 루카스와 피에르는 움직일 생각을 하지 않았고, 야스코는 콘서트가 10시인 줄 알고 있어서, 야스코에게 9시에 이미 시작했다는 것을 알려주고는 카드 게임을 같이 하던 야스코, 카말, 아카리에게 그냥 우리끼리라도 나가 보자고 제안한 것이었다. 아카리를 제외한 두 명이 승낙했고, K를 빼먹으면 섭섭하기에 저녁 설거지 당번인 K에게도 물어보고 승낙을 받고는 K가 다 마치기를 기다렸다 나간 우리. 아무리 신나지 않더라도 외국인데 최대한 많은 경험을 하며 본전을 뽑아야지. 귀찮다고 조금 더 이따 나가겠다는 루카스와 피에르가 이상하게 생각되었다.

처음에 향한 곳은 콘서트가 열린다던 항구. 그곳에 가보니 트럭 위에는 밴드 공연을 위한 무언가가 마련되어 있었고, 사람들도 많이 몰려 있기는 했으나, 트럭 위에 사람은 보이지 않았고 스피커에서 음악만 흘러나왔다. '9시부터 콘서트라더니 벌써 끝났나 보다' 하는 생각을 하며 다시 항구에서 나와 길거리에서 어떤 아저씨가 솔로 공연을 하는 것을 조금 지켜보다가 어제 텐트를 쳤던 곳으로 가 보았다. 그곳에서 바비큐 파티가 벌어지고 있지 않을까, 하는 기대와 함께. 그러나 텐트에는 정말 아무것도 없었다. 숙소에서 누군가가 오늘 점심쯤에 뭐 하는 것을 보았다고 했는데 그게 전부였나 보다. 안에는 조금 틀어진 책상들만. 그리고 풀밭에는 트럭 한 대만이 덩그러니 놓여 있을 뿐이었다. 마침 그곳에 있는 어떤 아저씨한테 물어보니 이곳 트럭에서의 공연은 12시부터이고 지금은 항구에서 공연하고 있다고 알려 주었다. '우리가 방금 그 항구에서 아무것도 없어서 왔는데' 아저씨가 뭘 잘못 알고 있는 것 같았으나, 축제라고 해 봐야 걸어 5분 거리에서 모두 이루어질 뿐. 마땅한 방도가 없기에 다시 항구로 갔다.

그 많은 사람들은 다 어디 있었을까. 항구는 아까보다 붐벼 정말 콘서트를 할 것만 같았고, 카말은 항구 입구에서 자기 혼자 카메라를 안 들고 왔다며 잠시 숙소로 돌아가 카메라를 가지고 온다고 했다. 우리를 어떻게 찾느냐는 질문에 계속 콘서트를 보고 있을 거라고 하자 알았다며 곧 다시 온다고 하고 숙소로 떠나는 카말. 정말 어떻게 찾을까. 돈도 한 푼 없고 카드도, 핸드폰도 없는 카말. 우리는 카말을 불쌍해하고 다시 만나기를 바라며 조금 더 안쪽으로 공연을 보러 들어갔다. 그리고 보니 남은 것은 나, 야스코, K. 이렇게 세 명의 아시아인이었다. 아카리도 같이 나왔으면, 하는 아쉬움이 들었다.

  길 한쪽에서 파는 조그만 케이크. 한입 크기였으며 가격은 하나에 50 크로나. 집에서 직접 만든 것이라고 했다. 아이슬란드인이 만든 케이크는 무슨 맛일까, 호기심이 들어(가격도 쌌으므로. 600원이라고는 하지만 여기 와서 50크로나짜리를 본 것은 이번이 처음이었다) 세 개를 사서 한 사람당 하나씩 나눠 주었다. 맛은 보통의 케이크. 시도해 볼 만한 가치는 충분했다.

  이번에는 정말로 콘서트였다. 여자 보컬 하나에 오른쪽에 남자 하나, 왼쪽에 남자 둘, 그리고 뒤에 북 치는 남자 하나가 있는 총 다섯 명으로 이루어진 밴드. 노래는 주로 여자가 부르고 가끔 왼쪽에 있는 남자가 부르기도 했으며 여자의 생김새는, 얼굴은 잘 안 보였으나 옷차림 때문에 〈은하철도 999〉에 나오는 메텔과 닮아 보였다. 그런데, 외모는 여자인데 목소리는 남자 같기도 한 중성적인 목소리. 노래는 대부분 영어로 불렀고 한국, 혹은 일본에서는 익숙지 않은 음악이었는데 그곳 사람들은 잘도 따라 불렀다. 나는 도중에 어떤 청년에게 붙들려 그가 주는 맥주를 마시며 사진을 같이 찍고, 아이슬란드가 어떠냐는 그의 질문에 당연하겠지만 너무 좋다고, 최고의 나라라고 칭찬해 주었다. 그는 매우 흡족해하며 떠났고 나 역시 K와 야스코에게 잠시 벗어나자고 하고는 함께 항구에서 나왔다. 나오다가 발견한 그제야 나온 듯 보이는 8명(물론 카말은 없었다). 아카리도 포함되어 있던 그들은 축제가 별로 재미없다면서 섬에 가볼지, 축제를 조금 더 즐길지를 고민하고 있었고 나는 아카리를 꼬셔 아시아인 네 명을 만들어 볼까 하다가 그녀가 피곤해 보여서 그만두었다. 그들은 곧 들어갈 듯 보였으므로.

  조금 걷다가 도착한 길거리 밴드. 천막을 하나 치고 그 안에서 남자

두 명이 공연을 하고 있었는데 항구에서의 것과는 달리 토속색이 많이 느껴졌다. 항구에서의 콘서트는 세계 어디에서나 볼 수 있는 식이었으나, 길거리 밴드는 사람들이 그의 말에 따라 직접 반응하고 같이 춤도 추는, 언어부터가 아이슬란드어로 추정되는 말이었으니까. 춤을 추다가 갑자기 박자가 느려지면 춤추던 사람들이 모두 개구리처럼 앉고 10을 셈과 함께 일어나서 놀이도 하고. 휴식 전 막바지 공연에서는 기차놀이가 이어졌다. 매우 즐거워하는 야스코의 적극적인 권유로 우리 모두 기차놀이를 하며 이동했고, 기차놀이는 우리나라의 동대문 놀이처럼 빠져나오지 못한 사람들을 안에 가두는 것으로 마무리되었다. 모두 즐거워했고, 우리 역시 즐거운 마음을 가지고 다른 장소로 이동했다.

도시가 작기 때문에 이동이라고 해 봐야 갈 곳은 없었다. 다시 텐트 쪽으로 지금 어떻게 되어 가고 있는지 보려 이동했고, 여전히 아무것도 없음을 확인하고는 항구로 향했다. 이번에는 로큰롤 연주였고 여자는 몸을 흔들기만 했으며 노래는 주로 남자가 불렀다. 바닥의 떨림을 온몸으로 느껴가며 음악 감상보다는 사람들 구경과 분위기 감상, 사진 찍는 일에 열중하던 우리. 이번에 붙들린 사람은 내가 아닌 K와 야스코였다. K에게 춤을 제안하고, K와 춤을 마친 후에는 야스코와 함께 춤을 춘, 그 후에도 여러 여자들에게 춤출 것을 제안하는 남자. 그 밖에 다른 사람들도 동양인인 우리가 신기했는지, 같이 사진 찍을 것을 제안했다. 처음에 낯설었던 음악은 갈수록 익숙해졌으며, 우리에게 쏟아진 관심을 부담스러워한 두 여자의 의견에 따라 11시 20분에 다른 곳을 찾아서 다시 이동했다.

조금 전까지만 해도 신나게 즐겼던 길거리 밴드는 이제 막 공연을 마쳤는지 짐을 싸는 분위기였고 텐트에서 한다는 공연을 보기에는 아직 시간이 많이 남아 있는 터라 다시 항구로 갈까 이야기를 나누다가 근처에 열려 있는 갤러리 룬디(Galleri Lundi, 말로는 퍼핀 박물관, 실제로는 기념품 상점)에 들어갔다. 역시나 살 것은 별로 없었다. '데니시 데이 페스티벌(Danish Day Festival)'이라고 덴마크 국기가 달린 것들을 팔지 않나. 아이슬란드에 와서 덴마크식 기념품을 사 가고 싶은 생각은 추호도 없었다. 몇 분 머무르며 추위도 녹였고, 나는 광복절에 남긴 내 흔적을 게스트북에서 확인해 보았다. 어느새 내 흔적은 두 페이지가 넘어가 있었다.

추위를 녹인 후, 12시가 되기 조금 전에 밖으로 나와 핫도그 푸드트럭으로 가 보았다. 평소에 우리에게 핫도그를 주던 아가씨 대신 차 안에 있는 낯선 사람들. 우선 핫도그 3개를 시킨 후 우리가 자원봉사자인데 공짜로 해 줄 수 있냐고 묻자 자기들끼리 잠시 대화를 나누더니 그러겠다고 해 주었다. 덕분에 절약된 크로나. 처음에는 피에르가 먹던 채식주의자용 핫도그가 생각나 그것을 시켜 보려 했으나 메뉴판에 붙어 있는 덴마크 핫도그. 덴마크 핫도그와 아이슬란드 핫도그가 모두 220크로나여서 덴마크식은 어떤 걸까, 하는 의문으로 세 명 모두 덴마크식을 시켰다. 덴마크식은 아이슬란드식이랑 다를 게 전혀 없었고, 우리는 이럴 거면 왜 이름을 따로 해 놓았느냐며 불만을 터뜨렸다. 밤이 깊어서 그런지 얼마 전까지만 해도 거리 곳곳에서 보이던, 비닐봉지를 가지고 다니며 땅바닥에 있는 쓰레기를 주우며 가족들과 함께 다니던, 아이슬란드의 밝은 미래를 상징하는 듯하던 어린이들은 이제 보이지 않았다.

11시 55분이 되어 불꽃놀이가 한 발…; 한참 후 또 한 발…; 이런 식으로 드문드문 펼쳐지다 12시가 되자 나름 화려하게 바뀌었다. 우리는 불꽃놀이를 보며 한 바퀴 돌다가 길거리 밴드를 다시 발견하고 조금 구경하다 또 다른 콘서트가 열리는 풀밭으로 이동했다. 항구에서와 마찬가지로 트럭 위에는 남자 네 명으로 구성된 밴드가 공연 중이었고, 남자 중한 명은 프란체스카가 실내에서 입고 다니는 바지와 매우 유사한 바지를입고 있어서 우리는 그 이야기를 하며 웃었다. 음악은 아까보다는 요란했고 적당히 즐기다 12시 30분쯤, 아마 모두 자고 있지 않을까 하는 생각을 하며 우리도 이제 자야 되지 않겠냐는 생각이 들어 숙소로 향했다.

항구 방향으로 돌아가고 싶었으나 앞장선 야스코는 어떤 계단을 올라갔다. 이렇게 왔으니 이제 밑으로 어떤 집의 가장자리를 지나 내려가야 했는데 어두워서 그런지 방향을 잘못 잡아 왼쪽으로 틀었고 약간 헤맸다. 다시 빙 돌아서 오른쪽으로 가다가 마주친 아이슬란드 아저씨 두분. 그중 나이가 많아 보이던 분이 우리를 불러 세워 여러 이야기를 나눴다. 야스코가 일본에서 왔다고 하니 우리 모두 일본에서 왔냐고 묻고, 내가 야스코만 일본이고 K와 나는 한국이라 하니 놀라는 표정을 지으며 한국전쟁에 관해 얘기하더니, 이어서 나오는 통일 이야기. 외국인임에도 불구하고 한국의 남북문제에 대해 매우 큰 관심이 있었으며 자기가 죽기 전에 통일이 되는 것을 꼭 보고 싶다고 했다. 사실 여기서 그에게 큰 감동을 받았다. 예의상 그렇게 말해 주는 것일 수도 있으나 어쨌든 외국인이 죽기 전에 통일을 보고 싶다니. 나 같은 사람은 통일에 대해 이미 무감각해진 지 오래인데. 남북관계가 점점 좋아지고 있으니 최대한 희망적으로 보고 있으며 아마 20년 이내에 통일이 이루어질 것으로 전망한다고 하니 기쁜 웃음을 지었다. 그리고는 먼저 나에게 나이를 물었다.

"24살이에요."

아저씨는 매우 놀라 했고 이번에는 야스코에게 나이를 물었다.

"33살이요."

이번에도 놀라는 아저씨. 처음 봤을 때 야스코는 25살 정도 된 줄 알았다면서 둘 다 너무 어려 보인다고 했다. 이번에는 K 차례. 아저씨는 K에게 나이를 묻는 대신 나에게 K가 내 여자친구인지를 물었다. 내가 대답하기에 앞서서 나오는 K의 부정.

"아니에요."

K의 목소리는 강했고, 아저씨는 조금 놀란 듯 가만히 있었다. 어색한 분위기를 만회하고자 나는 K는 그냥 좋은 친구일 뿐이라며 화제를 돌렸다. 그리고 야스코를 가리키며 정말 어려 보이지 않냐고, 나도 처음 봤을 때는 25살 정도로밖에 보이지 않아서 내 친구인 줄 알았다는 실없는 이야기를 했고 아저씨는 자신의 나이를 맞춰 보라고 하더니(경력을 말해주는데 대충 다 더해 보니 60대였다) 우리가 마음에 들었는지 바로 앞에 있는 집을 가리키며 자기 집에 와서 맥주나 마시다 가지 않겠냐고 제안했다. 잠자리에 들고 싶어 내키지 않아 하는 두 여자의 눈빛을 무시한 채 나는 흔쾌히 초대에 응하고는 두 명을 끌고 아저씨네 집으로 향했다. 현지인과의 교류 목적도 있고, 언제 또 아이슬란드에서 아이슬란드 사람 집에 초대되어 찾아가 볼 기회가 있겠는가.

발코니로 올라가자 놀란 눈으로 바라보는 사람들. 뜻밖에 찾아온 손님인 우리는 그들과 인사를 하고, 나란히 길거리 방향으로 있는 의자에 앉았다. 우리에게 맥주 한 캔씩을 주고는 이어진 대화. 이어서 안주로 치즈와 빵이 나왔는데, 치즈는 현지에서 직접 만든 듯, 맛과 향이 매우 강했다. 조금 독특하다고 생각하고 있는데 야스코가 아주머니에게 물었다.

"치즈가 정말 맛있네요. 이거 직접 만든 거예요?"

친척 중 누군가가 만들었다는 아주머니. 야스코는 우리에게도 치즈가 매우 맛있다고 자꾸 권하며, 그런 치즈를 상점에서 구할 수 없다는 것이 못내 아쉬운지 계속해서 치즈를 잘라 먹어치웠다. 야스코에게서 치즈가 맛있다는 말을 들어서일까. 나도 맛있게 느껴졌고, 우리는 아주머니가 내온 치즈를 모두 먹어치워 그녀를 흡족하게 했다. 새로운 메뉴를 가지러 들어가고 아까 하다 멈춘 나이 맞추기. 아저씨는 K에게 25살이냐고 물었다.

"아니에요, 저 19살이에요."

또다시 나온 강한 부정. 저번에 루카스에게 들은 인디언 얘기 때도 그렇고 이번에도 꽤 상처받은 듯 보였다. 나중에 그걸 가지고 놀려먹자 그녀가 말하길 나나 야스코가 예상보다 훨씬 많아서 일부러 높게 불렀을 것이라고 했는데 과연 그랬을까. 19살. 그러고 보니 여기는 십대 (Teenager)가 정말 많았다. K를 비롯해 나탈리, 루카스, 아카리, 줄리아와 카말. 나는 십대의 마지막에 무엇을 하고 있었을까.

이어서 나온 것은 아이슬란드 특산품이라는, 우리나라의 북어와 비슷한 드라이 피시. 저번에 식탁에서 한 번 나왔으나 먹고 싶은 생각이 들지 않아 넘겨 버렸던 것이었다. K의 말로는 캣 피시(Cat fish), 메기라나? 메기. 한국에서 메기를 파는지는 모르겠으나 현지인의 정성인데, 안 먹는 것도 예의가 아닌 것 같아서 이상한 맛임에도 불구하고 조금씩 먹다가 나중에는 안주도 없고 해서 그냥 다 먹어치웠다. 먹기가 참 힘들었는데 나와 야스코가 고군분투하는 것을 보고 아저씨는 그렇게 다 먹는 것이 아니고 윗부분만, 그러니까 손으로 뜯어지는 부분만 먹는 것이라고 알려 주었다. 어쩐지, 도저히 먹을 수가 없기는 했다. K는 그걸 알기까지 고생 하던 나와 야스코와는 달리 손이 아닌 이빨을 사용해 열심히 뜯어먹었 지만.

그다음 나온 것은 상어. 조그맣게 썰어진 것이었는데 냄새는 맡지 말 고 그냥 씹으라고 충고해 주었고, 맛은 고약했다. 이런 걸 특산품이라며 먹다니. 그런데 이야기 도중 사람들은 뜻밖의 사실을 알려주었다. 드라 이 피시나 상어 같은 것이 아이슬란드의 특산품이기는 하나 아이슬란드 사람들은 먹지 않으며, 순전히 이 나라를 방문하는 손님들을 위한 특산 품으로만 사용된다는 것이었다. 맛이 없어서 안 먹는다나? 어이가 없었 으나, 어차피 버릴 거면 그런 식으로 포장해서 외국인들에게 파는 것도 괜찮은 방법이라는 생각이 들었다.

여러 이야기를 나누다 우리에게 담배를 권하는 아저씨. 아이슬란드 담 배인 것 같아서 K에게 아이슬란드 담배도 한 번 해보라고 장난삼아 권유 했는데 아저씨가 이건 아이슬란드 담배가 아니라며 '말보로'라는 상표를 보여 주었고, K는 한 개비를 입에 물었다. 야스코 역시 한 개비. 아저씨 는 10대가 담배 피우는 것을 보고는 담배는 안 좋은 것이라며 K에게 끊 을 것을 약속하자고 했고, K는 아저씨와 손가락을 걸었다. 약속은 반 시 간도 안 되어 깨졌지만.

다음으로 나온 것은 갈색과 검은색 사이에 있는 어떤 가루. 아저씨는 나보고 코에다 들이마시라고 했고 뭣도 모르고 코로 들이마신 나는 눈 물을 흘리며 몇 번의 기침과 함께 코를 풀었다. 화생방 같은 느낌. 함께 온 두 여자는 괜찮은지 물으며 걱정해 주고, 아저씨는 웃으며 그걸 한쪽

코로 들이마셔야지 양쪽 코로 들이마시면 어떻게 하냐고 했다. 무엇인지 물어보니 나온 대답은 타바코(Tobacco). 타바코면 담배 아닌가. 이게 왜 이런 모양인가, 아니 식물인가, 별의별 생각을 다 했고, 도저히 참지 못해 그새 일행들에게 새로운 담배를 건네준 아저씨와 그 담배를 입에 물고 피는 야스코, K를 따라 나도 한 개비를 달라고 하고는 입에 물었다. 내 생에 있어서 네 번째 담배. K는 상냥하게도 그렇게 피는 것이 아니라며 숨 들이마시는 방법을 설명해 주었고, 나는 침을 뱉지도 않고 괴로워하는 기색 없이 잘 피는 다른 사람들을 보며 많이 놀랐다. 담배 역시 괴로웠으나 괴로움과 다른 괴로움이 만나니 오히려 서로 중화가 되어 살 것 같은 기분이었다. 딱 세 입만 피우고는 담뱃불을 끄며 K에게 나보다 어린 한국 여자가 내 옆에 앉아서 태연히 담배 피우는 것을 볼 거라고는 생각지도 않았다고 하자 그녀가 말했다.

"아이슬란드잖아요(This is Iceland)."

This is Iceland! 하긴, 나 역시 이곳에 와서 특이한 일이 생기면 "This is Iceland"라는 핑계, 혹은 자기 위안을 삼으며 넘어갔었다. 외국에 나와 있다는 사실은, 일상생활에서의 작은 일탈과 변화를 쉽게 허락해 주는, 일종의 특권이었다.

처음에는 현지인들과 여러 이야기를 하며 놀았으나 그들은 친척 사이고 우리는 아시아에서 온 세 명의 이방인. 처음 만난 것이 몇 시간 전이었으니 공통 화제가 많을 리 없었다. 시간이 흐를수록 그들은 아이슬란드어로, 우리는 영어로 서로 대화를 나누며 갈라졌고, 어떤 여자는 맥주를 한 캔 더 부탁하니 없다고 하며 자신이 먹을 맥주만 가져왔다. 실내에 잠깐 들어가 내부 구경을 한 후, 2시 50분이 되자 우리는 즐거웠다며 이

제 자야 되겠다는 인사를 하고 나왔다. 1시만 해도 이왕 이렇게 된 거 밤을 새우자는 분위기였으나 가장 연장자인 야스코가 이제 잠을 자러 돌아가야 되지 않겠냐고 물었고 K도 그에 수긍하는 분위기였으므로. 19번 집에서 나온 길치 세 명은 이번에는 숙소까지 문제없이 찾아갔고, 가는 길에 K에게 우리끼리라도 밤을 새워 볼까 하고 제안했으나 K는 "공기 계속하면서요?"라고 반문하며 거절했다.

길었던 하루. 우리는 3시 조금 넘어서야 잠자리에 들었다.

# 20. 마지막 봉사
## (8월 17일, 12일 차)

오늘 나를 깨운 건 아침 담당인 마리아. 깨웠나 보다 생각하고 누군지 얼굴을 확인하고는 엎어져서 다시 바로 잤고, 마리아는 그냥 웃으며 나갔다. 얼마나 지났을까. 누군가의 발바닥을 간질이는 손길. 나도 모르게 "OK" 하며 정신이 번쩍 들어 일어나니 피에르가 웃으며 잘 잤냐고 인사를 해 왔다. 보통 내가 남을 깨우는 방식은 베고 있던 베개를 움직여 주는 것이었는데, 오늘 배운 확실하게 잠을 깨우는 방법. 효과는 찬물을 뿌리는 것만큼이나 확실했다.

시계를 보니 6시 40분. 원래 기상 예정 시각보다 40분이 지나 있었으나 늦어도 별말 안 하는 현지인들이니… 아침 식탁에는 이미 대여섯 명이 자리를 잡고 앉아 있었는데, 아침을 먹으려 하기보다는 일어나서 마땅히 갈 곳이 없으니 식탁에 앉아 피로를 푸는 듯 보였다. 루카스도 어차피 어제처럼 일을 끝마치고 아침을 먹을 거라 했고 나도 당연히 그러리라 생각해, 오랜만에 따뜻한 차 한잔을 과자 한 조각과 함께 먹은 후 샤워를 하러 내려갔다. 그러나 내려가서 생각해 보니 이미 시간이 많이 지나 있었으므로 샤워는 무리인 것 같아서 다시 올라왔다. 일터로는 7시에 출발했다.

처음에 간 곳은 부두. 우리는 세 팀으로 나뉘었고 나는 루이지, 마르타, 야스코, 카말과 한 그룹이 되어 캠핑 장소로 차를 타고 이동했다. 도착하니 보이는 엄청난 차량. '바비큐 파티라는 것은 여기서 가족별로 했나 보구나'라는 생각과 함께 현지인 아저씨 말대로 정말 4,000명이 왔을 수도 있다는 생각이 들었다.

할 일은 평소와 마찬가지로 쓰레기 줍기. 5명 모두 자신의 페이스에 맞춰 뿔뿔이 흩어졌고 캠핑 온 사람들이 쓰레기를 스스로 치웠는지 의외로 쓰레기가 별로 없어서 어지러운 부두에 남겨진 5명을 불쌍히 여기며 보이는 담배꽁초 하나하나까지 모두 주우며 다녔다. 나중에야 그 뒤에도 엄청난 공간이 펼쳐져 있다는 것을 알게 되었지만. 쓰레기를 주우며 이 정도면 깨끗하구나 하는 생각을 하고 슬슬 일행들을 찾아보았으나 보이지 않는 동료들. 한참의 시간이 지난 후 입구 쪽에서 야스코를 발견했고 1~2분 후 카말도 발견했다. 시계도 9시를 넘게 가리켜서 이제 가 봐야 되지 않겠느냐는 생각을 하고 나머지 두 명을 찾아 한 바퀴를 돌며 불러 봤으나 대답 없는 루이지와 마르타. 포기하고 가려는데 카말이 루이지가 보인다고 했고 멀리서 무거운 쓰레기 봉지를 들고 걸어오는 루이지를 발견했다. 이제는 진짜 가자며 캠핑 장소 밖으로 나가자 때맞춰 차를 몰고 등장하는 현지인 아저씨. 다 했느냐는 질문에 양심의 가책을 받으며 그렇다고 대답하니 우리를 태우고 다시 항구로 향했다. 그곳에 모여 있는 나머지 일행들. 잃어버린 줄만 알았던 마르타 역시 그곳에 와 있었다.

이제 숙소로 들어가 쉬는가 싶었으나 아저씨의 요청에 따라 루카스는 우리를 두 팀으로 나누었다. 이번에 같은 팀이 된 동료들은 나탈리, 야스코, 줄리아, 카말, 페린 그리고 피에르. 우리 7명은 섬 방향으로 이동했으며 나머지 8명은 루카스를 따라 텐트가 쳐져 있는 곳으로 이동했다. 다리를 지날 때까지만 해도 괜찮던 섬은, 언덕 밑 부분에 쓰레기가 엄청나게 많이 있었다. 카말은 바다 쪽에서, 나는 섬 쪽에서 쓰레기들을 줍고 나머지는 위로 올라갔는데, 얼마 안 있어 이상한 박스를 하나씩 들고는 차례로 내려오는 동료들. 나도 하던 일을 멈추고는 그들과 박스 옮기는 일에 동참했고 무엇인지 보니 어제 폭죽을 터트리고 남은 쓰레기였다. 은근히 무거웠고, 약간 가파른 계단을 오르내리는 일이라 두 명이 하나씩 들었는데 야스코가 계단 난간에 상자를 걸친 채 미끄러뜨리며 내려오면 힘도 훨씬 적게 들고 안전하다는 사실을 알려줘 어렵지 않게 밑으로 가져올 수 있었다.

폭죽의 흔적을 모두 나르고 5명은 다시 위에서, 나와 카말은 밑에서 작업했는데 쓰레기가 어찌나 많고 까다로운지 거의 한 시간을 한 블록에만 머물러 있었다. 11시가 조금 안 되어 위에 올라갔던 일행들은 하나씩 내려왔고 줄리아는 웃으며 내가 여기서만 거의 1시간을 소비한다고 했다. '나도 위에 올라가서 경치나 구경하면서 일할걸' 하는 생각을 하며 후회했고, 우리는 텐트를 쳤던 장소로 이동했다.

그들은 1시간 내내 텐트 작업만 했는지 텐트는 많이 철거되어 있었고, 트럭 위에는 루이지, 루카스, K가 쌓여 있는 의자들과 함께 올라 타 있었다. 셋은 곧 트럭을 타고 어디론가 이동했고, 나머지는 텐트의 남은 잔해를 철거했다. 철거가 끝날 때쯤 세 명은 다시 트럭을 타고 돌아왔고, 루카스, 마르타와 프란체스카가 점심용 파스타를 한다며 먼저 보너스로 이동한 후 나머지는 남아서 철거한 막대기 등을 용도별로 분류한 후 이동하기 쉽게 잘 묶어서 쌓아 놓는 단순 작업을 계속했다.

일은 12시 40분이 되어 모두 끝났고 아저씨는 여태 수고했다고, 도와
줘서 고맙다고 하며 오늘로 우리의 일은 모두 끝났으니 남은 시간 동안
열심히 즐기고 어디든 특별히 가 보고 싶은 곳이 있으면 알려 달라고 했
다. 아침도 안 먹고 공복에 조금 피곤하기도 했지만, 그 말을 듣는 순간
기쁘다기보다도 어이가 없었다. 사람들이 너무 착해서인가? 아직 눈에
보이는 쓰레기들도 엄청나게 많고 우리는 자원봉사자들인데. 더군다나
하루 8시간 동안은 일할 것을 생각하고 왔는데 자유 시간도 엄청 많이
주고, 일도 별로 안 시켜 놓고는 아직 일할 기간이 이틀이나 더 남았는
데도 모든 일이 끝났다니. 오늘만 해도 6시간이 조금 안 되게 일을 하지
않았던가. 야스코는 일을 너무 조금 해서, 자기는 여기 와서 무엇인가를
바꾸어 가고 싶었는데 하나도 바뀐 것이 없다며 그 점을 약간 불만족스
럽게 생각한다고 했는데, 그녀의 생각에 동질감을 느꼈다. 어쨌든, 모두
남은 이틀 동안 무엇을 하며 지낼까를 얘기하며 숙소로 돌아왔다.


두 이탈리아 여성과 리더가 만든 파스타는 1시가 조금 넘어서 완성되
었다. 생긴 것과는 다르게 맛있었고 첫날, 루이지가 했던 이야기가 생각
났다. '이탈리아인들은 모두가 요리를 잘한다는 편견이 있다'. 그전까지 이
탈리아 하면 떠오르는 생각에 피자나 파스타는 있었어도 그런 개념은 없
었는데, 점점 더 새로운 관념이 머릿속에 형성되어 갔다. 경험에 의한 새
로운 고정관념. 그 밖에 수프와 샐러드도 있었는데 어제저녁에 먹었던 것
과 똑같은 수프와 샐러드였고, '어제 먹다 남은 걸 재탕한 것이 아닐까' 하
는 생각이 들었다. 물론 수프는 봉지에 있는 것을 까서 물을 조금 부어

끓이기만 하면 되니까 어제 것은 아니었지만⋯. 식사를 마치고는 프란체스카를 시작으로 하나둘씩 잠을 자러 자기 방에 들어갔고, 나는 카말과 함께 1:1로 카드를 한 게임 한 후, 2시부터 계속해서 일기를 썼다. 카말도 방으로 들어가고 거실에 남은 것은 식탁의 나와 소파의 미레이아뿐.

"어제 세 시간밖에 안 잤잖아. 피곤하지도 않아?"

"그래도 자기에는 조금 시간이 아까워서. 밀린 일기도 써야 되고. 너는?"

"응, 나도 조금 아까운 것 같아서. 일단 여기서 책이나 읽다가 졸리면 그때 들어가서 자지, 뭐."

10분이나 지났을까. 방에서 나오는 피에르. 피에르는 소파의 미레이아를 보며 뭐라 대화를 나누더니 또다시 둘이 부둥켜안고 키스했다. 저번 화요일에도 나만 보는 상황에서 키스하더니 이번에도 식탁의 내가 뻔히 보고 있는 상황에서 키스하다니. 다시 한 번 투명인간이 된 것 같았다. 그리고 그때까지 둘이 그런 사이가 된 것을 아는 건 나밖에 없는 것 같았다. 둘은 그대로 소파에 포개져 누워 서로 껴안고는 자는지 어떤지, 꼼짝 않고 가만히 있었고, 차례로 거실을 들락날락하던 카말, K, 줄리아가 그 광경을 보며 누군지 자세히 본다던가, 놀람과 이해가 안 간다는 표정을 지으며 나를 빤히 쳐다보고, 의아한 표정을 지으며 누군지 확인했으므로. 어차피 나랑은 문화가 다르니 봐도 별문제 없다는 생각이었을까. 다시 한 번 나온 카말이 잠시 그들을 보다가 피에르를 깨웠고, 무슨 이야기를 하더니 피에르는 미레이아와 함께 방에 들어가 돈을 가지고 나와 세어 가며 카말에게 얼만가를 쥐어 주었고, 카말은 그 돈을 받더니 밖으로 나갔다. 얼마 안 있어 다시 돌아온 카말. 나에게 피에르가 어디 있는지를 묻고는 피에르를 찾아 그의 방으로 들어가더니 나와서 나에게 230크로나만 빌려달라고 부탁했다. 돈도 없고 카드도 없으니 이건 빌려 주는 것이 아닌데… 그러나 뭐, 깨어 있는 사람도 없고 귀찮아질 것 같아서 그냥 210크로나를 빌려, 아니 주었고, 다시 방으로 들어가는 길에 살짝 보니 피에르는 루카스와 이야기를 나누고 있었다.

"피에르. 아까 카말이 너 찾던데?"

"응, 알아. 들어왔었어."

밖으로 나갔던 카말은 3시 반이 돼서 돌아오더니 어제와 마찬가지로 나에게 같이 수영장에 갈 것을 제안했다. 피에르에게 물어 저녁이 6시에 호텔 레스토랑이라는 것을 확인받고는 밖으로 나왔다. 조금씩 쏟아지는 이슬비. 위로 다시 올라가서는 우산을, 그리고 사진기와 잠바도 함께 가지고 나왔다. 사진기는 이곳에서의 시간이 얼마 안 남았으므로 구석구석 도시의 모습을 찍기 위해서, 그리고 잠바는 호텔 갈 일을 대비해서. 수영장으로 가며 카말에게 물어보니 자신은 우산이 없다고 해서 가능한 길은 우산을 같이 쓰며 걸어가는데, 카말이 갑자기 나에게 질문을 했다.

"창성아, 너 여자친구 있니?"

갑자기 웬 여자친구 얘기일까.

"아니, 없는데. 있다면 이런 곳에 오지 않았겠지."

"왜?"

"여자 친구가 많이 싫어했을 거야. 자기 놔두고 이런 곳에 혼자 오면. 너는?"

"응, 나도 없어. 그래서 많이 외로워. 아직까지 한 명도 없었거든."

"그렇구나. 뭐, 얼마 안 있으면 사귀게 되겠지."

"응, 대학 가면 사귈 수 있겠지."

"응. 너 고등학생이야?"

"응, 조금 늦은 편이지."

K에게서 카말이 고등학생이라는 말을 얼핏 들은 적이 있었으나 설마했다. 고등학생이 이런 프로그램이 참가할 수 있을 줄을 몰랐으므로.

수영장 도착 후, 먼저 들어가는 카말에게 잠깐 인터넷을 한다고 말하고는 4시 30분까지 인터넷을 검색하고 이메일을 확인했다. 도중에 온 피에르와 함께 수영장으로 들어간 것은 4시 40분. 조금 후에는 나탈리, 마리아, 페린이 와서 같이 수영도 하고 수중농구도 하며 놀았다. 결국, 오늘 수영장에 온 것은 이렇게 6명. 탈의실에서는 6시 5분에 나왔다가 우산을 안 가져온 것을 발견해 다시 가져오고, 호텔에 도착한 것은 15분이 늦은 6시 15분이었다. 이상하게 아직 아무도 와 있지 않았고 우리 6명은 뻘쭘하게 앉아서 나머지 일행을 기다렸다.

마침내 모습을 드러낸 다른 8명의 일행(이상하게 루이지가 보이지 않았다). 그들의 모습이 보이자마자 우리는 접시를 하나씩 가지고 가서 음식을 옮겨 담기 시작했다. 먹으면서 루카스에게 접시의 다른 용도에 대해 배우기도 했고, 도중에 주방장이라는 사람이 한 명 나왔는데 이탈리아인이었다. 그는 마르타, 프란체스카와 무엇인가를 이탈리아어로 한참 떠들었다(그녀들이 전해 주기로는 이 도시는 너무 작고 지루해서 한 달만 지나면 새로운 것이 없다고 말했단다). 이어서 후식으로 나온 케이크. 케이크 역시 매우 맛있었고, 식사를 마치기가 무섭게 카말은 사라졌다.

이번 식사시간은 조금 지루했다. 도중에 나온 이야기는 나, 야스코, K의 어제 활약상과(나머지는 다 11시 30분쯤에 들어가서 잤다고 했다) 루이지의 행방(미레이아가 가기 전 모든 방을 돌아다니며 사람이 있는가를 확인했는데 우리 방에는 아무도 없어서 그냥 나왔다고 했다. 그러면서 자기가 잘못 본 것이 아니기를 바란다고 했다), 각각의 전공에 대한 이야기(그들은 경영이 가장 말도 안 되는 학문이라는, 대부분이 복수전공으로 경영을 선택하는 한국인의 관점과는 상당히 다른 의견을 내놓았다), 그리고 사소한 이야기들. 내 옆의 루카스는 맞은편의 페린에게 계속 불어를 물어보고, 나도 거기에 동참하고 싶었으나 모자란 불어 실력을 탓할 뿐이었다. 더군다나 계속 비가 오는 바람에 나갈까 말까 뭉그적거리다 보니 자리에서 일어난 시각이 8시 40분. 덕분에 디저트만 세 번을 가져다 먹었다.

비가 조금 잠잠해졌다 싶어서 일어났으나 로비로 나와 바깥을 바라보자 아직도 간헐적으로 쏟아지는 여우비. 모두 현관 앞에서 갈 생각을 안하고 호텔에 있는 관광 책자들을 읽거나 이야기를 나누었고, 나 역시 호텔 내에 있는 책자들을 모조리 싹쓸이해 수영복이 들어 있는 백에 집어넣었다. 한참을 기다려도 갈 생각을 하지 않고 도리어 호텔 로비로 들어가 소파 등에 앉는 아이들. 보니까 나를 제외하고는 모두 우산이 없어 보였고, 나는 한숨을 쉬며 K에게 물었다.

"비 오는 거 뻔히 알면서들 왜 우산을 안 가지고 온 거야?"

"아예 여기에 가져오지 않은 게 아닐까요? 방수복이랑 우비 가지고 오라고 했으니까."

"그래도 우산은 기본 아니야?"

답답해서 현관에 있는 나탈리, 아카리, 야스코, 그리고 K에게 그냥 우리끼리라도 가자고 했다. 비 때문에 망설였으나 그칠 기미는 보이지 않기에 제안에 응하는 동료들. 그런데 채 몇 걸음을 떼기 전에 나탈리가 나는 잠바가 있으니까 우산이 필요 없지 않느냐면서 내 우산을 빼앗아갔다. 14명의 일행 중 유일하게 우산을 가져왔던 나는 결국 잠바와 거기에 달린 모자를 쓰고 갈 수밖에 없었고, 야스코는 나보고 만날 빼앗기기만 한다고 웃었으며, 결국 내 우산은 아무것도 입지 않은 나탈리와 방수가 되지 않는 옷을 걸친 아카리, 이렇게 두 명을 보호하며 왔다. 한참을 걷다 뒤를 바라보니 그제야 나머지 일행도 호텔에서 나오는 중이었다.

나탈리와 아카리가 우산을 쓰며 앞장서고, 뒤에 셋이 같이 가다가 K가 치고 나가 또다시 나와 야스코가 같이 가는 형태. 그리고 보면 K와도 많은 대화를 나눴지만, 야스코와 함께 나눈 대화도 만만치 않았다. 내가 초등학교 일부를 외국에서 수학한 사실을 아는 것도 야스코뿐이고. 어찌 보면 K보다 더 많은 대화를 나눴을 수도 있다는 생각이 들었다. 가다가 언덕을 오르락내리락할 때는 둘이 같이 쓰고 갈 수가 없으므로 아카리 역시 나탈리에게 우산을 빼앗겼고, 나는 도착하면 빨래부터 해야겠다는 생각을 했다. 비도 오고 있으니 잠바까지 해서 더욱 서둘러야겠다는 생각과 비 때문에 빨래를 하려는 사람이 많을 테니 조금 기다렸다가 차순위자와 같이 돌리겠다는 생각도.

도착하니 이상하게 문이 잠겨 있었다. 리더가 아니기에 아무도 키를 가지고 있지 않았고 나는 안에 있을 것으로 예상되는 카말을 소리쳐 불렀다. 바로 다음으로 도착한 피에르. 피에르 역시 키가 없다고 했고 속속들이 도착하는 일행 중에도 키를 가지고 있는 사람은 아무도 없었다. 결국, 믿을 건 안에 있는 사람뿐. 몇 번을 소리쳐 자포자기하는 심정으로 카말을 불렀는데 다행히 소리를 들었는지 문을 열어 주는 카말. 아마도 우리의 목소리가 들리는 거실, 아니면 밑의 화장실에 있었나 보다.

방에 들어가니 루이지가 침대에 누워 있었다. 일어나 보니 아무도 없어서 수영장에 가 봤는데 거기에도 우리가 없었고, 그래서 다시 돌아왔는데 역시 아무도 없어서 그냥 누워 있었다는 루이지. 마침 우리 방에 들어온 미레이아는 자기가 깨우러 여기도 왔었는데 아무도 안 보였다며 미안하다고 사과했다. 괜찮다며 어디서 무엇을 먹었는지 물어보는 루이지. 미레이아는 호텔에서 먹었는데 마지막이어서 그런지 특식처럼 매우 맛있었다는, 내가 보기에는 약간 눈치 없이 이야기했으나 루이지는 크게 개의치 않는 듯했다.

미안한 마음을 뒤로 한 채, 빨래하러 재빨리 옷을 갈아입고는 잠바 등을 가지고 밑으로 내려갔는데 이미 세탁기를 켠 야스코. 아직 돌린 지 채 일 분도 안 되었고, 그래서 나는 같이 하자며 세탁기 뚜껑을 열려고 했으나 굳게 닫혀 있었다. 야스코는 세탁기를 돌리기 시작하면 원래 잘 안 열리는 것 아니냐며 전원을 껐다 켜 보았고 그래도 안 되자 코드를 뽑았다 끼면 어떻겠냐고 제안했다. 코드를 빼기 위해 세탁기 위로 올라가니 들리는 둔탁한 소리. 야스코는 깜짝 놀라고 나도 깜짝 놀라 내려온 다음 다른 방안을 연구했다. 원래 내가 양보해야 되는 것이기는 했지만 나도 비에 젖은 옷을 가지고 양보하기는 싫었으므로. 한참의 실랑이 후에야 세탁기 뚜껑이 열렸고, 내 옷까지 모조리 넣으니 세탁기가 꽉 차기는 했으나 그래도 다행히 작동에는 지장이 없었다. 그리고는 다시 거실로 와서 우산을 말리려 펼쳐 놓았는데 집 안에 우산을 펴 놓는 것은 불운을 가져온다며 기겁을 하고 우산을 탁탁 털어서 접는 카말. 은근히 미신적이었다.

올라와서는 다시 거실 탁자의 가장 편한, 등받이가 있는 의자에 앉아 오늘 있었던 일들을 쓰기 시작했다. 방에 들어갔다 나오는 야스코. 밑에는 처음 보는 바지를 두르고 있기에 처음 본다고 말했더니 여기서 산 버프(Buff) 같은 거라며 스카프 등으로도 쓰이고 침대보나 탁자로도 쓰는 등 용도가 다양하다고 했다. 그 후 야스코와의 대화. 야스코 역시 나의 일기에 많은 관심을 보였으며 나는 이제야 오늘 오전 10시 일을 쓰고 있다고, 아직 갈 길이 멀다면서 몇 페이지를 번역해 주기도 했다. 6페이지를 쓴 어제의 일기장을 보여 주자 정말 많이 쓴다며 놀라워하는 야스코. 나는 조금 더 상세히 설명해 주며 대화 같은 경우에는 주로 K와의 대화를 쓰며 아무래도 영어로 한 대화는 번역이라는 점과 무슨 말을 했는지 기억하기 어려운 단점이 있는데 한국인과의 대화는 번역이 필요 없고 기억도 잘 나서 그게 이유일 거라고 말했고 야스코는 대충 이해하는 눈치였다. 그러면서,

"지금 이런 말 나눈 것은 적을 수 있겠네. 대화체로는 아니지만 무슨 이야기를 했다는 식으로."

라고 농담 삼아 말했다. 실제로 일기장에 적었지만….

밤 10시 40분. 아직 거실에는 많은 사람이 둘러앉아 책을 보거나 휴식을 취하고 있었고, 나는 피곤한 나머지 다른 사람들보다 먼저 잠자리에 들었다.

# 21. 아이슬란드 박물관
## (8월 18일, 13일 차)

 시계를 보니 7시 40분. 먼저 세탁기로 내려가 나와 야스코의 빨래를 건조기에 집어넣어 돌리고는 다시 뭉그적거리기. 8시 50분이 돼서야 밖으로 나오니 오늘 아침 당번인 마르타 대신 마리아와 페린이 아침을 준비하고 있었다. 밑으로 내려가 샤워를 마치고 올라오니 식탁에 앉아서 아침을 먹고 있는 것은 마리아와 페린뿐. 첫 번째 빵을 끝내자 루카스가 네 번째로 식탁에 등장했고 9시 30분, 두 번째 빵을 먹고 일어서려니 아카리가 졸린 눈을 비비며 다섯 번째로 모습을 나타냈다. 어쨌든 루카스가 나와서 다행이라고 생각하며 루카스에게 언제 떠나는지 물어보니, 아직 정해진 것은 없다고, 그들이 전화한다고 했는데 어제도 그렇고 오늘도 아직까지 전화가 없다고 했다. 내심 다행이라는 생각을 하며 그럼 그냥 나간다고 하고 무슨 일 생기면 전화해 달라고 하니 루카스는 알았다고, 그러겠다고 대답했고 나는 가방을 메고 밖으로 나갔다.

 처음 도착한 것은 갤러리 룬디. 사진기 속 필름은 12장밖에 남아 있지 않았고 새로운 필름은 없었으며, 남은 3일 동안 내가 머물렀던 이 도시를 가능한 한 많이 사진 속에 담아 두고 싶었다. 필름이 있냐고 물으니 없다고 대답하며 다른 상점을 알려 주었는데 그곳도 아마 11시는 되어야 열 것이니 별 기대는 하지 말라고 했다. 그때가 10시였으니, 자칫하다간 1시간을 기다려야 할 판. 어쩔 수 없이 이번에는 기념품도 같이 파는 '시 투어(Sea tour)'로 들어갔다. 마침 그곳에서 나오는 남자와 인사를 주고받고는 데스크에 앉아 있는 여자에게 필름을 파는지 물어봤다. 못 알아듣는 그녀.

"필름?"

"카메라요"라며 카메라를 보여 주자 그제야 이해가 가는지 옆에 놓여 있는 다른 데스크로 데려가 필름을 보여 주었다. 36장짜리. 하나당 690 크로나. 한국에서는 3,700원에 샀는데 그 2배나 하다니. 다시 한 번 탄성이 나왔으나 아쉬운 것은 나였기에 36장짜리 2개와 덤으로 50크로나짜리 엽서 한 장을 사고는 밖으로 나왔다. 한국에 돌아가서는 꼭 디지털카메라를 장만하겠다는 다짐과 함께. 밖으로 나오니 비가 조금씩 오기 시작했고, 방수천이 달려 있지 않은 가방이 혹시나 젖지 않을까 걱정되어 숙소로 우산을 가지러 돌아갔다. 도착해서 마주친 K. '아직까지는 아무 연락 없었나 보네'라는 생각을 하며 우산을 쓰고 다시 이동했다.

어디로 갈까. 아무래도 어제 카말과 함께 밑에서만 작업한 것이 마음에 걸렸다. 2주 동안 딱 한 번 올라가 본 섬. 그때도 사진기가 없어서 구경만 했기에 우선 섬에 올라가서 도시 풍경을 한눈에 담을 수 있는 사진을 찍기로 하고는 위로 올라가기로 했다.

몇 번을 가 보았던 곳임에도 불구하고 길을 헷갈려서 섬이 아닌 항구, 부두 방향으로 향했다. 끝까지 가 보니 길은 막혀 있고 앞에 있는 것은 정박해 있는 배들뿐. 걸음을 돌려 섬 쪽 길로 접어들던 도중 여태 있는

지도 몰랐던 조각물을 하나 발견하고 그것부터 사진을 찍었다. 그리고
는 섬으로 향하는 계단. 한참을 올라가다 보니, 셋째 날 아카리와 나란
히 앉아 이야기를 나누던 벤치가 눈에 들어왔다. 정상까지는 약 50m. 여
기 올라올 날도 얼마 안 남았다는 생각에 괜한 회한이 들어 벤치 앞에
서서 10여 분간, 발밑에 펼쳐진 도시를 바라보았다. 여기가 호텔, 여기
가 항구, 여기가 수영장, 여기가 음식점, 이 길이 우리가 평소 지나다니던
길…. 10여 분 후, 인기척과 함께 부부로 보이는 사람이 내가 있는 곳을
지나쳤고, 감상이 깨져 버렸기에 나 역시 그들의 뒤를 따라 정상까지 올
라갔다.

　올라가서는 또다시, 이번에는 동서남북, 바다도 같이 보며 우리가 머물
렀던 도시를 내려다보았다. 우리의 숙소는 언덕에 가려서 잘 보이지 않

았으나, 정말 가구가 별로 없는, 1,240명의 조그만 도시였다. '그런데 이 마을은 고도가 참 낮구나. 이러다 폭우라도 한 번 쏟아지면 다 쓸려가겠는데, 괜찮을까? 나라 자체도 섬나라잖아. 산도 별로 없고.' 이런 걱정을 하며 구석구석 자세히 살펴보는데 내 눈에 들어온 나에게는 낯선 길. 이런 데 와서도 안 가 본 길이 있다니, 이따 내려가서는 가보지 않은 길들 위주로 돌아다니겠다고 마음먹었다. 한참을 그러고 있는데 새롭게 도착하는, 프랑스어를 사용하는 한 가족. 어머니로 보이는 사람이 자식들의 사진을 몇 장 찍었고, 나도 그들에게 내 사진을 부탁할까 생각해 보았으나 이런 곳에서는 사람이 없는 사진이 더 어울릴 것 같았다. 혼자서 몇 장의 풍경 사진을 찍고는 밑으로 내려왔다.

　내려와서 간 곳은 위에서 보았던, 우리 숙소 반대편의 아직 한 번도 안 가 봤던 길들. 구석구석 돌아다니면서 든 의문. 어떻게 된 땅이, 바다와 일자 모양으로 되어 있는 것이 아니라 마을 곳곳이 반도처럼 튀어나와 있는 걸까. 그 반도 면에 속하는 위치에 집이 하나씩 있었고, 집들 사이에는 외부인도 쉽게 지나갈 수 있도록 작은 돌길들이 많아서 다른 방향으로 건너가기가 수월했다. 병원도 거치고 우리가 몇 번 저녁을 먹었던 호텔의 뒷면으로도 돌아가 보며 호텔에서 먹을 때 창문으로만 봤던 큰 교회에도 가 보았다. 교회를 한 바퀴 돌고 있는데 갑작스레 마주친 K와 마리아. 속으로 '역시 나왔구나' 하는 생각을 했다. 우리 일행 중 단체 활동이 없을 때, 밖으로 가장 많이 돌아다니는 사람은 마리아였으며 K 역시 은근히 밖으로 나가 돌아다니기를 좋아했으니까. 아니면, 역시 외국이어서 그런 걸까? 만난 김에 마리아에게 교회를 배경으로 사진을 부탁하고는 같이 들어가 보자고 제안했다.

"우리 방금 거기 들어갔다 나왔는걸."

"그래? 그럼 잠시 들어갔다 올 테니 잠깐만 기다려 줄래?"

"지금 가 봐야 되는데요? 12시에 점심이에요."

"그래? 지금 몇 신데?"

"11시 50분이요."

"그럼 할 수 없지, 뭐. 안은 어때?"

"상당히 좋던 걸. 나는 마음에 들더라."

둘을 보내며 경건한 마음으로 교회에 들어갔다. 월요일 아침의 교회는
문만 열려 있을 뿐 안은 텅 비어 있었으며, 의자에 앉아 잠시 명상에 잠
겨 보다 사진을 찍고 내부 시설만 구경하고는 밖으로 나왔다. 숙소로 발
걸음을 옮기는데 별로 걸음이 빠르지 않은 K와 마리아의 흔적이라든가
모습이 발견되지 않았다. 생각해 보니 이상했다. 아침을 가장 빨리 먹은
것이 나와 마리아, 페린. 오전 9시에 먹었는데 점심을 12시에 먹다니. 아

무래도 밖에서 먹는 것 같아 피에르에게 전화를 걸었다.

"여보세요?"

"피에르? 나 창성인데 우리 점심 있잖아, 숙소에서 먹는 거야?"

"아니, 가스 스테이션(Gas station)이야. 12시에."

"아, 그래? 고마워."

어제의 루이지처럼 혼자 헛걸음질할 뻔했다. 헤어질 때 가스 스테이션이라고 알려주지. 아니, 루카스도, 내가 무슨 일 있으면 전화해 달라고했는데. 빗줄기는 조금씩 굵어졌고, K와 마리아의 손에 우산이 들려 있지 않았던 것을 생각하며 섭섭함과 걱정 속에 가스 스테이션으로 발걸음을 옮겼다.

가스 스테이션에는 정확히 12시에 도착했다. 저번에 햄버거와 많은 양의 감자를 주어 우리를 행복하게 해 주었던 가스 스테이션. 그런데 안에는 손님 한 명뿐, 우리 일행은 아무도 보이지 않았다. 'K가 가 봐야 한다고 하고는 마리아와 같이 나보다 5분 정도 먼저 출발했는데, 우산이 없어서 어디 가서 비라도 피하는 건가' 하는 생각을 하며 종업원에게 물었다.

"혹시 여기 캠프 참가자들 안 왔어요?"

"…?"

"아니요, 아무것도 아니에요."

서로의 영어가 부족한 탓인지, 아니면 캠프 참가자라고 하면 알아들을 것이라 생각한 나의 무지에서였는지. 그녀는 이해가 안 간다는 표정으로 나를 바라보았고, 나는 가장 좋아 보이는 자리를 차지해 우산을 펼치고 앉아 창밖을 바라보았다. 5분쯤 지나서야 모습을 드러내는 K와 마리아, 그리고 뒤에 함께 보이는 줄리아와 페린. 가스 스테이션을 지나쳐 옆 건물로 가더니만 건물 안의 나를 알아보고는 손을 흔들었다. '분명 그때 먹었던 가스 스테이션은 여기였는데, 옆은 가스 스테이션의 특별 음식점인가' 하는 생각을 하며 짐을 다시 다 챙겨 옆 건물로 향했다. 들어가 보니 각종 기념품을 파는 우체국. K에게 물어보니 가스 스테이션 앞을 지나가는데 안에 아무도 없는 것 같아서 편지도 부칠 겸 우체국으로 왔다고 했다. "그래?" 하며 뭐 다른 기념품 살 것은 없는지 구경하고 있는데 우표를 붙인 뒤 내 옆에 온 K.

"풀 있냐고 물어봤더니 그냥 침으로 붙이라네요."

"그나저나 점심 가스 스테이션라고 알려 주지. 혼자서 어제의 루이지 꼴 날 뻔했잖아."

"정말요? 당연히 아는 줄 알았는데."

12시 15분이 되어 밖으로 나와 가스 스테이션 앞을 지나가는데 안을 보니 여전히 아무도 없었다. 잠시 멈춰 섰다가 숙소 방향으로 향하는 네 명의 여성. 어차피 여기로 돌아와야 할 텐데 이번에 또 어딜 가는 걸까. 자리에서 한국말로 "어디 가?" 하고 물었다. 대답 없는 K. 거리는 점점 더 멀어지는데 넷 중 누군가 "오고 있어" 하며 다시 발걸음을 돌렸고 바보가 된 기분으로 바로 가스 스테이션에 들어가 자리를 잡았다.

그사이 사람들이 많이 들어왔는지 네 개의 원형 테이블과 한 개의 길쭉한 테이블 중 두 개의 원형과 창 쪽의 동그란 테이블 두 개는 사람들이 삼삼오오 모여 앉아 있었다. 창가 자리를 빼앗겨서 그나마 가장 좋아 보이는 자리를 차지해 앉았고 조금 있으니 한꺼번에 들어오는 일행들. 코리안 타임이니 뭐니 하지만 그것보다 더 심하게 약속 시각을 어기는(12시 25분이었다) 일행들. 자세히 보니 마르타와 미레이아가 빠져 있었고 나를 제외한 일행은 서로가 서로의 눈치를 보며 조금씩 틈새에 끼어 앉았다. 내가 앉은 테이블에는 나부터 반시계방향으로 카말, 줄리아, 루이지, 그리고 프란체스카. 여섯 명은 또 다른 테이블. 의자 하나 가지고 와서 앉으라는 나의 제안을 놓쳐 버린 K는 야스코와 같이 기다란 테이블에 앉았고 그러다 한 팀이 식사를 마쳤는지 자리에서 일어나자 K와 야스코도 그곳으로 자리를 옮겨 세 개의 4인용 테이블은 5:6:2의 비율로 나뉘었다. 이야기하다 보니 마르타, 미레이아, 카말은 어제 늦게까지 우리가 처해 있는 상황 등(아마도 드센 마르타, 미레이아가 카말에게 공동체 생활을 하지 않는 것에 대해 불만을 털어놓았으리라 생각되었지만. 아카리를 제외하고는 가장 영어 실력이 떨어지는 미레이아와 카말이 토론했다는 것이 믿어지지 않았다)에 대해 이야기를 나누느라 아침 7시에야 잠자리에 들었다고 했고, 나는 뭐 그리 할 말이 많았을지 속으로 혀를 내둘렀다.

오늘 점심은 피자. 토마토와 치즈만 든 가장 기본적인 피자부터 버섯 피자, 햄 피자 등(여러 종류라고는 했지만, 한국의 피자 체인점에서 흔히 볼 수 있는 정도가 아닌 말 그대로 버섯 피자, 햄 피자, 토마토 피자 등의 식이었다) 여러 종류가 나왔고, 우리는 배불리 먹고 서비스로 준 피자 세 판을 더 가지고 나왔다. 나중에 그 피자들은 아무도 먹지 않아 쓰레기통으로 들어갔지만.

갈 때가 되어 루카스에게 오전과 마찬가지로 오늘의 일정에 대해 물었다. 아직도 현지인 아저씨들에게서 전화가 오지 않았으며 전화가 오면 알려 주겠다는 루카스의 말을 믿기로 하고 숙소로 돌아가기 아까우니 산책이나 하자고 K를, 그다음 야스코를 설득해 보았으나 숙소로 돌아가고 싶다고 말하는 두 여인. 그런데 그때 마리아가 자기도 조금 더 돌아다니고 싶다며 같이 가자고 제안했다.

"그러자."

누구와 같이 다니려고 한 것은 사진 찍어 줄 사람이 필요해서였고, 돌아다니는 것만을 기준으로 삼는다면 마리아에게 같이 가자고 해야 했으나, 그렇게 하지 않고 야스코와 K에게만 물어본 이유가 있었다. 나에게는 가장 편한 것이 야스코와 K였고, 아예 다른 곳에서 조금 돌아보자고 할 사람으로 가장 적당한 것은 루이지와 카말이었으나, 둘 다 이런, 숙소에서 쉴 수 있는 상황에서의 산책은 싫어했다. 이런 상황에서 산책하러 갈 만한 성격을 가진 사람들은 K, 야스코, 그리고 마리아, 이렇게 세 명. 그러나 몇 번 마리아와 다녀본 결과, 그녀와 같이 다니면 주도권을 빼앗겨 내가 가고 싶은 곳이나 하고 싶은 일보다는 마리아에게 맞춰지기 일쑤였기 때문이다. 이날 역시 크게 다르지 않았다. 내가 원했던 것은 오전의 코스를 일부 답습하면서 새로운 사진을 찍고 거리 구석구석을 돌아다니는 것이었으나, 마리아가 먼저 선수를 치며 다른 의견을 제시했다.

"넌 어디 가고 싶은데? 난 저번 주 주말 있잖아, 토요일인가 일요일인가, 어쨌든 그때 가 봤던 여기 뒤편의 자연공원 있지. 거기 가 보고 싶거든. 그리로 갈까?"

선수를 빼앗겼으니 별도리가 없었다. "그래, 그러자"라며 우산을 쓰고 (K 말대로 정말 우산들을 안 가지고 왔는지 이날 역시 아무도 가스 스테이션까지 우산을 가져오지 않았다) 가방을 들고 향한 저번 주 주말의 코스. 저번처럼 삥 돌아가는 것이 아닌 길이 아닌 곳을 헤치며 둘러보는 것이었는데, 비는 계속해서 쏟아지고, 발밑의 수풀은 이슬을 잔뜩 품어 내 발을 촉촉하게 적셔 주었다. 마리아는 자기 신발은 방수가 잘된다며 나를 걱정해 주었고, 나는 양말까지 벗어 호주머니에 넣고는 역시 혼자서 산책을 해야 했다는 생각을 하며, 한국에 돌아가면 신발만큼은, 방수 잘되는 비싼 신발을 사야겠다고 다시 한 번 다짐했다. 특히나 이런 외국에 올 일이 있을 경우는 더욱더. 한국에서야 집에서 대충 말리고 새로운 신발로 바꿔 신으면 되지만 선택된 짐만 가지고 다녀야 하는 외국에서 그런 것은 사치였다.

블루베리라면 사족을 못 쓰는 마리아는 가는 도중에도 블루베리를 따 먹으려 멈춰섰고 덕분에 나도 20개가 넘는 블루베리를 먹으며 스틱키쉬무르 공원 탐사를 계속했다. 거의 끝까지, 바다와 접한 곳까지 가서 사진을 찍고 돌아오는 길. 대부분 마리아가 앞장섰고 내가 앞장선 것은 10% 정도밖에 되지 않았는데, 하필이면 그 10%의 구간에서 불운이 찾아왔다.

푹.

멀쩡해 보이는 풀숲. 그러나 그곳은 풀숲에 숨겨진 작은 두렁이었고, 나는 순식간에 허벅지까지 빠져 버렸다. 뒤따라오는 마리아에게 조심하라고 말하며 빠져나오니, 꼴이 말이 아니었다. 순식간에 걸레가 되어 버린 신발과 바지. 마리아는 나를 따라오는 대신 뒤에 가만히 서 있었다.

"조심해서 건너와."

"아니, 나는 괜찮아. 다른 길을 찾아볼게."

"조심해서 오면 괜찮을 걸. 어차피 방수도 되는 신발이잖아."

"아니야, 다른 길을 찾아볼게. 넌 먼저 숙소로 돌아가는 게 좋겠어. 완전히 다 젖어 버렸으니까."

먼저 숙소로 돌아가는데 다른 길이 가까이에 있었는지 얼마 안 있어 뒤따라오는 마리아. 조금 기다렸다가 같이 오는데 전화가 오더니 2시 45

분에 어디론가 떠날 예정이니 그때까지는 수영장으로 오라고 했다. 현재 시각은 2시 30분 조금 전. 수영장으로 오라고 한 걸 보면 분명 차를 타고 떠날 텐데 이 모양을 하고 차를 탈 수는 없으므로 옷을 갈아입기 위해 황급히 숙소로 달려갔다. 도착해서는 바로 화장실로 들어가서 바지 밑 부분이랑 발만 헹궈 내고는 갈아입을 옷을 챙기러 위로 올라갔다. 놀란 눈으로 바라보며 "무슨 일이야?" 하고 물어보는 동료들에게 "진흙탕에 빠졌어"라고 하며 다시 화장실로 들어가 하는 두 번째 샤워. 나를 기다리는 동료들에게는 먼저 가라고 하며 대충 다 말리고 신발을 세탁기에 집어넣고 가다가 카메라를 빠뜨리고 온 사실을 알아차려 다시 숙소로, 또 가다가 이번에는 우산이 없어서 또다시 숙소로, 이렇게 몇 번을 왔다 갔다 하며 허겁지겁 뛰어가서 수영장으로 넘어가는 큰 도로에 이르러 항상 맨 뒤에서 걷던 마르타, 미레이아, 프란체스카를 따라잡았다. 나머지 일행은 모두 차에 올라타 있었고 나는 그렇게 맨 뒤의 세 명에 루카스, 마리아와 함께 두 번째 차를 타고 이동했다.

저번 주 버스를 갈아탔던 교차로를 그대로 지나 도착한 정체 모를 장소. 매우 작은, 케이크와 음료 등을 파는 카페였는데, 내부에 박물관이 있다고 해서 들어가 보았다. 박물관은 아이슬란드 역사박물관이었는데, 전체적인 역사보다는 그, 이름 모를 도시의 역사박물관이라고 하는 것이 더 정확해 보였다. 자신의 나이가 육십이 넘었다는 아주머니가 여러 역사적 기념품들을 보여주며 알기 쉬운 영어로(나중에 돌아오며 그 아주머니에 대한 이야기를 많이 했다. 알아듣기 쉬운 영어로 잘 설명하는 능력이 있었다고) 설명해 주었는데, 요약하자면 이런 내용이었다.

1. 아이슬란드의 역사는 없고 근대화로 넘어가기 시작한 것은 20세기에 접어들어서이다.
2. 그 전까지는(혹시 덴마크 사람이 있는지 물어보더니) 물물교환만 덴마크 사람들이 정한 한정된 장소에서 했다.
3. 어부들은 바다를 오가며 어업을 했는데 오가는 데만 겨울에는 3~4시간이, 여름에는 5~6시간이 걸렸다.

한마디로, 힘든 생활을 영위했다는 것이었다. 미개의 역사였다는 말인데, 지금 우리가 원주민이라고 부르는, 각종 대륙 숲 어딘가에 사는 사람들. 그들의 역사도 50년 후에는 사라지고 근대화라는 물결에 편입되지 않을까.

세 개의 방만 있는 작은 박물관. 마지막 방에는 아이슬란드 사람들이 50년 전에 가지고 놀던 장난감들이 진열되어 있었고, 아주머니는 몇 개

의 장난감을 가지고 노는 시범을 보이며 우리는 이런 것을 가지고 놀기에는 너무 어리다고 했다. 장난감 방에서 한참을 머무르고 카페와 연결된 또 다른 방에 들어가서 필름으로 남겨놓은 기록 몇 장을 유심히 보다가, 다들 가려는 눈치여서 게스트북에 왔다는 흔적을 남기고(게스트북에 흔적을 남기는 취미가 있는 사람은 나밖에 없었다) 나왔다.

루카스의 제안으로 단체 사진을 한 장 찍고는 차를 타고 다른 장소로 이동. 이번에 도착한 곳도 박물관이었는데 물고기 박물관(Fish Museum)이라고 할까. 아까의 카페처럼 몹시 작은데, 안으로 들어가니 확 몰려오는 비린내와 레이캬비크, 케플라비크, 스틱키쉬무르에서보다 강하게 풍겨오는 바다 냄새. 입구에는 물고기 도감이 있었는데 수염이 달린 거로 알고 있던 캣 피시라는 것의 생김새가 예상밖이었다. 메기가 아닌 아주 평범한 생김새의, 물고기 하면 대략 머릿속에서 떠오르는 모습의 모범적인 생김새를 그려 놓은 것 같았다.

"메기가 원래 이렇게 생겼나?"

"이게 메기예요? 이상하다. 원래 수염 같은 거 있지 않아요?"

"그러게."

상어 입속에서 나왔다던 곰 발바닥이나 꽤 많은 새, 동물들의 박제된 모습, 상어의 입만 따로 떼어 전시한 것 등을 보며 자연의 신비와 인간의 잔인함을 다시 한 번 느꼈다. 구경을 마치니 아저씨가 건네주는 상어와 드라이 피시. 혹시 상어도 사냥하는 것이 아닌가, 날카롭게 묻는 피에르에게 아저씨는 상어는 사냥하지 않으며 운 나쁘게 그물에 걸려와 죽은 것들만 이렇게 말려서 음식으로 만든다고 했고, 드라이 피시로는 메기뿐만 아니라 도미(지금도 어떻게 '도미'라는 단어가 일기장에 쓰여 있는지는 모르겠으

나)도 사용한다고 했다. 현지에서 현지 대표 음식 중 하나인 상어를 먹어 봤다는 기억. 나와 K, 야스코, 이렇게 세 명의 특권으로만 간직할 줄 알았는데, 숙소에 남은 카말을 제외하고 모두가 이 특권을 맛보다니. 괜한 질투심이 일었다. 맛은 없지만 그래도 권하기에 한 점씩을 더 먹어보고 몇몇은 상어고기도 다른 데서 살 수 있냐고 물었다. 공항의 면세점 같은 곳에서도 상어나 드라이 피시는 팔지만, 아마 이곳의 아저씨가 더 싸게 주지 않겠냐는 현지인 아저씨. 그러나 아무도 사가지는 않았고 나도 이걸 누가 먹겠냐는 생각에 구매를 포기했다. 집에 오는 사람들에게 한 점씩 먹어 보라고 권하기에는, 맛이나 냄새 모두 끔찍했다.

숙소로 돌아오는 길. 차 안에 탄 사람은 단 6명. 아니, 단은 아니었다. 앞의 차는 네 줄, 우리 차는 세 줄로 되어 있었으니까. 남부 라틴 애들의 요청으로 한국에서 술 마실 때 부르는 노래나 몇 개 불러 주었더니 매우 좋아하며 그걸 굳이 비디오카메라로 녹화하는 미레이아. 유럽에서는 술을 마실 때 마땅히 부르는 노래가 없다며 한국의 것과 일본의 '논데'를 자기 친구들에게 널리 알리겠다는 라틴 여성들. 이런 것도 문화 전파라고 할 수 있을까? 그러나 이미 버스는 내 앞을 떠나 버린 상황. 우리가 탄 차는 정확히 6시에 우리를 핌 피스케르(FIMM FISKER) 식당에 내려주었다.

저녁으로 나온 것은 역시 독특한, 한국의 음식과 비교하자면 돼지 보쌈 같은 것이었다. 한 사람당 3조각. 척 보기에 기름기가 많아 보이고 굵기도 상당하고 비계도 많은 음식을 보고 피에르는 그의 차례가 되기 전, 종업원에게 고기 없는 음식을 줄 수 있냐고 물었다.

"채식주의자세요?"

"가끔은요."

종업원은 요리사와 상의해 보겠다고 하며 내려갔고, 나는 피에르와 똑같은 말을 할 기회를 놓쳤다. 다시 내 것을 포함해 세 개의 접시를 가지고 올라오며 샐러드라도 괜찮겠냐고 묻는 종업원. 피에르는 그렇게 해 주면 고맙겠다고 했고 피에르 앞에는 꽤 먹음직스러운 샐러드가 놓였다. 고기는 맛도 보쌈과 비슷했으며 접시에 놓인 보라색 야채와 감자도 맛있어서 비계와 껍데기를 빼고는 모조리 먹었는데 다른 동료들은 그렇지 않은 듯, 고기도 한두 조각만을 먹었으며 각종 야채들도 취향껏 남겼다. 채식하던 나만큼이나 편식하는 나의 동료들. 다 먹고는 음식점에 대한 불평불만이 이어졌다. 이 음식점은 맛이 별로 없다, 저 남자(음식을 주로 나르던 종업원)는 우리를 싫어하는 것 같다 등등. 별로 잘못한 것도 없고, 음식의 맛이 나쁜 것도 아닌데 우리의 미움을 사게 된 음식점. 그러나 처음 이 음식점에 왔을 때도 그랬고, 내가 종업원이라면 우리를 싫어할 만한 충분한 이유가 있었다. 아무리 2층에 있다고 해도 2층에 우리밖에 없고 바로 옆이 계단인데, 거기서 식당을 욕하면, 안 들릴 리가 있을까. 역시나, 식당에 대해 불평불만을 늘어놓은 사람은 리더인 루카스 등 나이가 어릴수록 심했고, 최연장자인 루이지와 야스코는 아무 말도 하지 않았다. 나이가 어려서 눈치를 못 채고 그런 걸까, 아니면 일부러 대놓고 들으라고 그런 걸까.

숙소로 돌아와서는 먼저 세탁기 확인. 신발의 상태는 세탁하기 전과 별 차이가 없었다. 다시 한 번 타이머를 설정해 놓고 혼자 수영장으로 향했다. 수영장에 도착했는데 보이는 텅 빈 인터넷 자리. 컴퓨터로 각종 소식을 확인한 뒤 수영을 하러 탈의실에 들어갔다. 탈의실에서 우연히 다시 마주친 피에르. 같이 밖의 수영장으로 나가니 마리아가 먼저 와 있었으며 조금 더 수영하다 보니 나탈리, 야스코, 페린, K도 하나씩 모습을 나타냈다. 카말은 말할 것도 없이 거기 있었고(카말 말로는 오후 4시부터 왔다고 했다). 별로 오랜 시간을 보내지는 않았고, 조금 몸을 담근 후 시간이 된 것 같아서 나오며 K에게 말했다.

"시간 다 된 것 같은데, 나가봐야 되지 않아?"

"그래요? 아직 멀지 않았어요?"

"그런가? 그럼 이따 봐."

감은 상당히 정확했던지 샤워를 마치고 밖으로 나오니 9시 50분이었다. 조금 더 컴퓨터를 보다가 카말과 함께 숙소로 돌아오며, 어제 하던 여자친구 얘기를 조금 더 나눴다. 도착해서는 평소와 마찬가지로 카드와 일기. 식탁 좋은 자리를 차지해 일기를 쓰고 있는데 아카리가 내 옆에 와서 루카스가 정말 리더냐고 물어보았다. 예전에도 한 번 보여 주었던 봉사활동 종이에 리더의 사인과 확인이 필요한 아카리. 정확한 명칭은 International volunteer project의 Certificate of completion이었으며 채워야 할 것은 Type of work, Hours per day, Number of days, Comments & notes와 Print Name in Full, Signature, Date였는데 머뭇거리며 다가간 아카리의 종이를 보며 루카스는 조금, 내가 느끼기에만 그랬을지도 모르겠지만 잔인하게 굴었다.

"이거 뭐라고 써 줘야 돼?"

"알았어. 그럼 여기다 아카리는 매우 열심히 일했고, 항상 모범을 보였고, 그렇게 써 주면 되는 거지?"

"아카리, 너 하루에 몇 시간씩 일했니?"

"이거 사실대로 써 줘야 돼? 그러니까 우리 하루에 4~5시간밖에 일 안

했잖아. 그런 식으로 써 줘도 괜찮아?"

"여기다 써 주는 거 맞아? (한숨을 쉬며) 이렇게 다 구겨진 종이에다가?"

"진짜 맞는 거야? 그러니까 네가 이메일 같은 거 보내면 내가 거기다 내용 채워서 인터넷으로 보내는 거 아닐까?"

루카스가 잔인하거나 배려 없는 성격을 가지고 있는 것은 아니었다. 그러나 아카리의 반응은, 아무리 착한 사람이라도 조금 잔인하게 만들 수 있는 요소를 지니고 있었다. 언어가 권력인 사회. 쉽게 말해도 못 알아듣는 아카리를 보며 루카스는 조금씩 짜증이 나는지 한숨을 내쉬었고 소파에 앉아 있던 다른 몇몇 애들도 날카롭게 말하거나 "그냥 하루 4시간 했다고 써. 그게 뭐 중요해?" 아카리가 하나하나씩 단어 위주로 말할 때마다 한숨을 내쉬는 등의 행위로 아카리를 상당히 괴롭고 속상하게 만들었다. 그나마 아카리와 대화를 많이 나누었던 내가 나서서 아카리에게 조금 더 알아듣기 쉽게 단어 단위로 설명하고 한국의 경우를 비추어 보아 조언을 해 주었다.

"말 써 주는 데에는 아카리의 영어 실력이 많이 향상되었다 등의 내용도 써 주는 것이 좋지 않을까? 영문과니까 아무래도 그런 내용이 들어가야 좋아할 것 같은데? 아카리, 그렇지 않니?"

"이메일로 보내면 사인 같은 거 믿기가 힘들잖아. 그렇다고 여기서 프린트할 수 있는 곳이 있는 것도 아니니 그냥 여기다 써 줘야 될 것 같은데?"

그러나 본질적으로는 나 역시 아카리와 편안하게 대화를 나눌 수 없는 외국인. 결국, 루카스는 야스코가 올 때까지 기다렸다가 물어봐야 되겠다고 했으며, 아카리는 말없이 자기 방으로 들어갔다. 잠시 후 안경을 쓰고 나와 내 옆에 앉아 일기를 구경하는 아카리. 하긴, 나도 그리 친절한 인간은 못 되었다. 그 상황에서는 아카리를 위로해 주거나 나중에라도 아카리와 이야기를 나눴어야 했는데 일기만 계속 쓰고 야스코가 돌아올 때는 다른 아이들처럼 야스코를 반겼으니.

한참 동안 야스코와 루카스, 아카리의 삼자대면이 이루어진 후 루카스는 아카리의 Certificate of completion을 모두 채워 넣고 모두에게 연락처가 쓰인 종이를 돌렸다. Name(이름), e-mail(이메일), address(주소), B-day(생년월일), Facebook/MSN/Skype/phone(연락처)가 쓰여 있는 종이를 돌리며 빈칸에 채워 달라는 루카스. 나도 SNS에 가입해야겠다고 생각했고, 그러다 어찌어찌하다 보니 나탈리와 단둘이 붙어 그녀에게 한국어 강습을 시작했다. 처음에는 내 일기를 보며 자기 이름은 한국어로 어떻게 쓰는지 궁금해서 물어보다가 졸지에 한국어 강습까지 받게 된 나탈리. 나탈리에게 ㄱ부터 ㅎ까지, ㅏ부터 ㅣ까지의 발음과 각각에 맞는 기호를 가르치고 종이에 일일이 써서 꼭 간직하라고 당부했다. 대략 다음과 같이.

| | | |
|---|---|---|
| ㄱ | - | g, k |
| ㄴ | - | n |
| ㄷ | - | d |
| ⋮ | | |
| ㅠ | - | yu |
| ㅡ | - | eu |
| ㅣ | - | i |

영어 발음을 기준으로 적어 주었는데 모음은 불어 발음을 기준으로 몽땅 바꿔 버리는 나탈리. 지금 와서 후회되는 것은 ㄲ, ㄸ, ㅃ, ㅆ, ㅉ의 된소리와 ㅐ, ㅔ 등 변형된 자음을 넘어간 일이다. 지금도 그 종이를 가지고 있을까, 아니면 지금은 어느 쓰레기통에 들어가 있을까. 나탈리는, 메모리북에 유일하게 한국어로 된 자기 이름을 같이 써 준, 역시나 고마운 친구였다.

요리 솜씨가 뛰어난 페린은 케이크를 만들어 우리에게 주었고(생일날 먹었던 것과 같은 단맛의 초코케이크였다), 잠깐 음료수를 마시러 간 사이 나와 자리를 바꿔 앉은 K. 그러다 또 어찌어찌하다 보니 이번에는 나탈리가 K와 나에게 불어 강습을 시작했다. 아까 내 성의에 보답하고자 하는 마음에서인지 조금 힘들게 굴리는 나탈리. 한국의 불어 교과서들이 비슷한지는 모르겠으나 K와 나의 불어 호흡은 착착 맞았다. 몇 개의 기본적인 표현들을 배우고는 내일까지 다 외워 오라며 나에게 적힌 종이를 주는 나탈리. 그러면서 강습이 어땠냐고 물었고 나는 좋았다면서 내 강습은 어땠냐고, 훌륭하지 않았냐고 덧붙여 물었다. 난감한 미소를 품는 나탈리. 한때 교대에 가서 선생이 될 꿈도 꿨었다고 하자 K는 안 가길 잘했다고 말했다. 내가 생각하기에는 상당히 훌륭한 강의였는데.

내일 기상 시각은 7시 20분이고 아침 당번은 나. 루카스는 내일은 배를 타고 섬에 갈 건데 점심, 저녁 당번이 없는 날에 아침 당번이 점심때 먹을 샌드위치를 만드는 것도 공정하지 못하니 다들 자기가 먹을 샌드위치는 알아서 싸라고 했고, 나보고는 늦지 않게 7시 20분에 모두를 깨워 달라고 했다. 12시쯤 되자 거실에 모여 케이크를 먹던 일행들도 하나둘씩 침대로 들어가고 나는 페린과 같이 식기 당번이어서 조금 더 남아 설거지를 하고 식기를 돌렸다. 자기 전, 화장실에 가려는데 올라오는 K.

"세탁기에 있는 신발 오빠 거예요?"

보통 세탁기를 돌리는 경우 알아서 세탁기에 있는 물건들을 건조기에 넣고 돌리는데 왜 굳이 물어보는 걸까. K는 문제가 생겼다며 내려와서 도와 달라고 했고 내려가 보니 신발의 한쪽 끈이 세탁기 안의 조그만 원형 구멍 중 하나에 박혀서 빠지지를 않고 있었다. 몇 번 시도해 보았으나 빠지지 않자 그냥 넣고 같이 돌리라고 했다.

"싫어요, 그래도 신발인데."

하긴 나라도 싫을 것 같았다. 몇 번 힘을 줘서 겨우 빼내기는 했는데 신발 줄 끝부분의 조금 굵은 동그란 부분은 구멍 안으로 들어가 버리고 끝이 다 갈라져 너덜너덜해진 줄만 빠져나왔다. 이제 이 신발은 버려야겠다고 생각하며 K에게 물었다.

"그런데 빨래 있어?"

"네."

"어디?"

"이거요."

K가 할 빨래라고는 K의 손에 들어 있는, '그걸 꼭 돌려야 하나'라는 생각이 들 정도의 적은 양이었다. 그러고 보니 내가 신발을 뺀 것이 오후 7시 조금 지나서였는데 아직도 내 신발이 세탁기 안에 그대로 있다니. 여기 와서 물을 제일 많이 소비하는 사람을 들라면 당연, 매일같이 빨래를 돌리는 나였다.

잘 자라고 하고 화장실이나 가야겠다며 위로 올라갔다. 그러자 K.

"왜요, 그냥 밑에서 쓰지."

"그게, 남자 화장실이 이상해서 밤에 불도 안 들어오고 아무것도 안 보여. 어쩔 수 없이 위로 올라가야 돼."

"그냥 여자 화장실 써요. 거긴 불도 켜지니까. 다른 남자애들도 다 쓰던데 뭐."

"뭐, 정말? 다른 남자애들도 다 썼어?"

"네, 밤에는 다 쓰던데요. 그때 카말도 저랑 같이 담배 피웠고, 피에르도 여자 화장실에서 나오던데요, 뭐. 루이지가 샤워한다고 들어가기도 했고요. 물론 밤에만요, 여자 없으면."

"뭐야, 그럼 여태껏 나만 몰랐던 거야?"

바보가 된 느낌이었다. K가 올라가고, 가져온 칫솔로 이를 닦으며 사용해 보았더니, 불은 켜지고 세면대는 남자 화장실처럼 고장 난 하나의 세면대에서 찬물만 계속해서 나오는 것이 아니라 제대로 된 온수가 나왔다. 바로 옆에 이렇게 좋은 곳이 있었다니. 온수를 즐기며 위로 올라와서 알람을 7시로 맞춰 놓고 잠자리에 들었다.

자기 전, K는 아카리가 자기 방에서 울었다고 얘기해 주었다. 어쩐지 여기 와서 두 번째로 안경 낀 모습을 본다 했더니. 얼마나 속상했을까. 남은 이틀간이라도 더 잘해 줘야겠다는 생각을 했다. 아마 아카리도 이 캠프를 통해 하나의 교훈을 얻었을 것이다. 언제 어디서나, 언어는 큰 권력이라는 것을. 그리고 영문과라는 전공에 걸맞게 일본에서 열심히 영어를 공부했을 것이다. 아니, 그녀를 위해서도, 그러길 빈다.

# 22. 플래티 아일랜드
## (8월 19일, 14일 차)

알람을 맞춰 놨는데, 긴장한 탓일까? 일어나서 시계를 보니 6시 25분이었다. 조금 더, 6시 40분쯤 일어나야겠다고 생각하고 눈을 감았다 시계 보다가를 반복하다 6시 45분에 일어나 샤워를 하러 갔다. 모두 자고 있으므로 들어간 여자 화장실. 3분 정도 걸리던 남자 화장실과는 달리 온수는 1분도 안 되어 데워졌고, 다시 한 번 혼자만 모르고 있던 점을 자책했다. 샤워를 마치고는 빨래를 위해 세탁기로. 위로 올라오니 7시 15분. 늦었다는 생각에 허겁지겁 식탁 정리를 하고 아침 준비를 하기 시작했다.

접시와 숟가락 15개를 테이블 위에 차려 놓고 식빵 두 박스를 세팅. 물을 끓이고 우유 두 종류, 햄과 치즈, 모짜렐라 치즈, 잼, 떠먹는 요구르트 순으로 테이블 위에 배열했다. 간단한 작업인데도 모두 다 마치니 7시 25분이었고 그때부터 방들을 돌아다니며 일행들을 깨웠다.

제일 먼저 문을 연 것은 내가 자는 6번 방. 문을 여니 루이지의 눈은 뜨여 있어 차례로 나탈리와 카말을 깨우고는 나와서 왼쪽 문으로 들어갔다. 거기서 오른쪽으로 나 있는 문은 우선 지나치고 조금 더 앞으로 가서 루카스와 피에르가 쓰는 방에서 오른쪽 문을 열고는 페린과 마리아의 이불을 차례로 건드려 깨웠다. 그리고 다시 나와서 눈을 뜨고 있는 루카스는 내버려 두고 피에르를 깨운 뒤 그다음 아까 들어왔을 때 오른쪽으로 나 있는 7번 방의 문을 열어 미레이아가 눈을 뜨고 있어서 줄리아만 깨웠다. 그리고 다시 나와 6번 방을 지나 거실 오른쪽 중앙에 있는 계단의 정면에 있는 4번 방에 들어갔다. 문을 열고 들어가니 역시나 뜨여 있는 마르타와 프란체스카의 눈. 그다음 마지막으로 복도 끝의 1번 방으로 들어갔는데 거기 역시 세 명 다 눈을 뜨고 있었다. 똑같은 코스를 다시 한 번 반복하며 모두가 깨어 있는 것을 확인하고는 식탁으로 돌아왔다.

먼저 아침을 먹고 있자니 하나둘씩 등장해 식탁에 앉으며 나한테 고맙다고 인사했다. 오늘 아침 당번이라 긴장한 나와는 달리 여기의 날들이 얼마 남지 않아 긴장이 풀려서일까, 평소와는 달리 진짜로 자고 있었다며. 덧붙여 내가 너무 요란하게 깨우고 다녔다고도 한마디씩 했다. 별 생각 없이 문을 열고 들어가 깨웠는데, 내 문 여는 동작이 너무 거칠어서 문을 여는 순간 잠에서 깼다는 것이었다. 아침을 먹고는 제각기 점심때 먹을 식빵, 샌드위치를 싸는 동료들. 나는 멀뚱히 구경하며 일기를 썼고, 야스코는 나보고 왜 샌드위치를 만들지 않냐고 물었다.

"그냥 거기 가서 빵 같은 거 사 먹으면 되지."

"귀찮나 보구나(Lazy boy)."

8시에 나간다고는 했으나 언제나 그랬듯, 카말을 제외한 우리는 이번에도 예정 시각보다 조금 늦게 나가 시 투어에 도착했다. 우리의 행선지는 플래티 아일랜드(Flatey Island). 안에서 상당히 긴 시간을 기념품을 살펴보며 보냈고, 오늘이 이곳에서의 마지막이 될 것 같다는 생각에 몇 개의 기념품을 더 살까도 생각해 보았으나, 수도에서 충분히 더 싼 가격으로 살 수 있을 거라는 말에 다들 구경만 했다. 밖으로 나와 루카스에게 왕복으로 끊은 티켓 14장을 한 쌍씩 받고는 각자 자신의 티켓을 가지고 승선. 표를 끊는 아저씨는 한 장씩 떼 갔고, 내 앞의 아카리는 두 개를 다 떼 갔는데 별문제는 안 될 것 같아 가만히 지나쳤다.

루카스 뒤를 따라가다 보니 탑승은 이상하게 사람들이 타는 곳이 아닌 차가 타는 곳으로 행해졌다. 배의 1층으로 올라가 루카스가 가운데 넓은 테이블에 앉기에 고정석인가, 하여 꼭 거기 앉아야 되냐고 물으니 그래야 된다는 루카스. 침울한 표정을 지으며 앉자 농담이라고, 설마 진짜겠냐고 하며 아무 데나 앉고 싶은 곳에 앉아도 된다고 했다. 재빨리 창가 쪽 가장 좋아 보이는 배의 왼편, 뒷면을 차지해 앉았고 나의 명당자리가 부러웠는지 마주 보는 자리에는 프란체스카, 오른쪽 옆에는 마르타가 차례로 자리를 잡고 앉았다.

가만히 앉아 있기도 심심하고, 아무래도 안에서 보는 풍경은 바깥과 많이 다른지라 배가 출발할 때까지 배 안을 돌아다녔다. 별로 특별한 것은 없었고 밑에 나 있는 꽤 시설 좋은 화장실과 갑판 위로 올라가기까지의 2층 정도 돼보이는 계단, 1층 앞면에 과자와 음료수를 판매하는 선실 내 상점과 1층 뒷면 왼편, 우리가 앉은 곳 바로 뒤에 어린이 기차놀이와 〈톰과 제리〉 만화영화를 볼 수 있는 TV 스크린, 그리고 방을 나가면 바로 보이는 카지노 기계 두 개가 전부였다. 두 개 모두 게임의 종류는 10개가 있었으며 시범 삼아 10크로나를 넣고 해 보았다. 영어로 된 설명이 없이 아이슬란드어로 진행되는 게임이라서 어떻게 하는지도 모르고 아무거나 누르다 보니, 운 좋게 성공을 거듭해 130크로나까지 올릴 수 있었다. 그러나, 이쯤에서 그만두고 돈을 빼내고 싶었는데 눈치껏 보니 5,000크로나까지는 가야 돈이 나오는 것 같았고 자포자기하는 심정으로 아무거나 눌러 대니 순식간에 바닥나는 돈. 결국 10크로나를 잃었고 아카리는 재밌는지 그 광경을 연신 사진으로 찍어 댔다.

게임을 마치고 아카리와 같이 위로 올라가니 안에 보이지 않던 루이지가 서 있었고 배는 정확히 9시에 출발했다. 목적지까지 약 1시간 30분이 소요될 거라는 선장의 말 직후 아카리는 춥다며 들어갔고 대신 마리아가 나왔다. 사진기가 없는 루이지가 불쌍해서 괜히 루이지, 마리아랑 같이 사진을 찍었고 루이지는 고맙다며 나중에 자기가 이메일로 이 사진들을 부탁할 거라고 말했다.

얼마간의 시간이 지나고 배가 항구에서 멀어지자 배 가까이 점점 다가오는, 우리나라의 갈매기와 비슷한 새들. 새들은 우리가 서 있는 곳에서 3㎝밖에 떨어지지 않은 곳까지 날아왔고 그 모습을 보며 괜히 손가락을 내밀어 보다가 갑자기 갈매기들이 좋아하는 과자 생각이 났다. 한참을 서 있는데도 새들은 여전히 배 언저리를 날아다녔고, 한 번 시도해보고 싶다는 생각에 밑의 상점으로 달려갔다. 실망스럽게도 과자라고는 달랑 도리토스 한 종류. 이걸로라도 해야겠다는 생각에 가격을 물어보았다.

"얼마에요?"

"200크로나요."

44g에 200크로나라니. 말도 안 된다고 마음속으로 소리쳤으나 새에게 과자를 주는 재미를 놓치기 싫어 눈물을 머금고 200크로나를 지불했다 ('원래 과자 가격이 이렇게 비싼가 보다' 하며 체념했으나 오후, 보너스에서 도리토스를

찾아보니 200g을 179크로나에 팔고 있었다). 올라오는 길에 나와 엇갈려서 내려가는 마리아. 그런데 올라오니 얼마나 시간이 지났다고, 하필 그사이 멀리 떨어져 보이지 않는 새들. 결국, 배에서 멋진 간식을 먹는다는 생각으로 간에 기별도 안 가는 도리토스 44g을, 그것도 루이지를 두고 혼자 먹기 미안해서(저번 주에 혼자 플로리다 초콜릿을 먹은 것이 아직도 마음에 걸렸다) 괜찮다는 루이지 옆으로 굳이 다가가 함께 먹었다. 먹는 도중 갑자기 몇몇 새들이 눈에 들어와 멈칫했으나 한참을 기다려도 우리가 서 있는 앞면으로는 오지 않고 배가 지나간 뒷면에서 크게 맴돌 뿐이었고, 그 사이 루이지의 손에 과자가 떨어지자 다시 미안한 마음에 조금 더 나눠준 도리토스. 그런데 루이지가 하는 말.

"과자 정말 싫어하나 보네."

내 딴에는 미안해서 나눠준 것인데 이렇게 생각할 줄이야. 약간 기분이 상해, 과자를 먹고는 안으로 들어갔다. 내 오른쪽에 앉았던 마르타는 내가 없는 틈에 내 자리까지 차지해 누워 있었고 다른 동료들도 모두 널찍한 자리를 차지하고 누워 있었으며, 앉아 있는 것은 각기 멀리 떨어져 있는 야스코와 K. 다시 좋은 자리를 찾아 이동했으나 좁은 선실에 웬만한 창가는 다 채워져 있었고 결국 배의 오른편 앞쪽 자리, 마주 보는 자리에는 책과 가방이 놓여 있으나 사람은 보이지 않는 자리에 염치 없음을 무릅쓰고 앉았다. 꼭 그렇게까지 창가에 앉아야 되느냐는 눈빛으로 내 옆 테이블에 앉아 고개를 젓는 야스코. 조금 더 일기를 쓰고 있자니 맞은편 자리의 주인이 돌아왔다. 상당히 나이가 들어 보이는 부인과 간단하게 인사를 나누고 계속해서 일기를 쓰고 있는데 얼마나 지났을까, 갑자기 뱃멀미가 몰려왔다. 움직이는 교통수단에서 뭔가를 쓰면 안 되는 건데. 신선한 바람을 쐬러 다시 밖으로 나오니 루이지는 아직도 그 자리에 그대로 있었다.

"아직 여기 있네?"

"응, 아무래도 밑에 있으면 진동이 더 심하게 느껴져서."

"나도 그래. 그래서 밖으로 나왔으니까. 그나저나 춥네. 잠바나 가져와야겠다."

멀미를 피하러 즉흥적으로 나왔기 때문에 윗도리만 걸치고 나온 상태였다. 잠바를 가지러 밑으로 내려가다 바깥으로 통하는 문 입구에서 마주친 K.

"멀미나서 잠깐 나왔어요."

"키미테 줄까? 이따 갈 때."

"그 정도는 아니에요."

루이지가 위에 있으니 가서 같이 놀라는 말을 하고 밑으로 내려와 화장실을 들렀다가 잠바를 가지러 선실로 들어가니 그새 들어와 있는 루이지와 K. 하긴, 위에서 한 시간 넘게 있었으니 추울 법도 했고 그 정도나 있었으면 멀미를 느끼기도 힘들 것이었다. 약 30분간 밖에서 바다 구경을 하다가 하선할 때에야 다시 안으로 들어왔다. 비가 조금씩 내리고 있었고 안에 들어가서 짐을 챙기며 K에게 말했다.

"밖에 조금씩 비 와."

"밖에 조금씩 비 온대(Chang says it is raining)."

"이젠 그냥 막 이름을 부르네."

"어때요. 아이슬란든데."

하긴 아이슬란드지.

"아무리 그래도 우린 한국인이잖아. 그리고 이름도 아닌 서양 애들처럼 줄여서 '창(Chang)'이 뭐냐? 이름을 말하려면 제대로 말하던가."

"그럼 어떻게 불러 주길 바라는데요?"

"그냥 he."

"풋, 그것도 이상해요."

이것 역시 새로운 기분이었다. 내가 한 말이나 행동을 말할 때는 항상 "He(그)"라는 호칭을 사용하던 K. 그녀의 입에서 처음으로 나온 단어 'Chang'. Chang이라는 단어는 이름을 부르기 힘들 테니 그렇게 부르라는, 외국인들을 위한 배려였다. 대부분의 외국인이 축약해 부르기는 해도 일본인 친구인 아카리, 야스코와 가장 나이 많은 루이지, 그리고 리더인 루카스는 제대로 된 내 이름을 불러 주었는데 갑자기 튀어나오는 한국인의 Chang이라니. 아마도 그녀는 아무 생각이나 의미 없이, 남들 입에서 많이 튀어나오는 호칭이니 무의식중에 그렇게 불렀을 것이다. 그러나 그것 때문에 나는 그날 꽤 오랫동안 그 호칭에 대해 고민했다.

돌아가는 배는 13시 15분과 19시 30분. 스틱키쉬무르와 그 반대편에 있는 브랸스레쿠르(Brjánslækur)에서 각각 하루에 두 번씩만 운행하는 섬이었다. 어제 우리에게 플래티 아일랜드를 추천해 준 아저씨는 이 섬이 마음에 들면 19시 30분까지 있다 와도 되지만 그러면 저녁을 놓칠 테니 3시간 만에 구경하려면 서둘러야 할 거라고 조언해 주었고, 우리는 섬의 입구에서 섬 지도를 보며 일단 중간지점까지만 가보고 결정하자고 했다. 안내문에는 여러 새와 식물들의 서식지라고 쓰여 있었으나 서식지는 무슨… 보이는 것은 별로 없었고, 그냥 중간지점까지 걸으면서 입구 가까이에 특산물이라고 파는 소년, 바위 해변 모습, 집들의 사진이나 찍으며 다녔다. 섬은 생각보다도 훨씬 작았으며 우리 일행은 11시 30분, 쉬엄쉬엄 쉬면서 갔음에도 한 시간 만에 중간지점인 목적지까지 도착했고 그다음부터는 개인행동이 이어졌다.

부화 기간(Breeding season)에는 접근이 금지되어 있다는 곳이 나왔으나 부화 기간은 5월경이니 지금은 해당이 안 된다며 조금 더 나아간 나와 루이지와 야스코. 어느새 K는 밑으로 내려가 있었고 그곳으로 내려가니 가까운 거리에 몇 마리의 양들이 모여 풀을 먹고 있었다. "얘네랑 친구 하자고 해 볼까?"라는 루이지의 말에 가까이 다가갈수록, 바닷물도 첨벙첨벙 건너면서 도망가는 양들. 양들을 쫓아가는 것도 재미가 없어지자 K와 야스코는 다시 원래의 장소로 올라갔고 나와 루이지는 구경이나 하러 계속 걸었다. 걷다가 다시 뒤를 바라보니 발걸음을 돌려 우리를 따라오는 K. 어느 정도 걷다 보니 양을 찍던 루카스를 발견할 수 있었다. 어느새 이렇게 멀리 와 있을 줄이야. 루카스, 루이지, 나, K 순으로 각각 20m 정도의 거리를 유지하며 계속, 풀밭을 향해 나 있는 길을 걸었고, 가던 중 뜻밖의 장승 같은 것을 발견했다. 이곳의 장승에게도 사람들이 소원을 빌었는지 많은 돌이 쌓여 있었고, 나도 맨 위에 올릴 만한 마땅한 돌을 찾아 주위를 두리번거리는데 뒤따라오던 K가 웃으며 말했다.

"여기에도 이런 게 있다니, 신기하네요."

"너도 돌 같은 거 올리고 소원이나 빌지?"

"됐어요."

그녀는 나를 앞질러 갔고 나는 돌 하나를 장승의 머리 위에 올려놓고는 소원을 빌었다.

여러 마리 양들을 지나치고, 간단하게 산책이나 해볼까 했던 내 생각은, 생각보다 조그만 섬의 안 가 본 반 바퀴를 모두 도는 것으로 끝이 났다. 계속 걷다 보니 12시 15분에 도착한 첫 목적지. 다들 싸 온 샌드위치를 꺼내 먹었고 루이지는 나탈리가 꺼내는 것을 보더니 자기도 하나 달라고 했다.

"아니, 이거 원래 자기가 싸 오는 거였는데?"

"정말? 난 몰랐는데…, 그럼 할 수 없지."

"아니야, 그럼 네가 먹어. 난 아까 하나 먹었으니까."

"아니, 괜찮아. 자기가 싸 오는 거였다며."

"정말 괜찮대도. 난 배도 별로 안 고프니까 그냥 네가 먹어."

"고마워."

같이 다니지 않고 주로 숙소에만 머물로 있는 카말도 그렇고, 일요일에 혼자 호텔에서 먹는 것을 몰라 집에 있던 데다 오늘도 혼자 개인용 샌드위치를 싸 오는 것을 모르던 루이지. 그리고 역시 많이 걷도는 나까지. 불쌍한 남자들이라고 할까, 아니면 적응력이 부족한 남자들이라고 할까. 여자가 남자보다 더 강하다는 얘기를 많이 들어왔는데, 며칠간 같이 지내 본 우리의 모습을 봐도 그 말이 맞는 것 같았다. 리더인 루카스, 피에르를 제외하고는 어딘가 모르게 그룹에서 한 발자국 벗어나 있는 남자들(그나마 루카스, 피에르도 둘이서만 잘 놀았으니). 남자들이 모여 있는 장소에 여자 하나가 끼면 그녀는 공주가 되지만 여자들이 모여 있는 장소에 남자 하나가 끼면 그는 바보가 된다는 말. 정말일까? 내가 아무것도 싸 오지 않았다는 것을 알아챈 K와 눈이 마주치고 K가 몸짓과 눈짓으로 물었다.

'조금 줄까요?'

'아니, 됐어.'

이런 곳에서 가장 설득하기 좋은 상대는 루이지. 그가 다 먹기를 기다려, 한 시간이나 남았는데 다른데 구경이나 가자고 하니 흔쾌히 응했다. 아직 먹고 있는 일행들을 뒤로하며 K에게 "올래?" 하고 물었고 K도 고개를 끄덕였으나 조금 가다 뒤를 바라보니 거기 있던 일행은 모두 나와 루이지의 뒤를 따라오고 있었다. 이러면 집단행동인데. 조금 더 가다가 커피숍이 나오고 창문을 통해 보이는 마르타와 프란체스카. 같이 있던 여자애들, 나탈리, 마리아, K는 커피숍으로 들어갔고 조금 더 이동한 것은 남자들, 나와 루이지, 루카스뿐이었다. 용도를 모르는 작은 집(관광 자원 중 하나였는데 얼마나 신경을 안 썼으면 게스트북 두 개가 있었는데 하나는 5년 전에 쓴 것이고 또 하나도 작년을 마지막으로 쓸 곳이 남아 있지 않았다. 여기저기 들춰보자 작년 가을 이후에 온 사람들은 적당히 빈자리에다 자신들의 흔적을 남겼다)을 들어가 보고 교회도 들어가 보며 내 흔적을 남기고는 더 이상의 유적이 남아 있지 않기에 같이 있던 세 명도 모두 뿔뿔이 흩어졌다. 나는 평소에 궁금했던 하얀 덩어리에 가까이 다가가서 그 안에 든 것이 무엇인지를 확인해 보고(만져 보니 마른 풀 같았다) 12시 40분이 되자 혼자서 배가 정박해 있다고 예상되는 지점을 향해 걸어갔다.

가다가 만난, 호텔 레스토랑에서 보았던 이탈리아 주방장 아저씨. 세 명의 동료와 같이 있었는데 무언가 이상한 악기를 꺼내 부니 근처에 있던 양 한 마리가 따라왔다. 자신도 양이 따라오는 걸 모르는 듯 그냥 가버리자 갈 곳을 잃은 양. 그래서 내가 몇 분 정도 양에게 손짓해 가며 이끌고 가고, 아저씨가 가는 곳이 항구가 아닌 것 같아 고민하는데 뒤에서

오고 있는 줄리아와 페린. 그들도 아저씨가 간 방향으로 가기에 '설마 틀리겠어?' 하는 생각으로 같이 갔다. 항구에 도착하니 와 있는 것은 루이지뿐. 잠시 후 피에르가 오고 최소한 1시까지는 와 있어야 한다던 루카스는 1시 10분에야 도착했다. 뭐라고 따지는 우리에게 하는 말.

"어차피 또 다른 리더 피에르가 와 있는 걸 뭐."

1시 15분에 탑승을 하고 돌아가는 길에는 맨 뒤에서 나탈리, 피에르와 같이 〈톰과 제리〉를 봤다. 피에르는 두 편만 보고는 자리로 돌아가고 나는 세 편을 보고는 자리로 돌아 왔다. 1시간 30분 거리의 섬인데도 불구하고 배의 속도가 빨라서인지 조금 가다 보니 망망대해도 몇 분간 펼쳐졌다.

다시 스틱키쉬무르에 도착한 시각은 2시 45분. 모두 시 투어에 들어가

기념품을 살펴보고(정작 산 사람은 별로 없었지만) 나는 3시까지만 보다가 어차피 수도에서 살 거라는 생각을 하며 밖으로 나왔다. K도 지겨웠는지 바깥에 나와 있고 한참을 이야기하다 보니 그제야 다들 밖으로 나왔다. 마지막 밤을 보낼 준비를 하기 위해 아쉬움을 뒤로하며 다 같이 보너스로 향했다. 제각각 가는 길. 나는 아카리와 K 사이에 놓였으나, 도중에 사라진 K. 그리고 보너스에 도착할 무렵, 하나둘씩 사라진 사람들. 아카리는 그들이 은행에 갔다는 말을 듣고는 자기도 돈이 없다며 은행에 갔다. 은행이 어디 있는지 물으니 알고 있다고는 했으나 혹시 모르기에 나역시 아카리를 따라갔다. 야스코도 사라져 버린 지금, 같이 가 줄 사람은 나밖에 없고 아카리의 영어 실력으로는 봉변을 당할 수도 있으므로. 가다가 은행에 들렀다 오는 일행을 만나고, 아카리는 다행히도 은행 앞 기계에서 실수 없이 돈을 인출했다.

우리가 사야 할 것은 보너스에서의 과일, 간식과 주류점에서의 술. 돈이 필요한 이유는 기본적인 음식들, 과일이나 음료수, 파스타 등은 지원해 주나 주류에 대해서는 지원해 주지 않았기 때문이었다. 보너스에서 음식을 다 사고 박스가 없어 비닐봉지에 담는데 하필 내 손에는 과일들이 들어 있는 비닐봉지가 들려, 무거운 짐을 들고는 상그리아를 만들기 위한 보드카를 사기 위해 주류점으로 갔다. 30~40°에 육박하는 술들을 구경하며 미레이아가 하나를 골랐고, 나오면서 아카리는 내가 안쓰러워 보였는지 도와주겠다고 했다. 봉지 안에 든 바나나를 부탁하고는 숙소로 돌아왔다.

숙소에서 잠깐의 휴식을 취한 후에는 마지막 외식을 위해, 역시 마지막 수영을 위한 수영복을 챙기고는 첫 번째 음식점으로 이동했다. 나르

페라르스토파(Narfeyrarstofa). 이번에도 카말을 제외한 14명만 이동했고 마지막 요리는 고기(나중에야 양이라는 것을 알았다), 감자와 당근, 각종 푸른 야채 등이 하나의 접시에 세트로 담겨 나왔다. 그래도 여기 와서 여러 종류의 새로운 경험을 많이 시도해 보고, 운이 좋아 여러 종류의 새로운 음식들도 많이 먹어 봤으니, 이 정도면 꽤 괜찮은 캠프였다.

음식점에서 나와서 일부는 숙소로 돌아가고 나와 세 명의 아시아인, 세 명의 프랑스인은 수영장으로 향했다. 일부러 그런 것도 아닌데 이런 것도 이상하게 국적별로 나누어지는 참가자들. 나라의 토양 때문일까? 우선 인터넷을 잠깐 하고 MSN에 가입하려고 했는데 조금 복잡해 보여서 포기하고는 수영장으로 들어갔다. 밤에 K는, MSN의 빈칸을 채우기 위해 이때 수영장에서 가입했으며 되게 쉽더라고, 몇 번만 장을 넘기면 되더라고 말해 주었지만…. 역시나 식당에 오지 않은 카말은 수영장에서 휴식을 취하고 있었고 나는 마지막 기념으로 미끄럼틀도 여러 번 타며 여기저기 조금씩 몸을 담가 보았다. 어느새 마리아도 수영장으로 들어왔고 조금 같이 놀다가 먼저 간다고 하고 샤워실로 들어가는데 금세 뒤따라 들어오는 피에르. 파티도 있고. 하니, 모두 지금 간다고 말했다.

돌아와서는 일기를 조금 쓰다가, 잠깐 과일 자르는 것도 도와주다가, 내 임무가 끝난 듯 보이자 다시 일기를 쓰고, 그러는 사이 프란체스카의 주도 아래 상그리아가 탄생했다. 처음 보드카 뚜껑을 땄을 때 미레이아 등은 깜짝 놀라 신기해하며 우리에게 모두 와서 보라고, 이런 건 처음 본다고 말했다. 병이 아닌 비닐에 들어 있고 밑에 잠금장치 같은 동그란 뚜껑을 열면 그리로 빠져나오는 보드카. 마리아는 이런 우리가 이해가 안 가는 눈치였다.

"러시아에서는 대부분 이렇게 파는데…."

상그리아를 마시기 전, 여태 미뤄·왔던 남은 나라들의 프레젠테이션이 이어졌다. 남은 나라는 폴란드와 러시아. 줄리아가 폴란드를 소개하는 것으로 프레젠테이션이 시작되었는데 설명하는 줄리아도 그렇고, 듣는 우리도 그렇고, 별로 주의를 기울이는 눈치가 아니었다. 아니면, 사람들이 주의를 기울이지 않기에 설명하기가 귀찮아졌을 수도 있고. 줄리아도 조금 삐졌는지, "그냥 여기까지만 할래. 어차피 아무도 관심 없어 보이는걸"이라 했고, 다음으로 러시아에 대한 마리아의 프레젠테이션이 이어졌다. 역시 주의가 산만하기는 하지만 아까의 줄리아에 비교해서는 더 열심히 듣는 동료들. 나라가 커서 그런지 설명할 것도 상당히 많았고 마리아의 프레젠테이션이 끝나고는 유럽 애들끼리 조지아 사태에 대한 토론이 이어졌다. 토론이라고 해 봐야 마리아에게 "도대체 무슨 일 때문이야?" 등의 조심스러운 질문과 "나도 잘 모르겠어" 등의 회피성 대답이 대부분이었지만. 서양 애들이 우리보다 태국에 무지하듯이, 서양 애들보다 조지아에 무지한 동양 애들은 별 할 말이 없었고, 그래서 다른 잡담이나 하며 놀았다. 예를 들면

"그런데, 아카리 말이야. 진짜 어려 보이네? 꼭 고등학생 같아."

"여기 와서는 화장을 안 하고 다녀서 그래. 화장하면 또 다르게 보이거든. 사진에서도 봤잖아."

라든가,

"나탈리 있잖아, 처음 봤을 때는 몰랐는데 보면 볼수록 어려 보인다."

"네, 진짜 그래요."

등.

토론을 마치고 시음에 들어간 상그리아. 완성된 상그리아는 뭐랄까, 전문가의 손을 거치지 않아서 그런지 조금 독특했다. K의 말을 빌리자면,

"별로예요. 맛도 없고, 별로 취하지도 않고…"

의 수준. 차라리, 라고 하기에는 정말 맛있었지만, 과일 샐러드가 더 훌륭한 수준이었으니까. 그러나 나나 K에게는 이 상그리아라는 것 역시 첫 경험. 마지막 날이라고 파티를 하자는 것은 라틴계의 제안이었으나 우리가 하는 파티란 책상에 앉아서 이야기를 나누는 것. 졸린 기운에 아시아인들끼리 소파에서 조금 자기도 하다가 12시쯤 되자 다시 파티하자며 모이라는 말에 다시 모두가 둘러앉은 테이블. 마르타와 미레이아는 방에 들어갔는지 모습이 보이지 않았고 계속해서 상그리아를 마셔가며 이야기를 나누다가 K와 야스코는 화장실을 간다며 밑으로 내려가고 루카스가 내 옆의 아카리는 아랑곳하지 않고 나에게 물었다.

"솔직히 너희 나라는 일본에 대해서 어떻게 생각해? 저번에 어떤 한국 남자가 말하기로는 한국 사람들이 일본 사람들 엄청 싫어한다던데?"

일본의 프레젠테이션 당시 물어보았던 중국에 대해 어떻게 생각하느냐는 질문보다 더 눈치 없는 질문. 내 옆에 일본인 아카리가 멀쩡히 앉아 있는데. 기가 막혔지만, 적당히 대답해 주었다.

"그걸 어떻게 말하겠니? 그래도 여기, 내 옆에 일본인이 앉아 있는데. 그리고 이게 조금 미묘해. 역사 관계가 있어서…. 한국 사람은 일본 사람을 별로 좋아하지는 않지. 하지만 그건 한국에 있을 때 얘기고 이렇게 밖에 나오면 오히려 가장 쉽게 친해지는 것도 서로거든. 나도 마찬가지고, 나나 K가 가장 친하게 지내는 것을 봐도 야스코잖아. 여기 아카리도, 그때 중국인 싫어한다고는 했지만 이런 곳에서 중국인을 만나면 그

렇게 쉽게는 말하지 못할 거야. 나나 K를 만나보기 전이었으면 누가 한국에 대해 물어봐도 당연히 싫다고 대답했을 걸. 하지만 지금 봐 봐. 나나 K랑만 친하게 지내잖아. 자꾸 프랑스를 예로 들어서 미안하지만, 프랑스나 독일의 관계, 아니면 프랑스나 영국, 뭐 그런 관계와 비슷하다고나 할까? 서로가 서로에게 지는 건 엄청 싫어하잖아. 아닌가?"

슬로바키아와 체코의 예를 들기에는 내가 무지해서 실수할 확률이 더 높기에. 일본이라는 말이 나왔기에 궁금하기는 하지만 이해는 안 가 나에게 묻는 얼굴을 하는 아카리에게 아무것도 아니라고, 네가 정말 좋은 친구라는 것을 말하는 중이었다고 둘러댔고, 루카스는 알았다는 표정으로 물러갔다. 계속 이야기를 나누고 있는데 한참을 지나도 올라오지 않는 K와 야스코. 둘의 행방을 모르는 아카리는 나에게 K와 야스코의 행방을 물었다.

"밑에 화장실 간다고 했어. 보고 싶으면 같이 가 줄까?"

화장실 문은 열려 있었으나 모습은 보이지 않는 두 여성. "아마 현관에 잠깐 바람 쐬러 나갔나 봐"라고 하며 현관문을 열기 전의 또 다른 문을 여니 퍼져오는 담배 연기와 연기 속의 네 여인. 아카리에게 "여기 있네? 됐지? 이제 올라가자"라고 하고는 바로 문을 닫고 올라왔다. 올라온 김에 계속되는 동료들의 머리를 깎으라는 조언에 나도 모르게 "그래, 그러자"라며 승낙해 버렸다.

머리… 전날 주유소에서 줄리아가 자신의 여권 사진을 보여 준 후, 모두가 자신의 사진을 공유하는 시간을 가졌는데, 동료들은 내 여권 사진과 학생증 사진을 보고는 바로 머리를 깎으라고, 페린이 머리를 잘 깎을 거라고 조언해 주었다. 당장 안경부터 벗고 머리를 사진에서처럼 단정하게 하고 다니라는 조언도 함께. 이날도 애들은 계속 나에게 "창성아, 머리 깎아야지"라는 말을 했고, 페린이 남의 머리를 잘라 본 경험이 있다는 말, 그리고 "이발비 안 들이고 좋겠네요"라는 말과 술김에 힘입어, 충동적으로 승낙해 버린 것이었다. 승낙과 동시에 들려오는 환호성. 페린이 이발사, 아카리가 보조가 되었고 피에르 역시 저번에 한 번, 페린이 남의 머리를 깎는 것을 보았는데 훌륭했다고 나를 격려해 주었다. 한 번이라는 말이 마음속에 걸렸지만. 그런데, 페린의 가위질은 시작부터 나를 혼비백산하게 했다.

"원래 서양에서는 여기부터 시작해?"

앞머리를, 조금도 아닌 큰 가위질로 싹둑, 잘라버리는 페린. 미안하다고, 실수였다며 다시 집중하는데, 첫 가위질 때문인지 정말 살 떨리는 순간들이었다. 머리를 자르고 있는데 올라오는 네 명의 흡연가. 두 서양인은 환호를, 두 동양인은 감탄의 소리를 냈다.

곧 자리를 잡아 붙어 앉은 두 일본인은 계속 내 머리를 보며 일어, 혹은 K와도 자신들의 언어를 공유하며 영어로 떠들어 댔고 K는 큰 웃음을 보였다. 궁금해서 "뭐라고 했는데?"라고 물어봐도 계속 대답을 회피하며 비밀이라고 하는 K. 집요한 내 요청에 나온 그녀의 대답은 "히미츠데쓰". 히미츠가 도대체 뭘까. 대답을 잘 하는 아카리에게 물어봤다.

"히미츠가 뭐야?"

"Secret(비밀)."

"아, 그러지 말고 좀 말해 줘라."

"응, 비밀. 히미츠가 비밀이야."

언제 일어는 배운 걸까. 한국에서 살아가기에는 일어 역시 상당히 유리한 언어라고 배웠고, 나 역시 조금 일어를 배우기는 했으나 지금은 기억 속의 한편일 뿐. 뜨거웠던 관심은 금세 사그라지고 사람들은 게임을 하기 시작했으며 페린은 정확히 2시 35분에 이발을 끝내고, 열심히 잘랐는데 자기는 한국 스타일이 어떤지는 잘 모르겠다며 K에게 내 머리를 물어보았다. 자기도 한국 스타일은 잘 모르지만 내 머리가 한국 스타일은 아니라는 K. 페린 등은 가서 거울을 보고 오라며 나를 부추겼고 나는 다시 K에게 물었다.

"어떤데?"

"It's fine(괜찮아요)."

"한국말로 해라. 솔직히 이상하지?"

"아~ 저도 잘 모르겠어요. 근데 한국 스타일은 아닌 것 같아요."

2층의 화장실로 들어가서 거울을 보니, 이건 뭐, 할 말이 없었다. 확실히 한국 스타일이라기에는 거리가 있어 보이는 머리. 휴, 하는 한숨만 나왔으나 30분 이상 머리를 깎아준 페린에게 화를 낼 수도 없는 노릇이라 그냥 고맙다고 하고는 샤워를 하러 밑으로 내려갔다. 상당히 긴 샤워를 마치고 위로 올라오니 시계는 3시를 넘겨 있었고 내가 앉았던 자리는 깨끗이 청소돼 있었다. 카말은 동서남북으로 접은 종이를 누구에게 구했는지 여기저기 다니며 동서남북과 번호를 요청했고 K는 'Your eyes are beautiful(눈이 아름답구나)'이 나왔다. 나에게 온 카말. 카말의 성격을 알기에 이상한 것 걸리기는 싫어서 K가 했던 것과 똑같은 결과가 예상되는 것을 말했더니 'You are pretty(아름답네)'가 나왔다. 그나마 우리는 운이 좋은 상황이었고 나머지 6개 중 5개는 'Suck it' 등 좋지 않은 말들이었다.

"Suck it이 뭐예요?"

"그냥 안 좋은 말이야."

"그런데 이거 원래 3번이나 5번이나 다 똑같은 거잖아요."

"그래도 하는 사람은 부르는 만큼 해 줘야지. 성의상."

심심한지 자기도 하나 접어 보고 제일 먼저 나에게 하라고 내미는 K.

"북으로 10번."

하나, 둘, 셋… 아홉 번만 하고는 나에게 말하는 K.

"You are ugly(못생겼어요)."

"9번만 했잖아. 제대로 해야지."

그 상태에서 10번. 그러고는 다시 "You are ugly".

"그게 아니라 아까 10번 하랬는데 9번만 했으니까 거기다 한 번을 더
해야지."

어쩔 수 없이 한 번 더 돌리는 K. "You are handsome(멋있어요)."

그래서 일부러 한 번 덜 돌린 것이었구나. K는 나에게 다른 제안을 했다.

"다른 방향으로 해 봐요. 좋은 것들 많은데."

"내가 널 어떻게 믿니?"

"해 봐요. 서쪽에는 한국말밖에 없어요."

"바보 같은 거?"

"더 심한 것도 있는데. '병신'."

한마디로 서쪽에 있는 두 단어는 '바보'와 '병신'이라는 말. 기가 막혀 K
에게 말했다.

"넌 어떻게, 안 좋은 것만 골라서 쓰냐?"

설득에 실패한 K는 다른 희생양을 찾아 돌아다녔고 나탈리는 한국말
로는 '롤링페이퍼', 외국 애들 말로는 아마도 '메모리북'이라고 하는 것을

시작했다. 나탈리는 그 많은 사람 중 하필이면 나에게 시작을 부탁했고 난감해진 나는 나탈리에게 한국말로 써준 후 해석해 주었으나 K는 내가 쓴 것을 보고는 꼭 삼사십대가 쓴 것 같다면서 웃음을 금치 못했다. 하긴, 그럴 만도 했다. '5년 후에는 나보다 훌륭한 사람이 되어 있길 바라'라는 내용을 썼으니까. 나탈리에 의해 시작된 메모리북은 유행처럼 번져서 대부분이 자신의 메모리북을 돌리기 시작했고 별생각 없이 써 내려가는데 갑자기 카말이 나에게 와서 말했다.

"창성아, 너는 없어? 나 뭐 써 주고 싶은데."

원래 안 하려고 했는데…. 엉겁결에 A4용지 한 장을 구해다 써 달라고 했는데 예상보다 훨씬 많이, 영어와 불어를 섞어서 A4용지의 반을 채우는 카말. 이왕 시작한 것, 그것을 보자 나도 메모리북을 갖고 싶다는 욕심이 났고, A4 한 장으로는 부족할 것 같아서 일기장 가운데를 펴서 아카리부터 루이지, 페린, 야스코, 프란체스카, 줄리아, K, 나탈리 순으로 소중한 기억의 추억을 얻었다. 한국말로 쓰라고 해도 거부하며 굳이 영어로 쓰는 K. 나도 돌아가면서 애들한테 써 주고 K에게는 한국말로 기억을 남겼다. 미안하고, 고마웠다고.

한두 명씩 잠자리로 들어가고 마지막까지 남은 것은 나와 나탈리, 마르타, 미레이아, 카말, 페린, 프란체스카와 K. 카말이 보드카 상그리아를 만들다 남은 것과 오늘 보너스에서 사 논 초코케이크를 들고 와 조금씩 돌린 다음에 게임을 했다. 처음 정글스피드는 K의 승리. 그다음 이어진 라이어 역시 카드 한 장 차이로 K의 승리. 애들은 K에게 최고의 게이머라며 찬사를 보냈고, 두 번 다 눈앞에서 승리를 놓친 나는 K와 마지막이라고 생각되는 공기 승부를 펼쳤다. 그러나 이번에도 패배. 술이 들어가서일까. 그간 잘해 왔는데 마지막에 억울하다는 생각이 들어 한 판 더 하자고 했으나 싫다는 반응. 자러 가면서 K에게 오른손 새끼손가락을 보여주며 "손 때문에 그래. 부어서"라는 변명 아닌 변명을 하니 예상과는 다른 반응이 돌아왔다.

"알아요. 원래 제가 맨날 졌잖아요."

내 승률이 더 높기는 했으나 맨날은 아닌데. 그리고 농담 삼아 한 말인데. 5시 30분에 우리 둘은 마지막으로 잠자리에 들었다. 스틱키쉬무르에서의 마지막 밤. 우리가 나눈 마지막 대화는 "잘 자", "네, 안녕히 주무세요"였다.

# 23. 마지막 날
## (8월 20일, 15일 차)

어제 늦게 잠자리에 들어서일까. 9시 30분이 돼서야 잠에서 깨어났다. 이제는 2주 동안 머물렀던 정든 장소와도 안녕이라니⋯. 섭섭한 마음이 밀려왔다.

한적한 거실. 밑으로 내려가 샤워를 여유롭게 하고 올라와 먹은 마지막 아침. 식빵에 모짜렐라 치즈와 잼, 그다음 식빵에 치즈 자른 것과 잼. 다 먹으니 시각은 10시 반이었다. 이곳에서 떠날 예정 시각은 오후 2시고 12시에 숙소에서 대청소를 하기로 어제 결정한 바. 아직 1시간 반이나 남아서 야스코와 '그냥 수영장에서 인터넷이나 할까?' 등의 농담을 하며 짐을 싸고, 카말과 게임도 하고 집 안 구석구석도 사진으로 찍어 남기며(나중에 집에 와서 확인해 보니 이 부분의 필름이 사라져 버렸다. 어디에 두고 온 걸까?) 뭉그적대다 보니 어느새 11시 40분이었다. 밖으로 나오니 마침 그곳에 있는 루카스. 몇 시에 떠나느냐고 한 번 더 시험 삼아 물으니 2시에 떠나는데 12시쯤에 대청소를 할 예정이니 그때까지는 숙소에 있어야 한다고 확인시켜 주듯 말해서 알았다고 하고 집으로 들어왔으나, 아무리 생각해도 아쉬워 조금 있다가 다시 뛰쳐나왔다. 우선 인터넷을 하기 위해 수영장으로 갔다.

뛰어서 가니 수영장에 도착한 것은 11시 50분. 싸돌아다니기를 좋아하는 마리아는 언제 와 있었는지 ⓘ가 쓰여 있는 직원용으로 보이는 컴퓨터를 차지하고는 인터넷을 하고 있다가 나에게 언제쯤 청소를 시작하느냐고 물었다. 11시 50분에 온 사람이 12시에 한다고 하기에는 이상하기에 잘 모르겠다고 하며 인터넷에 접속하는데 막 수영장으로 들어오는, 12시까지는 집에 있어야 된다고 했던 루카스. 마리아의 똑같은 질문에 루카스는 12시라고 대답했고 나는 어제의 K처럼 MSN에 재빨리 가입한 후 밖으로 나왔다. 돌아가며 수영장부터 보너스, 은행, 레스토랑 등을 하나씩 필름에 담고 12시 15분에 숙소 도착. 루카스는 귀신처럼 그새 숙소에 와 있었고 청소는, 대청소라기보다는 알아서 정도껏, 눈치껏 자기 방을 쓴 다음 거실을 쓸고 쓰레기를 담아 버리는, 평범한 청소였다.

청소하는 중 묵묵히 여기서 먹을 마지막 식사를 만드는 두 이탈리아 남녀, 루이지와 마르타. 일기를 쓰는 나를 보던 마르타는 나에게 자기를 도와주고 싶냐고(Do you like to help me?), 한마디로 이리 와서 이것 좀 도우라는 말을 뒤에 물음표만 붙여 말했고, "네가 원하면(If you want)"이라고 답하고는 마르타를 도우러 갔다. 마르타가 부탁한 것은 버섯껍질 까기. 버섯은 그대로 먹는 줄 알았던 나에게 버섯도 껍질을 까서 먹는다는 사실은 신선한 충격이었다. 마르타가 알려 준 대로 열심히 했는데 마르타 속도의 반밖에 쫓아가지 못하는 나. 옆에서 같이 마르타를 돕던 미레이아가 새로운 방법을 알려 줘 조금 더 속도를 높였으나, 요리하지 않고 살던 사람에게는 버섯껍질을 까는, 쉬운 일조차 쉬운 일이 아니었다.

점심은 루이지가 한 파스타가 먼저 나왔는데, 그걸 다 먹으면 마르타가 한 파스타도 추가로 나올 거라고 했다. 따로 또 같이. 루이지의 파스타는 국수 면을 사용했으며, 매번 느꼈듯이 한국에서 많이 먹는 토마토를 베이스로 한 스파게티가 서양 애들에게는 별로 인기가 없는지 루이지가 한 파스타는 하얀, 정말 아무 맛도 나지 않을 것 같이 생긴 파스타였다. 그런데, 이탈리아인이 해서 그런가? 생김새와는 달리 은근히 맛있었고 중독성도 있어 마르타의 파스타가 추가로 나올 것을 알고도 한 접시를 더 먹었다. 루이지의 파스타가 끝난 후 상당히 긴 휴식 시간. 마치 식전 음식과 후식의 사이만큼이나 긴 시간이었으며 다들 자기 짐을 다시 한 번 확인하며 떠날 채비를 갖추었다.

긴 시간의 기다림 후 나온 마르타의 버섯 파스타. 역시 하얀데, 그래도 버섯이라도 들어 있어서 그런지 하얀 소스가 보이는, 무슨 맛은 날 것 같은 파스타였고 이것 역시 최고였다. 첫날 루이지가 말했던 바와 같이, 여기서 외국인들과 지내면서 확실하게 머릿속에 박힌 편견 아닌 편견이 또 하나 있었다. 이탈리아인들은 요리를 정말 잘한다는 것!

식사 후 식기세척기를 돌리고 다들 할 일이 없어 멍하니 앉아 있는 시간. 나는 K에게 마지막으로 공기나 한 판 하자고 제안했으나, K는 계속 거부하더니 루이지가 옆으로 다가오자 마침 잘되었다는 듯이 공기통과 공기 5알을 주었다. 왜 이걸 자신에게 주는지 묻는 루이지에게 내가 너의 비밀 친구였다고 고백하는 K. 나머지 공기는 어디 있냐는 내 물음에 줄리아가 공기를 너무 좋아해서 5알을 주었다고 대답하는 K. 2시가 되어, 우리는 정들었던 스틱키쉬무르를 떠났다.

# 24. Bye, Bye

　골든 서클을 구경하고 오느라 수도인 레이캬비크에 도착한 시각은 밤 9시. 도착하자마자 밤 12시를 전후해 비행기가 있는 루이지, 야스코, 줄리아와 작별의 인사를 나눴다. 셋은 우리가 타고 온 차를 타고 케플라비크 국제공항으로 향했다.

　다음날인 8월 21일, 새벽에 마르타, 카말, 프란체스카가 떠났으며 오전에 나탈리가, 밤 12시쯤에 비행기가 있던 페린은 오후 9시에 떠났다.

　8월 22일. 아침 비행기가 있는 마리아와 아카리가 새벽 버스를 타고 떠났다.

　8월 24일. 오전 12시 20분. K는 거실에서 한두 시간만 졸다가 새벽에 떠날 거라 했고 나는 밑에 방으로 내려가며 K에게 마지막 인사를 했다.
　"잘 자. 즐거웠어."
　"네."
　불을 끄고 나가려고 하니

"아니 괜찮아요. 그대로 두세요."

"그래도 끄는 게 낫지 않겠어?"

"아니요. 괜찮아요."

"알람시계라도 갖다 줄까?"

"아니요. 괜찮아요."

"그래, 그럼 잘 자."

지하에 있는 방으로 내려가, 2층 침대에서 일기를 쓰는데 12시 45분쯤 누군가가 들어왔다. 또 다른 2층 침대에 올려져 있던 짐은 K의 것. 아까가 마지막 인사인 줄 알았는데. 자기 짐들을 옮기려는 K.

"짐 위로 옮기는 거야?"

"네."

내 밑에 있는 애도 똑같은 질문을 하고, "잘 가, 집까지 무사히 도착하기를(Bye, have a nice trip to your home)"이라고 인사했다. "Bye(그래, 안녕)"라고 답하고는 다시 한 번 나에게 고개 숙여 인사하는 K. 나도 간단히 손을 들었고, 문이 닫혔고, 이젠 진짜 마지막이었다.

8월 25일. 아침 7시 20분 비행기를 타기 위해 새벽 4시에 플리버스를 타고 공항으로 갔다. 프랑크푸르트까지 아이슬란드 에어를 타고 환승해 대한항공을 타고 26일, 오후 12시 59분에 인천국제공항에 도착했다. 예정 도착시각은 오후 1시 15분이었다.

8월 25일. 미레이아는 오후 7시 비행기라고 했다. 남은 두 리더는 9월까지 머문다고 했다.

즐거웠던 8월, 캠프와 여행은 이로써 끝났다.